참마도 新무협 판타지 소설

화산진도 7

참마도 新무협 판타지 소설

초판 1쇄 찍은 날 § 2007년 7월 13일
초판 1쇄 펴낸 날 § 2007년 7월 23일

지은이 § 참마도
펴낸이 § 서경석

편집장 § 문혜영
편집책임 § 유경화
편집 § 이재권 · 유혜림

펴낸곳 § 도서출판 청어람
등록번호 § 제1081-1-89호
등록일자 § 1999. 5. 31
어람번호 § 제2-1253호

주소 § 경기도 부천시 원미구 심곡1동 350-1 남성B/D 3F (우) 420-011
전화 § 032-656-4452 팩스 § 032-656-4453
http://www.chungeoram.com
E-mail § eoram99@chollian.net

ⓒ 참마도, 2006

ISBN 978-89-251-0801-8 04810
ISBN 89-251-0308-7 (세트)

※ 파본은 구입하신 서점에서 교환하여 드립니다.
※ 저자와 협의하여 인지를 붙이지 않습니다.

華山劍

Fantastic Oriental Heroes
참마도 新무협 판타지 소설

선택

[완결]

목차

第一章 사람과 사람 / 7
第二章 솔사림을 향해 / 45
第三章 흉금 / 79
第四章 앞을 막는 사람들 / 119
第五章 절반의 해결 / 159
第六章 확인된 진실 / 197
第七章 애단곡 / 235
第八章 피의 각성 / 271
第九章 솔사림 / 311
第十章 신념의 선택 / 345
終 / 366

第一章

사람과 사람

1

"후……."

 가슴이 떨려왔다. 이 떨리는 가슴은 좀처럼 진정이 되질 않았다. 명치 어림에서 꽉 막혀 있는 듯한 생각에 지충표는 그저 한숨만 내쉴 뿐이었다.

 그는 지금 작은 방 안에 혼자 있었다. 몸 이곳저곳에 피가 배어 나오는 목면천을 대고 있었는데 그냥 보기에도 그 고통이 그리 작지 않아 보였다.

 지충표는 갑자기 멍한 표정을 짓기 시작했다. 마치 마음속에 일어나는 온갖 잡생각으로부터 탈출을 꿈꾸는 듯한 표정을 짓고 있는 것이다. 그렇게 혼자서 침묵 속에 남겨진 채 일탈을 꿈꿀 때였다.

"일어났구나, 아저씨."

"……."

어디선가 들려오는 작은 목소리. 남자의 것이 아닌 여인의 목소리가 들려오자 지충표는 두 눈을 꽉 감았다. 생각 속에서 나온 행동이 아니라 자연스럽게 몸이 반응하고 있었다.

목소리의 주인공이 누구인지 잘 알고 있었다. 이 목소리의 주인공은 정말 반가운 사람이었다. 한때는 이 목소리를 들으며 사는 것이 하늘이 준 축복이라고 생각하고 있었었다.

그런데 지금은 아니었다. 그 목소리를 듣는 순간, 연관되어 수많은 생각들이 떠오르고 있었다. 그리고 그렇게 떠오르는 생각 중 두 번 다시 떠올리고 싶지 않은 기억이 떠오르고 있었던 것이다.

"나예요, 오유. 그만 눈떠봐요."

"……."

이미 지충표가 깨어났다는 것을 알고 있다는 듯 오유는 입을 열었지만 지충표는 여전히 두 눈을 꽉 닫고 있었다. 오유는 아랫입술을 살짝 내밀었다. 그리곤 이내 그 작은 입술을 열며 말했다.

"정말 자꾸 못나게 굴 거예요? 그런다고 뭐 달라지는 게 없다는 거 잘 알면서 왜 그래요?"

다시금 오유의 목소리가 들려오지만 지충표는 아무런 말을 할 수가 없었다. 그의 머릿속에 들고 있는 생각은 단 한 가지. 그를 위해 몸을 던졌던 현백의 사부, 칠군향의 모습뿐이었던 것이다.

 칠군향의 죽음, 그건 그야말로 최악의 결과였다. 차라리 지충표 자신이 죽었다면 귀신이 될지언정 이렇게 마음속 깊은 질곡을 가지게 되진 않았을 것이다. 그것이 지금 그를 가장 괴롭히고 있었던 것이다.

 물론 그는 최선을 다했다. 하지만 최선을 다했다고 해서 결과가 좋은 것은 아니었다. 때론 그 결과는 최선의 노력과 상관없이 나타나곤 했었고 바로 지금이 그러한 경우였던 것이다.

 "빌어먹을… 하필이면 왜 이때……."

 절대 열리지 않을 것 같았던 지충표의 입술이 열리고 있었다. 하나 그 입술을 열고 나온 말들은 하나하나 모두 자신의 가슴을 후벼 파는 말들뿐이었다.

 지충표의 입장에선 하늘이 원망스러웠다. 다른 상황에서 최악의 결과를 내려준다면 그는 그저 그런가 보다라고 생각했을 터였다. 그러나 지금은 아니었다. 절대로 지금은 아니었던 것이다.

 "아저씨, 아저씨가 이럼 안 되잖아요. 잘 알면서 왜 그래요? 현 대형의 가슴도 생각해 줘야 하잖아요."

 "…지금 내가……!"

 어금니를 악문 채 내뱉은 지충표의 말은 작은 방 안을 쩌렁하게 울렸다. 두 눈을 치켜뜨며 소리친 지충표조차 놀랄 만큼 큰 소리에 그는 입을 황급히 닫았다.

 오유에게 화내는 것이 아니었다. 그 목소리가 큰 만큼 자신에게 화를 냈던 것이다. 한데 그런 자신의 심정이 오유에게 괜히 화를 내는 것같이 보일 것 같아서 입을 닫았던 것이다.

"그 녀석을 생각 안 하기에 이런 것은 아니잖아······."

"······."

이번엔 오유가 입을 다물었다. 비록 나이는 어리지만 오유는 생각이 깊은 사람이었다. 굳이 말을 하지 않아도 지금 지충표의 생각을 알 수 있었던 것이다.

죄책감. 지충표의 가슴속에서 굳어버린 이 감정은 바로 죄책감이었다. 누구도 깨줄 수 없는 벽을 스스로 쌓고 있었던 것이다.

위험했다. 이렇게 지충표가 계속 혼자만의 상상을 시작한다면 그 결과가 어찌 될지 이미 뻔했다. 오유는 지금 그 결과를 뒤틀기 위해 이 방에 온 것이다.

"알고 있어요. 그래서 지금 제가 이야기하는 것이구요. 내가 무슨 말을 하는지 모르겠어요?"

"······."

알고 있었다. 충표는 아주 잘 알고 있었다. 사실 그는 이 자리에 이렇게 와서 자신과 이야기해 주는 그녀가 정말로 고마웠다. 진심으로 말이다.

그러나 그러면서도 가슴속 한편에선 죄책감을 떨칠 수가 없었던 것이다. 비록 노력은 했지만 그 결과가 너무 좋지 않았으니 말이다.

"가요, 아저씨."

"……."

갑작스럽게 들려오는 목소리에 지충표는 눈을 떴다. 지금 가긴 어딜 간다는 것인지 짐작하기가 쉽지 않았던 것이다.

"현 대형에게… 가야 할 것 같아요."

"무슨 일이 있나!"

현백이라는 말에 지충표는 상체를 일으켰다. 여태껏 꿈쩍도 않던 사람 같지 않은 행동이었는데, 그건 현백이 혹 다른 일을 일으키지는 않을까 하는 마음에서였다.

죄책감은 칠군향에게만 드는 것이 아니었다. 한편으로 현백에 대한 것도 있었다. 칠군향이 현백의 스승이었으니 그건 너무나도 당연한 일이었다.

사람은 화가 나면 어떤 일을 저지를지 모르는 법이었다. 보통 사람들도 감정을 조절하지 못해 남에게 피해를 주는 일이 종종 있다. 하물며 주체가 현백이라면 그 파장은 이루 말할 수 없었다. 그러나 오유가 말하는 것은 그런 것이 아니었다.

"풋… 무슨 말을 하고 싶은 건가요? 현 대형이 화가 나서 지금 복수를 위해 강로에게로 원한의 검을 날렸다는 말을 듣고 싶어요? …아니에요, 아저씨. 좀 있으면… 칠군향 어르신의 화장식이 있을 거예요."

"아……."

화장식이란 말에 지충표는 짧은 감탄사를 내었다. 칠군향은 도를 추구한 사람, 매장되길 원하진 않을 터였다. 모든 것을 무로 돌리는 가장 깨끗한 수단인 불로써 정화되는 것이다.

사람과 사람

그렇다면 그는 가봐야 했다. 그래서 마지막 가는 길을 지켜봐야만 했다. 그것이 칠군향에게 해줄 수 있는 지충표의 마지막 성의였던 것이다.

"그래… 그랬었구나……."

스읏.

지충표의 신형이 일어서고 있었다. 무슨 일이 있어도 침상에서 움직이지 않을 것 같았던 그였지만 그가 일어서고 있었다.

"큭!"

"조심해요, 아저씨. 아저씨의 몸은 아직 움직이기에 무리예요."

얼른 다가와 부축을 하며 오유가 입을 열자 지충표는 쓴웃음을 지었다. 사실 그의 부상 정도도 상당히 심각한 상황임을 지충표나 오유 둘 다 잘 알고 있었던 것이다.

그럼에도 불구하고 오유는 지충표에게 움직일 것을 요구하는 것이고 지충표는 아무 말 없이 그 결정에 따르는 기묘한 상황이었다. 몸이 아픈 것보다 더 참기 힘든 것이 마음이 아픈 것임을 두 사람 모두 잘 알고 있었기 때문이다.

"아저씨, 지금 가시면 조금 힘드실 것… 알죠?"

"……."

살며시 자신을 부축하며 이야기하는 오유의 목소리에 지충표는 말없이 고개를 끄덕였다. 그녀가 말하는 것이 무슨 뜻인지 잘 알고 있었다. 지충표의 가문, 현단지가에 대한 이야기를 하고 있었던 것이다.

 현단지가가 사하에 있었다는 증거가 발견되었고, 게다가 지충표 역시 무슨 이유인지 몰라도 그곳에 있었다. 물론 그의 의도가 나쁜 것이 아니라는 것을 알고 있기는 해도 의도가 좋다고 해서 의심이 가시는 것은 아니었던 것이다.

 강호인들은 지금 궁금해하고 있었다. 어째서 지충표가 그곳에 있었던 것이며 그곳에서 현단지가는 어떤 역할을 한 것인지 말이다. 지충표가 상당한 부상을 입지 않았다면 사람들은 벌 떼처럼 그에게 달려들어 뭔가를 알아내려 했었을 터였다.

 이제 지충표가 나가면 그들은 생각했던 모든 것을 다 해보려 할 터였다. 그 모든 것을 감수하고 지금 나가려 하고 있었던 것이다.

 "가야지… 가서 봐야지… 그래야 사람이라 할 수 있겠지."

 누구에게 말하는 것이 아니라 바로 자기 자신에게 말하고 있었다. 그렇게 두 사람은 작은 방 안을 빠져나가고 있었다.

 "어떻게… 어떻게 이런 일이!"

 화주청의 얼굴은 붉게 달아오르고 있었다. 그의 목소리는 비통함을 넘어 비장함이 묻어나고 있었다.

 "사제의 안전을 보장받지 않았나? 분명 내게 그렇게 이야기하지 않았나!"

 "……."

 화가 난 화주청이 소리치지만 이격은 아무런 말도 할 수가 없었다. 그 역시 이런 상황을 예측할 수가 없었던 것이다.

아니, 솔직히 화가 난 것은 이격 역시 마찬가지였다. 사하에서 칠군향의 죽음을 목격한 그는 피를 토하는 심정이었다. 도저히 이해할 수 없는 일이 일어난 것이다.

오서솔의 관립은 분명 칠군향의 안전을 약속했다. 이격은 그 관립의 약속을 믿었었다. 아니, 사실 관립이 아니라 그가 속해 있는 곳을 믿었다. 강호를 지켜낸 거대한 힘을 가지고 있는 곳, 바로 솔사림을 믿었던 것이다.

그러나 관립은 그 약속을 저버렸다. 엉뚱하게도 고도간이란 인물의 손에 의해 칠군향은 죽었다. 최악의 결과가 나와 버린 것이다.

"저 역시 믿기 힘든 상황입니다. 대체 어떻게 이렇게 되었는지 모르겠습니다. 약속은 분명 받아내었습니다만······."

약속은 받았지만 그 약속이 지켜지지 않은 상황, 사실 이격으로서도 어찌할 수가 없는 상황이었다. 그가 힘을 써 될 일이 아니었던 것이다.

"아··· 내 죽어 사제의 얼굴을 어이 볼꼬······. 어이 용서를 빌어야 할꼬······."

화주청의 눈에서 굵은 눈물이 떨어져 내리고 있었다. 마음 속에 그간 가지고 있었던 여러 생각들이 한꺼번에 떠오르는 순간이었던 것이다.

강호에서 화산의 위치를 끌어올리려 했던 일, 그렇게 하기 위해 모든 것을 다 희생할 각오를 한 일, 그것도 모자라 사제의 목숨을 가지고 문파의 발전을 꾀한 것까지 모두 한꺼번에 떠오르고 있었던 것이다.

왠지 그 모든 것이 다 부질없이 느껴지고 있었다. 이건 그가 행해야 할 길이 아닌 것처럼 느껴졌던 것이다.

칠군향, 그 이름 석 자가 가진 의미가 적지 않았음을 이제야 그는 알 수 있었다. 마음속 깊이 화산의 이름 아래 묻혀 있었던 이름이건만 그 이름으로 인해 자신이 얼마나 편했는지를 이제야 깨달은 것이다.

이제 그는 더 이상 칠군향을 볼 수 없었다. 그리고 이 칠군향의 목숨으로 인해 솔사림에서 도움을 얻는다 해도 가지고 싶은 생각이 없었다. 다 거절한 채 가서 따지고 싶은 심정이었던 것이다.

"제가 알아볼 것입니다. 이런 상황에 대해 솔사림은 어떤 생각을 가지고 있는지를 말입니다. 만일 그들의 생각이 미적지근하다면……."

"……."

"이 이격, 그곳에서 피를 토하는 한이 있더라도 그냥 있지 않을 것입니다!"

이격의 눈에서 파란 불빛이 흘러나오고 있었다. 이글거리는 그의 눈빛 속엔 살기마저 내비치고 있었는데 그만큼 현 상황이 충격적이란 뜻이었다.

"후우… 조사님들이시여… 조사님들이시여……."

하나 굳은 이격의 결심에도 불구하고 화주청의 목소리는 여전히 힘이 없었다. 그는 그저 창밖으로 시선을 돌려 서서히 저물어가는 풍광을 바라보고 있을 뿐이었다.

지금 화주청과 이격은 작은 방 안에 있었다. 화산파 자체가 한 개의 객잔을 통째로 빌린 것인데 현백 일행은 다른 객잔에 있었다.

곧 칠군향의 화장식이 있을 예정이었기에 움직여야 할 판이었는데 그전에 향후 일정을 논의하려 두 사람이 모인 것이었다.

화장식은 바로 이 객잔의 후원에서 하게 되어 있었다. 그래서 지금 한참 그 준비로 제자들이 바삐 움직이는 것이 보이고 있었다. 높다랗게 장작을 쌓아 올린 채 여기저기 사람들이 있을 자리를 준비하고 있었던 것이다.

"이 사제……."

문득 이격의 귀에 화주청의 목소리가 들려왔다. 나직하게 들려오는 그의 목소리엔 굳은 감정들이 뭉쳐져 있었다. 나름대로 무언가 결정을 내릴 때 화주청이 잘 내는 소리였다.

"어쨌든 우리 화산의 입장에서, 아니, 나의 입장에서 보더라도 이대로 있을 수는 없네."

"……."

당연한 노릇이었다. 화주청이 아니라 이격이라도 그냥 있을 수 없는 상황이었다. 이 빚은 반드시 받아내야 하는 것이다.

문제는 그 빚을 누구에게 어떻게 받아내는가가 중요한 것이었다. 거기에 관한 충분한 논의를 위해 지금 두 사람이 머리를 맞대고 있는 것이고 말이다.

"현재 강호에 알려진 대로라면 흑월이라는 단체가 이 모든 것을 꾸몄다고 하였으니 우린 그들에게 선전포고를 해야 할 것이네. 아울러 잔악함으로 뭉친 낭인의 무리들… 그들 모두에게 빚을 받아야 하겠지."

"그렇습니다."

달리 생각할 이유가 없었다. 이격은 고개를 끄덕이며 말을 이었다. 화주청의 말처럼 이들을 주적(主敵)으로 삼아야 할 터였다. 그것이 표면상으로 가장 좋은 일이었던 것이다.

현재 강호에 알려진 바로 흑월의 무리들이 강호에서 혈겁을 일으키고 있었고 그들에 동조한 강호의 세력이 있다고 했다. 그들이 바로 낭인들의 모임이었던 것이다.

통칭하여 적의지강(赤意之江)의 무리들. 그들의 주축은 다름 아닌 강호의 낭인과 살수들이었다. 그리고 그 외에 현단지가 같은 몇 개의 가문들이 같이 포함되어 있었는데 가장 중요한 것은 그 수괴였다.

흑월이야 세외의 세력이니 누가 수장이든 중요하지 않았지만 적의지강의 무리들은 달랐다. 강호에 적을 두면서도 강호를 배신한 무리라 여겨졌기에 좋게 보는 사람이 없었던 것이다.

낭인왕 옥화진, 그리고 밀천사 양각, 이 두 사람이 가장 중요한 인물로 사람들의 입에 오르내리고 있었던 것이다.

그런데 그중 밀천사 양각은 이미 죽은 상황이었다. 창룡 주비에게 죽은 것이다. 그러자 사람들의 신경은 온통 한 사람에게 모이게 되었다. 낭인왕 옥화진에게 모이게 된 것이다.

상황이 이러하니 화주청은 아마도 낭인왕 옥화진에게 가장 큰 적의를 드러낼 것이었다. 그리하여 그를 처단하는 것을 화산의 가장 중요한 일로 규정지어 버리면 그것으로 끝이었다. 화산이 사라지기 전엔 그를 쫓는 것을 멈추지 않게 되는 것이다.

"물론 그 주체는 우리가 될 것이며 우리 화산의 모든 힘이 집중될 것이네."

역시 화주청의 생각도 이격의 그것과 별다른 것이 없어 보였다. 이격은 고개를 끄덕이며 의자에 앉았던 신형을 일으키려 했다. 한데 그때였다. 그의 예상을 넘는 화주청의 목소리가 들려오고 있었다.

"또한 현백이 원한다면 현백을 참여시킬 것일세. 무엇이 어찌 되었든 그는 칠군향의 직계제자, 우리는 그를 남으로 생각할 수가 없으니……."

"……."

어쩔 수 없다는 듯 표정을 지으며 이야기하지만 이격의 눈엔 그의 생각이 훤히 보이고 있었다. 목적이 바뀐 것이다.

저들 솔사림이 아니라 현백으로 목표가 바뀐 것인데 왜 그런 생각을 하게 되었는지는 이격 역시 잘 알고 있었다.

현백의 무공, 그 무공을 보았기 때문이었다. 초식은 없으나 초식보다 더욱더 강렬한 것, 바로 매화칠수를 본 것이었다.

물론 모든 것을 다 본 것은 아니지만 몇 개의 수만으로 확신할 수 있었다. 현백이 보여주는 저 무공이 어떤 것을 뜻하는지 말이다.

화산의 내력을 보여주고 있었다. 화산이 자랑으로 여기는 자하신공, 바로 그 거대한 힘을 지금 현백이 가지고 있는 것으로 생각되었던 것이다.

어째서 현백이 그런 힘을 가지게 되었고 매화칠수를 사용할 수 있게 되었는지는 알 바가 아니었다. 중요한 것은 지금 현백이 그러한 힘을 사용하고 있다는 것이었다.

그것으로 인해 상황이 바뀌게 된 것이다. 현백을 안으며 화산의 도약을 꿈꾸게 된 것이었다. 그리고 이렇게 된다면 솔사림에 대한 기대 따윈 아주 접었다는 뜻이었다. 그건 곧 이격의 할 일이 거의 없어졌다고 보면 될 일이었다.

달칵.

탁자 위에 놓인 작은 주전자를 기울이며 화주청은 찻물을 따랐다. 맑은 찻물이 작은 잔에 가득 차 흐르는 가운데 화주청은 주전자를 놓고 찻잔을 들어 올렸다.

"천신을 모시며 수행하는 사람이 아니라면 이 잔에 술을 채웠을 것이네만… 그럴 수가 없음을 용서하게, 막내 사제……"

경건한 목소리를 내며 그는 잔을 가슴께로 들어 올렸고 이어 입술로 가져가 바로 마시고 있었다. 화주청은 그러한 행동을 연거푸 반복하고 있었다.

"……"

이격은 조용히 고개를 숙인 채 신형을 돌렸다. 칠군향을 기리는 그의 행동을 방해하지 않고 그냥 나온 것인데, 왠지 그의 표정이 조금 이상했다. 신형이 돌려진 순간 그의 얼굴은 심하게 일그러진 것이다.

탈칵.

방을 나서고 방문을 닫은 후엔 더욱더 그의 얼굴은 일그러져 갔다. 문득 비틀어진 그의 입술 사이를 비집고 작은 소리가 흘러나오고 있었다.

"더 이상 역겨워 못 봐주겠구나. 정말 역겨워……."

소리는 너무나 작아서 그 외는 들을 수 없었다. 혼자서 듣는 말을 무엇 하러 하는가 싶지만 그렇게라도 하지 않으면 그는 미칠 것만 같았다.

"뻔한 수순을 밟으려 하는 것인가? 그럼 이제 나 역시 필요가 없겠군. 훗… 나를 내칠 날도 머지않았다는 뜻인가?"

고개를 흔들며 그는 작은 말소리를 내었고 이내 신형을 돌리고 있었다. 그는 빠른 걸음걸이로 움직이기 시작했고 이내 기다란 복도에서 사라지고 있었다.

남아 있는 것이라곤 그저 흐르는 적막… 물론 그 적막은 깨어지지 않고 있었지만 뭔가 다른 것이 하나 있었다. 이격이 있던 자리에 검은 그림자 하나가 서 있었던 것이다.

말없이 조용히 서 있는 그림자는 살짝 떨고 있었다. 그림자 자체가 떠는 것이 아니었고 그 양손으로 짐작되는 부분이 떨리고 있었다. 아울러 눈으로 짐작되는 곳에선 새파란 안광이 흘러나오고 있었다.

"당신들이… 어떻게 이런 일을……!"

그림자의 입에선 조금 전의 이격이 했던 것처럼 자신만이 들리는 목소리를 내고 있었다. 사내는 잠시 그렇게 이격이 사라진 방향을 바라보다 이내 신형을 돌렸다. 그리곤 반대 방향으로 몸을 돌리고 있었다.

행여나 지켜진 적막이 깨어질까… 노심초사라도 하는 듯 사내의 움직임엔 아무런 소리가 들리지 않고 있었다. 문득 벽에 꽂혀 있는 작은 유등 아래로 사내가 움직이자 그의 얼굴이 말간 불빛 속에 드러나고 있었다.

사내는… 십화일섬 장호익, 바로 화주청의 직계제자였다.

2

눈물도 흐르지 않았다. 식어버린 가슴 한쪽에선 이래서는 안 된다고 소리치고 있지만 현백은 애써 이를 묵살하고 있었다. 이젠 돌아올 수 없는 길을 걸어간 그의 스승을 향해 큰 소리로 울며 그를 기리라고 이야기하지만 몸이 말을 듣지 않고 있는 것이다.

감정이 메마른 것이 아니었다. 마음속에서는 아직도 그의 스승 칠군향에 대한 생각이 떠오르고 있었다. 인연이란 것은 그리 쉽게 끊어지는 것이 아니니 말이다.

현백이 화산의 사람임을 거부하는 순간 대외적으로 현백과 칠군향의 관계는 끊어진 것이었다. 칠군향이 어찌 되던지 현백은 상관할 필요가 없었고 칠군향 역시 현백이 어찌 되든 상관할 이유가 없었다.

스스로 대범해지려고 노력했었다. 칠군향을 향한 마음을 조금이라도 줄이는 것이 칠군향에게 더 좋은 일이라 생각했었다. 혹여나 닥칠지 모르는 상황에 대비하고자 함이었던 것이다.

강호를 주유하면서 이런 일이 있을 수도 있다고 생각했었다. 누군가 자신의 약점을 잡기 위해 칠군향을 노릴 수 있다고 말이다. 물론 한편으로는 스스로 그리 대단한 사람이 아니니 걱정할 필요도 없다고 애써 자위하며 말이다.

그런데 그런 일이 일어나 버렸다. 마음속으로 상상하던 일이 일어나는 것, 충분히 놀랍고 신기한 일이나 실제론 전혀 그렇지가 않았다. 특히나 그 결과가 친부 같은 사람의 죽음이라는 것이니 말이다.

울고 또 울어도 시원찮을 이 순간, 현백은 다른 감정이 치밀어 오르는 것을 느끼고 있었다. 그가 울지 않고 있는 것은 이미 수많은 눈물을 흘린 것도 있지만 정작 중요한 것은 그게 아니었다. 분노라는 감정이 고개를 들고 있었던 것이다.

그 누구라도 적대적인 감정이 치밀어 오를 것만 같은 상황이었다. 숫구쳐 오르는 분노는 현백 스스로 생각하기에도 놀랄 만큼 거대한 양이었다. 그리고 그러한 자신의 마음을 느낀 순간 더 이상 눈물을 흘리지 않게 되었던 것이다.

스스로 감정을 추스르고 있었다. 그것만이 지금 현백이 할 수 있는 유일한 것이었다. 눈물 흘리지 않고 그저 조용히 있는다고 해서 지금 그가 슬퍼하고 있지 않은 것이 아니다.

"좀 어떠하냐?"

"……."

뒤쪽에서 들려오는 나직한 목소리에 현백은 고개를 살짝 들었다. 자연스럽게 그의 상념은 접혀지게 되었는데 상념을 깬 사람은 다름 아닌 모인이었다.

오늘따라 그의 얼굴은 많이 나이 들어 보였다. 언제나 웃으며 세상을 주유하던 그의 모습이 유난히 작게 보이고 있었던 것이다.

그러나 그 작은 사람이 자신의 마음속에 얼마나 큰 자리를 차지하고 있는지 새삼 깨닫게 되는 순간이었다. 이젠 떠나가 버린 스승의 자리를 메워줄 수 있는 사람은 여기 있는 이 모인 뿐이었다.

하나 현백은 잘 알고 있었다. 아무리 모인이 사람 좋고 모인의 마음속에 자신이 큰 위치를 차지하고 있다고 해도 그는 칠군향이 될 수가 없었다. 한번 비워 버린 자리가 채워진다는 것은 이젠 요원한 일처럼 느껴졌던 것이다.

"아무것도… 흔들릴 만한 일은 없습니다. 이전부터 그래 왔듯 앞으로도……."

"……."

차분하게 입을 연 현백의 목소리에 모인은 한층 더 짙은 웃음을 띠웠다. 하나 그 웃음 뒤엔 가슴속 깊이 피어오르는 불안감을 감추고 있었다.

　사람의 마음이라는 거… 정말 알 수가 없는 일이었다. 살 만큼 살았다면 산 사람이 바로 모인 자신이었다. 세상 누구보다도 경험이란 것을 많이 가진 사람이 바로 자신이라고 남들에게 자신있게 이야기할 수도 있었다. 하나 그런 그였지만 사람의 마음만큼은 확신할 수가 없었던 것이다.

　물론 추측은 해볼 수 있었다. 지금 현백의 마음을 추측하는 것, 그것은 그리 어렵지 않았다. 극단적으로 이야기하자면 벼랑 끝에 서 있는 것이나 다름없었던 것이다.

　밀려 떨어질 수도 있었고 스스로 떨어질 수도 있었다. 그만큼 마음이 불안하다는 뜻이었고 한순간에 마음이 바뀔 수도 있는 것이다.

　그런 마음을 이해하기에 모인도 함부로 입을 열 수가 없었다. 그리고 그러한 마음은 모인뿐만이 아니라 같이 온 사람들 전부 마찬가지였다. 이도나 주비, 명사찬까지 현백의 편의를 봐주려고 애쓰고 있었다. 어쨌든 가장 큰 피해자는 지금 현백이니 말이다.

　"준비가 다 된 것 같은데요, 현 대형. 나가셔야 하지 않겠어요?"

　"……."

　이도의 목소리에 현백은 조용히 고개를 돌렸다. 싱긋이 웃으며 이도가 자신을 바라보고 있었다. 현백 역시 작은 웃음으로 그 웃음에 화답했다.

"그래… 그래야겠지."

작은 목소리와 함께 현백은 자리에서 일어났다. 준비란 다름 아닌 화장식을 말했다. 그의 사부인 칠군향의 화장식이 거의 다 준비되었던 것이다.

화산의 사람들이 주축이 되어 높은 제단을 쌓아 올리고 있었다. 근 삼 장여에 가까운 거대한 나무 제단이 객잔의 후원에 높다랗게 설치되어 있었는데 이제 바로 시작을 할 듯 사람들이 모여들고 있었다.

객잔엔 현백의 일행과 화산의 사람들만 있는 것이 아니었다. 개방의 구장호 분타 사람들도 있었는데 그들과 같이 있던 아미의 원영 신니, 소림의 백양 대사, 그리고 청성의 환주 도인도 있었다.

슬쩍 눈을 돌려보니 그들은 이미 밖에 나와 있었다. 뉘엿뉘엿 저물어가는 노을을 바라보며 세 사람은 서로 이야기를 하고 있는 것처럼 보였는데, 언뜻언뜻 보이는 심각한 얼굴은 아마도 향후 강호의 정세에 대한 이야기를 하는 것처럼 보였다.

"조금 이른 이야기 같지만 안 할 수가 없어서 말이야. 어디로 떠나게 될지 그것이 알고 싶군."

문득 들려오는 주비의 목소리에 현백은 나가려던 신형을 멈추었다. 그거야 더 볼 것도 없었다. 일단 흑월을 찾아 움직여야 하는 것이다.

변한 것은 없었다. 현백은 흑월을 찾아야 했고 그래서 빚을 받아야 했다. 그리고 거기에 천의종무록의 원본도 받아내야 했다. 정말 달라진 것은 없었다.

 물론 지금 상황에 변수가 생겼다. 바로 솔사림의 태도가 그것인데, 솔사림이 강호에 본격적으로 나서고 있었던 것이다. 이는 개방을 통해 알게 된 것인데 솔사림 전체가 그간 강호의 일에 일절 침묵하던 것을 깨고 전면에 나서기로 했다고 들었다.

 아직까지 저들 흑월의 종적은 묘연하기만 했다. 뭔가 큰 것을 이루려 미친 듯 소림사와 개방에게 덤벼들던 그들의 행적은 정말 묘연했다. 어디선가 잔뜩 힘을 비축한 채 웅크리고 있는 것으로 생각되었던 것이다.

 아마도 강호에 이들을 비호하는 세력이 있기에 가능한 것으로 사료되고 있었고 이는 현백 혼자만의 생각이 아니었다. 이곳에 있는 사람들 모두가 다 같은 생각이었다.

 현백은 여기서 한 번 더 생각을 할 수밖에 없었다. 비호하는 세력… 그들 중 한 부류가 바로 지충표의 가문이었다. 현단지가가 그들 중 속해 있었다.

 물론 현백으로선 별다른 생각 할 것이 없었다. 적어도 현백의 머릿속엔 지충표와 현단지가는 전혀 다른 별개의 것이었다. 그러나 다른 사람들의 머릿속은 전혀 달랐다.

 현백의 일행은 아무도 지충표와 현단지가를 연결하지 않았지만 화산을 비롯한 여타의 사람에겐 같은 뿌리로 인식이 되고 있는 듯했다. 큰 연관이 없더라도 적어도 연락이라도 하고 있다고 믿고 있는 것처럼 보였던 것이다.

"아무래도 솔사림으로 움직이는 것이 정석 같군. 힘을 재집결하는 것도 좋겠고 또한……."

 현백은 잠시 말을 끊었다. 그는 뭔가를 조금 생각하는 듯 보였는데 이어 고개를 끄덕이며 말을 이었다.

 "이제 승부를 지으려 노력해야 할 때가 된 것 같다. 흑월뿐만이 아니라 솔사림하고도……. 분명 이 둘은 서로 연결되어 있으니."

 "……."

 현백의 말에 사람들은 절로 고개를 끄덕였다. 현백이 무슨 말을 하고 있는지 잘 알고 있었다. 다른 사람들은 몰라도 여기 있는 사람들은 솔사림의 속내가 그리 광명정대하지 않음을 잘 알고 있었던 것이다.

 "그래… 충분히 그렇게 생각할 수도 있지. 나 역시 너의… 응?"

 현백의 생각과 다르지 않은 듯 모인은 고개를 끄덕이며 말을 하고 있었다. 한데 그때, 모인은 눈을 좁히며 말을 끊었다.

 그의 눈에 누군가의 모습이 보이고 있었다. 저 멀리 뒤편으로 향하는 작은 문을 열고 들어오는 두 사람이 있었다. 가냘픈 한 여인과 그 여인에게 몸을 기대며 들어오는 건장한 사내였다. 바로 오유와 시중표였다.

 아마도 칠군향의 마지막 가는 길을 배웅하고자 나온 듯 보였는데 문제는 배웅하러 나온 그들을 막는 사람들이 문제였다.

"아니, 저자들이!"

이도의 입에서 높은 소리가 흘러나오고 있었다. 오유와 지충표의 앞에서 여러 사람이 길을 막아서고 있었다. 대부분 화산의 사람들이었고 개방의 사람들도 보이고 있었다.

문제는 그들의 눈이 그리 곱지 않았던 것이다. 특히 화산의 사람들은 당장이라도 검을 휘두르려는 듯 검파에 손을 올린 자들이 여럿 보이고 있었다.

"아무래도 나가봐야겠구나! 이대로 두면 큰일 나겠어!"

모인은 심각한 얼굴을 한 채 앞으로 한 걸음 내밀었다. 정말 위험한 순간이었다. 세상에서 가장 무서운 것이 바로 사람이니 말이다.

특히나 그 사람들이 무공을 하는 사람이고 공통적으로 한 가지만 인식한다면 그 위험은 더욱더 커질 수밖에 없었다. 복수라는 생각만으로 꽉 찬 머리는 다른 생각을 하지 못하니 말이다.

모인은 그 점이 걱정되었고 그래서 바로 뛰어나가려 했다. 하나 그보다 먼저 뛰어나간 사람이 있었다.

파아아아—

"……."

현백이었다. 어느새 하나의 바람이 되어 그는 사라지고 있었다. 이젠 모인도 보이지 않을 만큼 현백의 무공은 대단해지고 있었다. 그러나 모인은 그 때문에 한 가지 더 걱정이 늘고 있었다.

그 대단한 무공의 현백이 지금 움직이고 있었다. 그런데 그 움직임 속에 묻어나는 감정이 예사롭지가 않았다. 왠지 모를 분노가 현백이 떠난 자리에 붙어 다니는 가느다란 실처럼 느껴지고 있었던 것이다.

만일 현백이 자신의 분노를 엉뚱한 방향으로 풀어버린다면 그것이야말로 위험한 일이었다. 현백의 뒤를 따르는 모인의 발걸음은 자신도 모르게 힘이 들어가고 있었다.

"……"

어느 정도 예상하고 있는 일이기는 했었다. 이곳에 오면서 받게 될 차가운 시선은 그리 힘든 것이 아닐 것이라 생각했었다. 어쨌든 그가 칠군향을 지키지 못한 것은 사실이었으니 모든 것을 다 받아들여야 한다고 생각했었던 것이다.

그런데 이러한 반응은 아니었다. 이건 지충표의 무능을 탓하는 분위기가 아니었다. 이건 오유가 걱정하던 바로 그 반응이었던 것이다.

그가 아니라 그의 가문이 문제였다. 강호에 대한 현단지가의 배신이라고 생각하는 사람들이 모두 지충표를 향해 적대적인 감정을 던지고 있었다. 그 적대감의 표현은 노골적이라 불러도 괜찮을 정도였던 것이다.

"뻔뻔한 건가, 아님 눈치가 없는 건가! 이곳이 어디라고 감히 얼굴을 보여!"

누군가의 호통 소리가 들려오고 있었다. 지충표가 고개를 돌려보니 한 사내의 얼굴이 보였다. 화산의 도복을 입은 사내였다.

아직은 어린 듯한 사내였는데 앳돼 보이기까지 하고 있었다. 아직은 어린 만큼 감정적으로 행동할 소지가 많아 보였는데, 아니나 다를까? 노골적인 반감이 아니라 살기를 보내오고 있었다.

"무공도 못하시는 분이었다! 이리도 잔인하게 살해되실 분이 아니란 말이다! 대관절 당신의 가문은 무슨 생각을 하고 있는 것이야!"

"……."

누가 시작하는가가 문제였을 뿐이었다. 일단 누군가 입을 열어 의견을 표시하자 여기저기서 사람들의 시선이 또 달라지고 있었다. 점차 지충표의 주위에 살기 어린 눈빛들이 휘돌기 시작한 것이다.

개중에는 시선으로 끝내지 않는 사람들도 있었고 그들은 각자의 손을 병기의 손잡이에 올려놓고 있었다. 여차하면 출수하겠다는 생각도 있는 것처럼 보였다.

"험한 꼴 당하기 전에 그만 돌아가라, 지충표. 네가 현백과 친분이 있다는 것 하나 때문에 지금 가만히 있는 거다. 더 이상 사람들을 자극한다면 어찌 될지 나도 알 수 없다."

조금은 나이가 들어 보이는 사람의 목소리가 들려왔다. 지충표와 오유의 눈에 한 사람의 모습이 보였다. 그는 화산의 유선이란 인물이었다.

차기 화산을 이끌어가는 사람들 중 하나로 무공도 무공이지만 그 인물의 됨됨이가 좋은 것으로 유명한 사내였다. 그러나 그런 그도 지금 보니 평판이 과장된 것처럼 보이고 있었다.

하나 그만큼 지금 현단지가에 대한 평판이 좋지 않다고 보는 것이 더 옳은 일이었다. 하지만 지충표는 여기서 돌아갈 생각이 전혀 없었다.

슷…….

말 대신 지충표는 조용히 발걸음을 옮기고 있었다. 그가 목표한 곳은 저 눈앞에 보이는 높다란 제단. 그 제단을 향해 가고 있었다.

하지만 그곳은 지금 화산의 사람들이 가장 많이 있는 곳. 어쩌면 제일 난감한 상황으로 치닫게 될 수 있는 곳이었다. 그리고 결국 그런 일이 일어나고 있었다.

"진정 눈에 보이는 것이 없는 자로구나!"

파아앙!

"큭!"

지충표의 신형이 뒤로 밀려났다. 상대는 그저 손을 죽 뻗어 지충표의 어깨를 민 것뿐이지만 아직 부상이 채 낫지도 않은 상황이라 고통은 이루 말할 수가 없었다.

"지금 무슨 짓을 하시는 겁니까! 화산은 이제 이성조차도 없는 겁니까!"

"무어라! 그대야말로 말을 함부로 하지 마시오! 아무리 개방의 사람이라 해도 이건 화산의 일, 더 이상 개입하는 것은 서로의 감정을 상하게 한다는 것을 명심하시오!"

 넘어진 지충표를 부축하며 오유가 소리치자 유선의 목소리에 감정이 실리기 시작했다. 그러나 여기서 물러날 오유가 아니었다.

 "참으로 화산은 말을 쉽게 하는군요. 감정을 상하게 한다고 말하셨습니까? 지금 그 말이 무슨 의미를 가지고 있는지 알고 말씀하시는 것인가요?"

 "지금 무슨 말을 하는 것이오?"

 정색을 한 채 말하는 오유의 목소리에 유선의 얼굴이 살짝 굳었다. 그러자 오유는 지충표를 잡아 일으키며 말을 이었다.

 "한 문파의 대외적인 외교에 관한 문제입니다. 서로의 감정이 상한다는 것은 교류 자체를 끊겠다는 말씀이 아니오이까? 그러한 일을 귀하께서 결정할 수 있으신 것을 몰라뵈었군요."

 "……."

 오유의 말에 유선은 말문이 막혔다. 그녀의 말처럼 경솔한 말이었다. 감정적으로 처리해서 될 일이 아니었던 것이다.

 물론 그에겐 그러한 권한이 없었다. 하지만 그렇다고 해서 주위에 빙 둘러싼 화산의 문도들에게 밀리는 듯한 인상을 줄 수는 없었다. 이건 향후 자신이 화산의 중추 세력이 되었을 때 그 기반에 관한 문제이기도 한 것이다.

 "헛… 어이가 없구려. 이보시오, 오유 낭자! 그럼 우리 화산의 입장에서 어떻게 해드려야 할 것 같소이까? 돌아가신 칠 장로님의 원혼은 어찌하란 말이오!"

"칠 장로? 사부님께서 언제부터 장로라는 직책에 계셨지?"
"……."
 순간적으로 유선은 말문이 막혔다. 이 목소리는 지충표의 목소리가 아니었다. 그보다 조금은 높고 또렷한 것이었는데 문제는 그 목소리에 담긴 느낌, 그것이 문제였다.
 절대적인 적의, 호의란 조금도 담겨 있지 않았다. 유선은 그대로 신형을 돌려 목소리의 주인을 바라보았다. 그곳엔 현백과 그 일행이 서 있었다.
 "장문인께서 돌아가신 칠 장로님의 원혼을 기리고자 이번에 그 신분을 격상시켰소이다. 그대 역시 한때나마 화산에 몸을 담았으니 그 의미가 무엇인지 잘 아실 것이오. 하니……."
 "사부님이 어디 사셨는지는 아나?"
 "……."
 다시금 현백의 목소리가 낮게 들려오자 유선은 입을 꽉 닫았다. 현백의 의도는 분명했다. 아무래도 화산과 그는 이미 적대적인 상황으로 돌아선 듯 보였던 것이다.
 "지금 무슨 소리를 하는 것인가! 그럼 현백 당신은 복수고 뭐고 다 그만두겠다는 것이오! 아니, 어떻게 제자 된 사람이 스승의 죽음 앞에서……."
 "누가 누구의 복수를 한다는 것이야! 나의 복수가 언제부터 화산의 일이 된 것이냐고!"
 "……!"
 벽력같은 외침이었다. 찌릿한 현백의 목소리에 유선은 놀라 뒤로 한 걸음 물러섰다. 이전의 현백에게선 보이지 않던 강렬한 기운이었다.

"스승님께서 살아계실 때 화산에서 무얼 해주었지? 무공을 하지 않는다는 이유 하나만으로 본전에서 멀리 떨어져 살아야 했다. 법술로 화산을 먹여 살렸지만 그 누구 하나 스승님께 고맙다는 이야기 한번 하지 않았다. 내 말이 틀린가?"

"……."

"그런 자들이 지금 스승님의 죽음을 애도한다는 것이냐? 대체 스승님이 너희들에게 무슨 의미이기에! 단순히 같은 지붕을 덮고 있다고 해서 지금 이렇게 날뛰는 거냐!"

"……! 말이 좀 지나치다, 현백!"

현백의 말에 유선은 검파에 손을 올리며 소리쳤다. 양측 간에 일촉즉발의 상황이 시작되었지만 모인을 비롯한 타문파의 사람들은 아무런 말을 할 수가 없었다. 지금 잘못 나서면 정말 화산과 개방 간에 무슨 일이 터질지도 몰랐던 것이다.

"훗! 말이 심하다고? 말 대신 행동은 심하게 해도 된다는 뜻이냐?"

"뭐라?"

스르르릉!

현백의 오른손이 움직이며 그의 기형도가 허공에 뽑혀 올라오고 있었다. 유선은 조금 당황한 얼굴을 만들었는데 그는 현백이 이 정도까지 적개심을 품고 있을 줄 몰랐던 것이다.

"나와 스승님께서 받은 대우는 이 정도가 아니었다. 그 백분지 일이라도 맛을 보겠는가!"

파아앗!

빛살이었다. 군더더기없는 직선의 움직임이 유선의 눈앞에 피어오른다고 생각하는 순간 유선은 왼 어깨가 서늘한 느낌이 들고 있었다. 그리고…

사삿!

"……!"

왼 가슴부터 어깨까지 긴 선이 그어지고 있었다. 다행히 혈선은 아니었고 옷만 베어진 것이지만 그에게 있어 혈선이나 다를 것이 없었다.

"이놈!"

쩡!

한쪽 발을 크게 들었다 놓으며 강한 진각이 허공에 울리고 있었다. 그와 함께 그의 오른손에 검이 들렸는데 흔들렸다고 생각하는 순간 이미 그 검은 허공으로 치솟아 현백을 향해 다가오고 있었다.

정말 쾌속하다고밖에 말할 수 없는 순간이었다. 너무나 빠른 검날에 당황할 만도 하건만 현백은 전혀 당황하지 않고 있었다. 오히려 그는 물러나기는커녕 앞으로 한 걸음 내밀며 오른손의 도를 쭉 내밀고 있었다.

"오늘 내 너의 콧대를 꺾고야 말리라!"

촤라라랑!

단 한 번의 손놀림임에도 불구하고 화려한 검사위가 허공에 울리고 있었다. 그야말로 전형적인 화산의 검, 사람의 눈을 현혹시키는 환검의 원리를 한번에 꿰뚫는 검사위였던 것이다.

비록 현백이 바로 도를 내밀어 마주쳐 나갔다고는 하지만 선공을 놓친 상태이니 쉽지 않은 상황이었다. 콧대를 꺾는다는 유선의 말은 거짓이 아니었다.

그러나 유선은 곧 어금니를 꽉 깨물어야만 했다. 그의 검날이 어처구니없는 방향으로 휘고 있었던 것이다.

피이이잉!

"……!"

믿을 수가 없는 상황이었다. 유선의 검은 그의 의지와는 상관없이 한쪽 방향으로 꺾여지고 있었다. 어처구니없게도 오른쪽으로 크게 휘어지고 있었던 것이다.

카가각!

한순간에 그의 검은 현백의 도와 딱 달라붙어 버리고 있었다. 유선은 있는 힘을 다해 검을 현백의 도에서 떼려고 했지만 그것이 쉬운 일이 아니었다. 온 힘을 다해도 불가능했던 것이다.

치잉……!

"엇!"

한데 한순간 그의 검이 허공으로 솟았다. 현백이 내력을 거두며 검을 자유롭게 한 것인데 유선은 온 힘을 다해 다시 검을 휘두르려 했다. 여기서 선수까지 뺏긴다면 그야말로 낭패이니 말이다.

그러나 그건 현백을 얕보는 것이었다. 이미 현백의 도는 공세로 돌아서 있었다.

차차차창!

숨 돌릴 틈도 없이 현백은 도를 움직였다. 유선이 보여주었던 환상 같은 검세는 아니지만 그 검세보다 더욱더 빠르고 영활한 공격이 도를 통해 뿜어져 나오고 있었다.

"완벽한 후발제선(後發制先)이로구나. 이젠 정말……."

모인은 고개를 절레절레 흔들며 입을 열었고 그 말에 주비는 고개를 끄덕였다. 후발제선이란 말에 전적으로 공감하고 있었던 것이다.

후발제선이란 늦게 출수함에도 불구하고 선수를 잡아 뒤엎는 것을 이야기한다. 글자의 뜻대로 풀어낸다면 그렇게 이야기할 수 있었던 것이다.

그런데 본격적인 의미의 후발제선은 조금 다른 이야기였다. 후발제선이란 말이 나오려면 몇 가지 조건이 필요했다. 그리고 그중 가장 필요한 것이 바로 서로 간의 내력이든 무공이든 커다란 차이가 있어야 하는 것이다.

바로 지금 현백과 유선처럼 말이다. 현백과 유선은 지금 눈으로 보이는 것 이상의 차이가 있었다. 말로 표현하기조차 힘들 정도의 수준 차이가 있었던 것이다.

흔히들 후발제선하면 후수를 둔 사람이 뭔가 수를 내어 선수로 돌아서는 것을 이야기한다. 그것이 조금은 비겁한 수라도 다 정당화하기 위해 그따위 말을 하곤 했다. 그러나 현백은 달랐다. 진정한 후발제선을 보여준 것이다.

압도적인 무위로 인결(引訣)을 보여주어 상대의 검을 끌어당긴 후 이번엔 탄결(彈訣)로 튕겨 버렸다. 그리곤 지금까지 선수를 놓치지 않았다.

"그렇군요. 하나 이쯤에서 맺어야 할 것 같습니다."

주비가 작은 목소리로 입을 열자 사람들의 시선이 주비가 보는 곳을 향하고 있었다. 그곳엔 화산의 중추 세력들이 나오고 있었다. 장문인을 비롯한 고수들이 내전에서 나오고 있었던 것이다.

이들은 사부와 같은 지붕을 쓰던 사람들이었다. 누가 말하지 않아도 현백은 그 사실을 잘 알고 있었고 이들에게 어떤 적대감도 없었다. 그러나 지충표와 비교한다면 그건 다른 이야기였다.

아무리 봐도 현백에겐 이들이 아니라 지충표가 훨씬 더 중요했다. 사람의 됨됨이도 그렇지만 지충표는 자신과 함께 스승의 마지막을 함께했던 사람이었다. 그가 칠군향을 살리기 위해 어떠한 노력을 했는지 현백은 너무나도 잘 알고 있었던 것이다.

그런 상황에서 이들이 지충표에게 적개심을 보이니 현백 역시 똑같이 해주고 싶은 마음이었다. 그래서 지금 그가 나선 것이다.

그런데 시간이 흐르고 손에서 도가 휘도는 것이 느껴지면 느껴질수록 기이한 감정 하나가 가슴속에서 피어오르고 있었다. 뭔가 강렬한 것이 가슴 한쪽을 지배하고 있었던 것이다.

강렬한 것… 아니, 이건 격렬한 느낌이었다. 자신도 모르게 가슴 한쪽에서 피어오르는 감정은 현백의 심장을 더욱더 빠르게 뛰게 만들고 있었다. 그리곤 빠른 심장의 박동만큼 손의 움직임 역시 더욱더 빨라지고 있었다.

캉… 카캉!

"크윽!"

유선이란 사내의 입에서 신음성이 흘러나오고 있었다. 한쪽 눈을 일그러뜨리며 그는 점차 뒤로 물러나고 있었는데 현백은 점차 앞으로 나가면서 도를 휘두르고 있었다. 점점 힘이 보태지는 오른손을 느끼며 말이다.

이쯤이면 되었다는 생각이 들고 있었다. 이 정도에서 손을 멈춘다면 그것으로 상황은 종료될 것이었다. 그런데 몸은 그 끝을 보려고 하고 있었다.

스스스스…….

더욱이 현백의 몸에서 더욱더 강한 기운이 일어나고 있었다. 그 기운은 고스란히 오른손으로 이어져 그의 기형도에 전해지고 있었다.

고오오오오…….

현백의 도에서 밝은 빛이 흘러지고 있었다. 남들이 보면 검기라고 할 만큼 강렬한 기운이 폭사되는 가운데 현백은 오른손을 휘둘렀다. 가장 빠르고 최단거리라 생각되는 방향으로 검을 휘두른 것이다.

슷… 차랑…….

"……!"

유선의 눈이 커졌다. 그의 검이 반 토막 나버린 것이다. 마치 칼로 무를 썰 듯 깨끗하게 잘려진 그의 검을 보며 멍한 표정을 지은 것인데 상황은 그렇게 넋 놓고 있을 때가 아니었다. 현백의 도는 계속되었던 것이다.

"그만둬라, 현백!"

팟!

문득 들려오는 소리에 현백은 오른손에 힘을 꽉 주었다. 어금니를 깨물며 손을 멈춘 것이다. 소리는 바로 뒤에 있던 지충표가 낸 것이었다.

"……."

현백은 그제야 정신이 들고 있었다. 지금 눈앞에 있는 멍한 표정의 유선, 그만큼이나 현백도 정신을 놓았었다. 대신 그의 정신을 감정이 지배하고 있었던 것이다.

그의 도는 유선의 목에 닿아 있었다. 놀란 유선의 목에선 작은 피가 흘러나오고 있었는데, 그거야 검풍에 베일 정도의 상처밖엔 되지 못하니 위험할 것은 아니었다. 그러나 조금만 현백이 손에 힘을 주었다면 상황은 달라졌을 터였다.

시링… 딸칵.

도집으로 도를 돌리며 현백은 앞으로 나섰다. 그대로 유선을 지나쳐 높다랗게 쌓아 올린 제단을 향해 움직인 것인데 모든 사람의 시선은 현백에게 향했다. 현백은 한쪽에 피어오르고 있던 화로에서 불에 타고 있던 장작 하나를 꺼내 들었다.

타타탁…….

저쪽에서 화산의 장문인 화주청과 이격이 서 있었지만 현백은 상관하지 않았다. 그는 그대로 앞으로 나아가 제단 아래 횃불을 던졌다.

화르르르륵!

잘 마른 장작에 불이 당겨지자 그대로 거대한 불길이 치솟아오르고 있었다. 화산의 사람들이 말리고 할 사이도 없었다. 현백은 치솟아오르는 불길 앞에서 그저 우뚝 서 있었다.

"사부님… 이것이… 제가 이 세상에서 흘리는 마지막 눈물이 될 것입니다… 마지막 눈물이…….”

툭.

그의 오른뺨을 타고 투명한 액체 하나가 떨어지고 있었다. 떨어지는 그 눈물이 바닥에 떨어지기도 전에 현백은 신형을 돌렸다. 그리곤 또 한 번 그의 목소리가 허공에 울리고 있었다.

"이제부터 흘리는 것은 피눈물이 될 것입니다. 사부님을 끌어들인 자들이 흘리게 될 것이지요. 제가 반드시 그렇게 만들겠습니다."

스스로에게 다짐하듯 현백은 말을 곱씹으며 움직이고 있었다. 치솟아오르는 불길만큼이나 현백의 몸에서도 강렬한 기운이 치솟아오르고 있었다. 두 눈에서 흐르는 붉은 기운을 좌우로 흘리며 현백은 그렇게 떠나고 있었다.

第二章

솔사림을 향해

1

"답답하군요. 무얼 시작해야 될지조차 모르겠습니다. 이러다 정말 아무것도 할 수 없는 것은 아닌지······."

장연호는 남모르는 작은 한숨을 내쉬었다. 비록 눈으로는 좀처럼 보기 힘든 황금의 풍광을 바라보고 있었지만 마음은 그런 풍광을 느낄 여유가 없었다.

신비에 깃든 솔사림, 그 안쪽의 진면목을 본 사람들은 정말 놀랄 수밖에 없었다. 온 정원부터 시작된 황금의 물결이 그런 것인데 물론 진짜 금은 아니었다.

그러나 어떤 이유에서인지 모르지만 솔사림주는 황금의 색깔에 집착하고 있는 듯 보였는데 왠지 그리 좋아 보이진 않았다. 어디까지나 황금은 황실의 색깔이니 말이다.

어쨌든 눈을 끄는 것은 사실, 그래서 이곳에 온 사람들 모두가 놀라면서도 감탄하는 광경이었지만 지금 장연호에겐 아무 감흥도 없었던 것이다.

그가 생각하는 것은 오직 하나, 현백에 대한 일뿐이었다. 이곳에 있으면서도 현백에 관한 소문은 계속 들려왔기 때문이다.

"하나 그렇다고 해서 함부로 움직이면 그것이 더 큰 문제가 될 수 있네. 하니 이렇게 수순을 밟고 있는 것이 아닌가?"

"하아… 수순… 수순이라…….""

오호십장절 토현의 목소리에 장연호는 그저 중얼거릴 뿐이었다. 토현이 말하는 수순이라는 것, 그것이 무엇을 의미하는지 잘 알고 있었기 때문이다.

무림대회. 또 하나의 무림대회가 곧 열릴 판이었다. 주최는 다름 아닌 솔사림이 될 것이었고 이 대회를 위해 많은 사람들이 지금 속속 모여들고 있었다.

무당 역시 예외가 아니라서 무당의 식구들도 지금 솔사림에 들어온 상황이었다. 지금 이 솔사림엔 강호의 세력 거의 전부가 다 모여 있다고 해도 틀린 말이 아니었던 것이다.

각 문파가 힘을 모아 만든 추색대의 구성은 이제 그 의미가 퇴색되어 버린 상황이었다. 일이 이렇게 흘러가자 장연호는 괜한 자신의 시간만 낭비한 것 같아 마음이 그리 좋지 않았던 것이다.

그가 이렇게 시간을 낭비하는 사이 현백은 스승을 잃었다.

위험한 고비는 수차례 넘겼고 이래선 같은 강호 아래 있다는 사실이 믿어지지 않을 정도였던 것이다.

"잘 알면서도 마음이 조급해집니다. 이렇게 서두른다고 될 일이 아니라는 것을 알면서도 왠지 급해집니다. 현백이란 친구만 생각하면 더욱더 그렇습니다."

"허허허… 그러한가?"

토현은 웃었다. 지금 이 장연호의 말은 의미하는 바가 있었다. 현백과 장연호는 친구면서도 경쟁자였던 것이다.

현백은 지금 온몸으로 싸우고 있었다. 그 상대가 강호든 아니면 흑월이든 간에, 그는 최선을 다해 싸우고 있으니 그만큼의 발전이 있을 터였다. 물론 그 발전 가운데서도 아픔은 있었다. 현백의 사부가 죽었으니 말이다.

하지만 이들은 부림인이었다. 누가 무슨 말을 하든 이들은 무공으로 말하는 사람들. 그들에게 살아 있는 실전은 강호에서 자신을 발전시키는 가장 좋은 길이었던 것이다.

현백에 비해 장연호는 지금 거의 쉬고 있는 것이나 마찬가지였다. 장연호는 지금 그런 자신을 탓하고 있는 것이다.

"상공, 너무 심려치 마세요. 모든 것은 때가 있는 법. 더욱이 지금부터가 상공께서 하셔야 할 일이 시작될 것입니다."

"…그 무슨 말이오, 예 매. 지금부터 시작이라니?"

갑자기 들려오는 예소수의 목소리에 장연호는 되물었다. 살짝 웃는 그녀의 얼굴을 보며 장연호는 고개를 갸웃거렸는데 그는 절대로 예소수의 말을 허투루 들을 수가 없었다.

아니, 장연호뿐만이 아니라 토현도 허투루 들을 수가 없었다. 예소수의 판단력이 예사 수준을 넘음을 이미 토현도 잘 보았기 때문이다.

"호오… 예 부인께서 다른 식견을 가지고 계신가 봅니다. 삼가 이 늙은이, 예 부인의 말씀을 경청하고 싶습니다."

"어인 말씀을… 언제나 주제넘은 것 같아 죄송스러울 뿐입니다."

예소수는 싱긋 웃으며 입을 열었다. 왠지 토현은 그녀의 얼굴이 이전에 비해 달라진 것을 느낄 수 있었는데 정확히 그것이 무엇인지 잘 알 수가 없었다.

예전 그대로의 아름다움이 있었다. 기품도 그대로였고 분위기도 다 그대로인데도 뭔가가 달랐다. 하나 더 이상 그가 어떤 것이 잘못된 것인지 생각해 보는 것보다는 예소수의 의견이 더 궁금했다.

"부인이야말로 어인 말씀을… 기탄없이 말씀해 주십시오. 저도 나름대로 생각이 있지만 아직까지 판단을 내리지 못한 상태입니다."

"그렇다면 실례하겠습니다."

토현의 말에 예소수는 그제야 입을 열기 시작했다. 장연호와 토현은 바로 그녀의 목소리에 빠져들 수 있었다.

"상공께선 지금 참 조급하실 것입니다. 하실 것이 한두 가지가 아닌데 무당을 대신하여 이곳에 왔습니다. 그것 하나만으로 많은 제약이 있으니 그것이 제일 문제이지요. 그러지요,

상공?"

"……."

침묵은 긍정이라 했다. 장연호는 아무런 말도 하지 못한 채 멋쩍은 얼굴을 하고 있었는데 그녀의 말처럼 가장 문제가 되는 것은 그것이었다.

무당을 대표하는 것, 그것만 아니었다면 그는 이곳을 박차고 나섰을 터였다. 그리곤 현백과 함께 강호를 움직였을 터였다. 장연호는 그런 사람이었다.

그런데 그것이 잘 안 되었다. 그리고 그건 비단 무당을 대표한다는 것 때문만은 아니었다. 일검지 규앙 도장의 복수도 걸려 있었기 때문이다.

그 모든 것에 솔사림이 연관되어 있었기에 지금 장연호는 이 자리에 버티고 있는 것이었다. 그런데 지금 그 진행이 잘되지 않았고 말이다.

"하나 이젠 그 점이 오히려 상공이 날개를 펴는 데 도움을 주게 될 것입니다. 이제 모든 일은 밖으로 다 나오게 될 것입니다."

"밖으로 나오다니? 그게 무슨 뜻이지, 소수?"

언뜻 이해가 가질 않는다는 듯 장연호는 되물었는데 그건 토현 역시 마찬가지였다. 밖으로 나온다는 뜻은 여러 가지 의미를 가지고 있었던 것이다.

"말 그대로입니다. 밖으로 나오는 것, 더 이상 숨기면서 움직일 수가 없을 것입니다. 솔사림이든 지금 강호에서 핵이 되고 있는 흑월이든 이젠 밝은 태양 아래로 나올 수밖에 없다는 것이지요."

"……."

역시 설명을 들어도 잘 이해가 가지 않는 말이었다. 그들이 밝은 곳으로 나온다는 것은 잘 알 수 있었지만 문제는 왜 그렇게 하는가였다. 만일 그렇게 된다면 장연호로서는 환영할 만한 일이었다. 모든 것을 다 걸고 싸울 수 있는 구실이 되니 말이다.

"확실히 예 부인의 생각은 제 예상을 뛰어넘습니다. 저는 지금 저들이 더욱더 숨어들지 않을까 하는 생각을 하고 있었습니다만, 그 반대란 말씀이십니까?"

"그렇습니다. 역시 의문점을 가진 것은 토현 장로님도 마찬가지였군요. 그럴 줄 알았습니다."

"…누가 이 멍청한 놈을 위해 설명 좀 해주시겠습니까?"

두 사람의 대화에 장연호는 살짝 볼멘소리를 내었다. 왠지 예소수와 토현은 서로 통하는 것이 있었고 장연호만 지금 무슨 뜻인지 전혀 짐작이 가지 않고 있었던 것이다.

"허허허! 멍청하다니, 그 무슨 말을……. 자네도 잘 알고 있는 것일세. 신경 쓰질 않아 모르는 척하는 것이지."

"예?"

점점 사람 모를 지경으로 몰아가는 토현을 보며 장연호는 멀뚱한 표정을 지었고 토현은 그저 웃었다. 그리곤 감정을 추스르며 다시금 입을 열었다.

"흑월이라는 단체가 나타났다네… 그러자 솔사림이 강호에 그 모습을 드러냈지. 그리고 그 모든 원인을 제공한 사람들도 나타났지. 환연교라는 사람들 말일세."

"……."

"그 모든 것이 다 우연이라고 생각하나? 평생 살면서 한 번이나 제대로 볼까 말까 한 세력들을 한 번에 다 보게 되었네. 그리고 그와 함께 강호는 춤을 추었다네. 그 춤 속에 우리들도 있었지."

"설마……."

이 모든 것이 다 계획된 것이냐는 말은 하지 않아도 충분했다. 이미 이 두 사람은 그렇게 생각을 하고 있었으니 말이다. 그러자 예소수의 입이 열렸다.

"이 모든 것이 우연과 또 이어진 우연의 연속이라고 말한다면 그것이야말로 거짓말이 될 것입니다. 그렇게 본다면 이곳은 어떤 의미가 있겠습니까? 그야말로 우리들에게 있어 시발점이 된다고 말할 수 있겠지요."

"…시발점?"

확실히 예소수의 생각은 깊었다. 그간 상당히 오랫동안 생각을 한 모양이었는데 장호연의 되물음에 예소수는 다시금 입을 열었다.

"그렇습니다. 시발점이지요. 다른 곳에서 시작할 수가 없기 때문입니다. 흑월의 존재는 지금 어느 곳에 있는지 알 수가 없습니다. 게다가 환연교는 너무 알려져 있는 곳. 세 곳에 비한다면 그리 큰 세력도 아닙니다. 하면 우리가 봐야 할 곳은 정해져 있지요."

"…그렇군, 그런 이유라면 말은 되는구려."

장호연은 이제야 이해가 간다는 듯 고개를 끄덕였다. 종합해 보면 무언가 확실한 증거는 없지만 이 솔사림이 의심스럽다는 뜻이었고 또 이곳에서 그 증거를 찾아야 한다는 뜻이었다. 그 정도는 이미 이곳에 올 때 예측하고 있었던 이야기였다.

물론 확신은 없었다. 하나 이렇듯 예소수의 말을 듣고 보니 훨씬 마음이 가벼워지는 것을 느끼고 있었다. 적어도 자신이 헛고생하는 것은 아니라고 생각되니 말이다.

예소수가 의도하는 것도 바로 이러한 점이었다. 본인이 하고 있는 일이 잘못된 일이 아님을 알게 해주는 것, 그래서 조급함을 조금이나마 없애보려는 것이 그녀의 의도였다. 그리고 그러한 의도는 거의 성공한 듯 보이고 있었다.

"분명 현백 역시 이곳으로 오게 될 것입니다. 하니 상공께선 그때를 대비해 준비하는 것이 옳겠지요. 다만 제가 이상하게 여기는 것은 어째서……."

"계십니까?"

또다시 예소수가 입을 열 때였다. 문밖에서 공손한 목소리가 들려오고 있었다. 장연호는 왠지 그 목소리가 귀에 익다는 느낌을 받으며 입을 열었다.

"누구냐? 안으로 들어와 이야기하거라."

"예, 사숙님."

끼이이.

작은 문이 열리고 들어온 사내는 그뿐만이 아니라 예소수도 잘 아는 사람이었다. 바로 추광이라 불리는 아이였는데 이 아이는 장문인의 옆에서 령을 전달하는 일을 하고 있었다.

"장문인께서 사숙님을 뵙자고 하십니다. 어떤 일이 있어도 즉시 모셔오라는 분부셨습니다."

"어떤 일이 있어도?"

왠지 이상한 기분을 느끼며 장호연은 말을 되뇌었다. 반드시 데리고 오라는 말이었는데 굳이 그런 말을 하지 않아도 그가 가지 않을 이유가 없었다.

그럼에도 불구하고 데려오라는 말을 했다면 무언가 일이 일어났다는 뜻이었다. 장호연은 이상하게 생각하면서도 자리에서 일어났다. 장문인이 부른 이상 가지 않을 수는 없었던 것이다.

"아무래도 잠시 다녀와야 할 것 같습니다. 두 분께선 계속 이야기를 나누시지요."

"그래, 알겠네. 마침 나도 본파의 사람들이 당도할 때가 되어서 그만 나가봐야겠네. 먼저 가시게."

"기다리겠습니다. 다녀오시어요, 상공."

장호연은 토현과 예소수에게 간단한 목례를 한 후 신형을 돌렸다. 장호연과 추광은 곧 문으로 사라졌고 토현은 그 두 사람의 모습을 잠시 살피다 자리에서 일어섰다. 그리곤 나가려다 다시 신형을 돌려 입을 열었다.

"참, 부인께서는 하시려던 말이 어떤 것인지요? 뭔가 이상한 것이 있다고 말씀하지 않으셨나요?"

"아, 그게……."

예소수는 말을 하다 말고 잠시 말을 끊은 채 가슴에 손을 올리고 있었다. 그녀는 작은 손으로 가슴을 누르며 숨을 크게 쉬고 있었는데 아무래도 병이 조금 더 깊어진 듯했다.

"장로님께서도 느끼셨겠지만 모든 것이 너무나 명확해지고 있습니다. 이제 강호의 최대 적은 흑월이라는 곳이지요. 그리고 그 흑월에 동조한 강호의 세력들, 현단지가와 낭인들을 비롯한 여타의 세력이지요. 그들만 제거한다면 강호는 그야말로 태평성대일 것입니다."

"…그것이 뭐가 잘못된 것입니까?"

이번엔 토현이 되묻고 있었다. 토현 역시 모든 것이 확연하게 드러난 이상 이젠 강호의 힘을 결집하는 것밖엔 남은 게 없다고 생각했었다. 그런데 예소수는 뭔가 더 생각을 하는 것 같았다.

"너무나 확연하니까요. 곧 있으면 그 확실한 적을 위해 강호의 힘이 집결될 것이고 그들은 토벌될 것입니다. 무림대회는 그 때문에 열리는 것이니……."

"……."

아무리 토현이 세상 경험이 많아도 지금 예소수의 말은 무슨 의미인지 알 수가 없었다. 예소수는 잠시 생각에 생각을 거듭하다 이내 다시금 입을 열었다.

"이 폭풍이 지나가면 어떻게 될까요? 그땐 어떤 일이 일어나게 될 것인지… 과연 강호는 다시 평정을 되찾을 수 있을까요?"

"…강호란 것이 원래 그렇게……!"

예소수의 말에 대답을 하려던 토현은 갑자기 눈을 크게 떴다. 지금 예소수는 그런 원론적인 말을 하고 있는 것이 아니었다. 뭔가 다른 이야기를 하고 있었던 것이다.

"흥망(興亡)이란 것은 빛과 그림자와 같은 것. 분명 그림자는 있는데 빛이 누구인지 알 수가 없습니다. 그것이 무림이 될지 솔사림이 될지……."

슬며시 혼잣말로 마무리를 하지만 토현은 잘 알 수 있었다. 그리고 솔사림이란 곳이 그리 믿을 곳이 아니라는 사실 역시 이미 그는 잘 알고 있었다.

"누군가… 그렇게 적을 알도록 규정했다는 말씀이시오? 흑월이 적이 되도록?"

"……."

예소수는 말 대신 조용히 웃었다. 그 외엔 더 이상 할 말이 없었던 것이다. 아직 확실하지도 않은 일에 괜한 너스레를 떨고 싶진 않았던 것이다.

그녀는 대답 대신 시선을 돌렸다. 저 멀리 창밖에 흐르는 작은 햇살에 얼굴을 대고 있었다. 밝은 햇살의 기운을 느끼려는 듯 그녀는 그렇게 한참 동안 서 있었다.

토현은 잠시 그녀를 보다 시선을 돌렸다. 그리곤 방문을 나서려는 순간 다시금 고개를 돌렸다. 그의 뇌리에 한 가지 사실이 떠올랐던 것이다.
 "……."
 하얘졌다. 예소수의 얼굴은 예전보다 더욱더 하얀 얼굴을 보여주고 있었는데 그만큼 화장을 짙게 한다는 뜻이었다.
 아마도 병색이 완연한 자신의 얼굴을 보이고 싶지 않다는 의미였을 터였다. 그리고… 그만큼 병이 더 깊어졌음을 의미하는 것이기도 했다.

 "무슨 일이더냐?"
 "저도 자세한 것은 잘 모르겠습니다. 장문인께선 그냥 사숙님을 데려오라고만 하셨습니다."
 장연호의 말에도 추광은 그저 입을 꽉 다물 뿐이었다. 장연호는 고개를 끄덕인 후 신형을 옮겼다. 어느새 저 앞에 장문인이 있는 방문이 보이고 있었다.
 "장문인 계신지요."
 "들어오너라."
 언제나처럼 중후한 장문인의 목소리가 들려오자 장연호는 문을 열고 들어갔다. 추광은 들어가지 않고 문밖에서 열린 문을 닫고 있었는데 장연호는 안쪽으로 들어가다 신형을 멈추었다.
 "……!"

그의 눈이 살짝 커졌다. 눈앞에는 장문인만 있는 것이 아니었다. 무당의 중추 세력들이 모두 다 모여 있었던 것인데 아무래도 보통 일이 아닌 듯싶었다.

"내가 너에게 추색대에 무당을 대표하여 들어가 달라고 했을 때 웬일로 네가 아무런 말을 하지 않았는지 그것이 궁금했었다. 영웅지회까지 박차고 나간 놈이 순순히 나의 말을 들으니 말이다."

"……."

장문인 도학운의 얼굴이 심상치가 않았다. 그 옆으로 사제들까지 대동한 그의 눈엔 담담하지만 한줄기 노기가 어려 있었다. 장연호는 잠시 이것이 무슨 일인지 생각해 봤지만 대관절 무슨 일인지 알 수가 없었다. 한데,

"내가 무슨 말을 하는지 모르겠다는 표정이구나. 오냐, 내 그럼 알려주마. 들어오너라!"

싸늘한 도학운의 목소리가 다시 허공에 울리자 한쪽 구석에서 한 사람이 앞으로 나오고 있었다. 그리고 그 사람의 얼굴을 보자 장연호의 어금니가 꽉 깨물려지고 있었다.

"죄송합니다, 사숙님. 전 더 이상 기다릴 수 없었습니다."

"……."

경호였다. 그가 더 이상 참지 못하고 장문인에게 이야기한 것이다. 일검지 규앙 도장의 죽음. 그 배후에 솔사림이 있음을 말이다.

2

"조금 천천히 갈까?"

"괜한 짐이 되긴 싫다. 어떻게든 쫓아갈 테니 속력을 유지하자고."

현백의 말에 지충표는 고개를 흔들며 입을 열었다. 현백은 잠시 지충표의 얼굴을 바라보다가 이내 고개를 끄덕였다. 하긴 이렇게 쉬고 있을 때가 아니긴 했던 것이다.

저들 화산파의 사람들에게서 거의 도망치다시피 움직여 나온 길이었다. 벌써 산을 내려와 달린 지 이틀… 단 다섯 명이 움직이는 길이었고 모두 말을 타고 이동해서 그런지 상당히 빠르게 움직이고 있었다.

물론 그것이야 현백의 마음이 급해서 그럴 수 있는 일이었지만 꼭 그렇게만 이야기할 것이 아니었다. 그들이 문제가 아니라 현백은 자신 스스로가 더 문제가 있다고 생각했던 것이다.

왠지 모를 적개심. 현백이 저들 화산파를 그리 좋아하는 것은 아니었지만 그래도 적개심이 들 정도는 아니었다. 그 자신이 생각해도 놀랄 정도로 강한 적개심이 느껴지고 있었던 것이다.

그 적개심으로 인해 사람을 죽일 수도 있을 것 같았다. 실제로 현백은 화산의 사람을 죽일 뻔했다. 겨우 참을 수 있었던 것이다.

"쯧! 괜한 고집 또 피운다. 아저씨 몸 상태가 어떤지는 나도 잘 알아요. 부탁해요, 현 대형. 마음이 급한 것은 알지만 조금만 천천히 가지요."

"그래요, 현 대형. 저도 부탁드릴게요. 조금만 여유롭게 가요."

지충표의 말에 오유와 이도가 입을 비죽 내밀며 말을 하자 모처럼 사람들의 입가에 미소가 피어올랐다. 이 일행, 참으로 오랜만에 다시금 뭉친 것이었다.

물론 이곳에 있어야 할 모인 장로가 없는 것이 조금 마음에 걸리긴 했는데 대신 창룡이 있으니 사람 구성은 여전히 그대로였다. 참으로 오랜만에 이리 다 모여 움직였던 것이다.

"쯧, 어린 놈들이 별소리를 다 하네. 이도 요 녀석, 그간 좀 컸나 본데 내 상처 다 낫고도 어디 그런 소리 할 수 있나 보자."

"큭큭. 좋아요, 좋아. 아저씨 낫고 나면 내 학을 떼게 해줄 테니 어서 낫기나 해요."

빙글빙글 웃으며 이도는 입을 열고 있었다. 그 시원한 모습에 지충표는 절로 웃음이 나왔는데 이제 이도는 아이가 아닌 사내였다. 어느새 강호에 당당히 홀로 나설 수 있는 사람으로 변했던 것이다.

아니, 그건 지충표만의 생각이 아니었다. 지충표를 비롯한 현백, 창룡, 그리고 오유마저 그렇게 생각하고 있었다. 이젠 현백과 처음 봤을 때 그 치기 어린 아이가 아닌 것이다.

참으로 신기한 일이었다. 현백과 같이 다닌 것이 이제 반년 정도? 한데 이도는 참으로 많이 성장하고 있었다. 여기 있는 사람 그 누구도 이도만큼 성장을 보여주지 못하고 있었는데 그만큼 이도의 성장은 눈이 부실 정도였다.

"큼… 어째 날 보는 눈들이… 그건 그렇고, 장로님은 대체 어디로 가신 거야? 같이 움직였으면 좋을 텐데… 사숙님까지 같이 가버렸으니…….''

대견한 눈으로 자신을 보는 눈길이 부담스러운지 이도는 입술을 씰룩이며 말을 이었다. 그러자 모두 살풋이 웃으며 고개를 돌렸는데 모인은 지금 호지신개 명사찬과 함께 어디론가 간 상태였다. 그리고 간 곳에 대해선 아무도 알지 못했다. 단 한 명, 창룡을 빼고 말이다.

"창룡 형님, 장로님께서 떠나기 전 가신 곳 말씀 안 해주셨어요? 왠지 형님에겐 이야기한 것 같은데?"

"…아니, 별다른 이야기는 없으셨다. 그저 솔사림에서 보자는 말뿐이었지."

창룡이 고개를 좌우로 흔들며 입을 열자 이도는 어깨를 으쓱하며 고개를 돌렸다. 아무래도 모인은 자신이 움직이는 곳을 아무에게도 말하지 않은 것 같았는데 문득 창룡은 고개를 살짝 내리며 미간을 찌푸렸다.

알고 있었다. 모인과 명사찬이 어디로 갔는지를 말이다. 그들은 지금 환연교의 사람들을 만나러 가는 길이었던 것이다.

모인은 현백의 무공을 미심쩍어하고 있었다. 무공의 위력에 대한 의구심이 아니라 무언가 무공 자체에 이상한 것이 있다고 말했다. 딱히 찍어 이런 것이 잘못되었다고 말할 수는 없지만 왠지 현백이 익힌 천의종무록이 뭔가 이상한 생각이 드는 것은 그뿐만이 아니라 창룡도 요즘 느끼고 있는 것이었다.

그래서 그는 먼저 움직였다. 빨리 그들을 보고 솔사림으로 움직이라는 말을 남기고 말이다. 그는 창룡에게 이들의 호위를 부탁했다.

"한데… 우리 지금 솔사림으로 가는 거지요?"

"그곳이 아니면 갈 데가 없잖아. 새삼스레 웬 질문이 그래?"

문득 들려오는 이도의 말에 오유가 입을 열었다. 그러자 이도는 고개를 끄덕이며 말을 이었다.

"그거야 잘 알고 있지만… 왠지 좀 걸리는 듯해서. 이렇게 우리끼리만 움직여서 괜찮을까 말이야. 어쨌든 요즘 강호의 굵직한 일들은 모두… 우리 주위에서 일어나니."

우리 주위가 아니라 현백 주위란 말이 맞을 터였다. 이도는 지금 가장 현실적인 질문을 하고 있었다. 그의 말처럼 지금 강호에서 현백을 빼면 강호 자체가 논의될 수 없을 정도였다.

이젠 현백이 움직이면 사건이 같이 움직인다고 생각될 정도였다. 그리고 그 점을 우려하여 모인이 창룡에게 말을 한 것이었다. 이들을 보호해 달라고 말이다.

분명 현백에게 무슨 일이 일어날 것이라 그는 생각하고 있었고, 그건 창룡 역시 마찬가지 생각이었다. 더욱이 그는 한 사람에 대한 생각을 지울 수가 없었다.

솔사림을 향해 63

밀천사 양각. 그를 생각할 때마다 느끼는 것이지만 이건 작은 일이 아니었다. 그 역시 강호에 해악을 끼칠 인물이 아니었고 말이다. 그렇다면 누군가 그들의 뒤에서 손을 뻗고 있음은 너무도 쉽게 알 수 있는 일이었다.

그자가 현백을 노릴 터였다. 지금까지 모두 현백을 둘러싸고 일어난 일, 그것들 모두가 다 그 알 수 없는 자의 손길이라면 앞으로도 그럴 것이었다. 지금처럼 말이다.

"……!"

스읏.

창룡은 자리에서 일어났다. 어디선가 느껴지는 작은 살기. 비록 강하다고는 할 수 없지만 충분히 절제된 살기였다. 이건 살수나 내보낼 수 있는 살기였던 것이다.

"어느 쪽이냐, 창룡?"

"전면… 그리고 다른 곳에서 좀 있는 것 같은데?"

현백의 물음에 창룡은 창대를 꼬나 쥐며 입을 열었다. 그러자 현백의 목소리가 다시금 들려오고 있었다.

"반쯤 둘러싸였군. 전면이 제일 강하고 좌우는 늘어선 듯한 형국이다. 아무래도 단단히 준비를 한 것 같은데?"

"……."

그 말에 창룡은 그저 살며시 고개를 끄덕여 동의를 표했지만 실은 마음속으로 크게 놀라고 있었다. 설마 그 정도로 감각이 영민해진 줄 몰랐던 것이다.

"암습인가요? 제길… 제가 후방을 맡을게요."

"전 중앙 쪽에서 있을게요. 여기 아저씨와 함께요."

"큭… 진짜 짐이 되었군."

이도와 오유의 말에 지충표는 실웃음을 지으며 신형을 움직였다. 누가 봐도 이도와 오유가 지충표를 보호하고자 하는 것임을 잘 알 수 있으니 말이다.

현백은 조용히 고개를 끄덕인 후 전방으로 신형을 돌렸다. 보이지 않은 암습을 조심할 때였다.

"은신술(隱身術)인가? 아직도 이런 무공을 꾀하는 사람들이 있다니……."

살짝 눈을 찌푸리며 창룡은 입을 열었다. 그는 끊임없이 눈동자를 돌리며 전방을 주시하고 있었는데 과연 창룡의 말처럼 눈앞의 공간이 조금 이상했다. 여기저기 살짝 일그러지는 공간이 보였던 것이다.

"눈속임은 훌륭하다만… 상대를 잘못 골랐다. 오지 않는다면 내가 가마. 합!"

타탓… 파아앙!

창룡의 신형이 움직이고 있었다. 그는 앞으로 한 걸음 크게 내디뎠고 이어 오른손에 든 창대를 앞으로 쭉 내밀었다.

피이잉… 파아앙!

꽉 잡았던 손아귀에 힘을 풀자 창대가 빠르게 앞으로 나아갔고, 이어 그 창대는 허공의 한 점을 노리고 찔러 들어갔다. 그러자 강한 공기의 파공음이 들려오고 있었다.

물론 그 소리는 창룡이 만든 것이 아니었다. 전면에 있던 누군가의 것, 아직 그 정체는 모르지만 보통 사람은 아니었다. 창룡의 창을 맨손으로 막아낼 정도면 말이다.

피피핑… 파아앙!

한순간 공간을 일그러뜨리며 사람의 그림자가 허공에 떠오르고 있었다. 아니, 떠오른다 싶은 순간 이미 땅바닥으로 쫙 가라앉으며 창룡을 향해 덤벼들고 있었다.

"둘이로구나!"

후후훙…….

머리 위로 창대를 크게 돌리며 창룡은 입을 열었다. 그의 말처럼 창룡 눈앞에 나타난 사람은 두 사람이었는데 둘 다 상당한 무위를 보여주고 있었다.

그들이 누군지는 알 수 없었다. 두 사람 다 얼굴을 복면으로 가리고 나타나 알 수가 없었는데 키도 비슷한 것이 분위기가 마치 쌍둥이처럼 보이는 사람들이었다.

두 사람 다 더 이상 특징적인 모습을 보여주지 않겠다는 듯 본격적인 합격이 시작되었다. 한 사람은 창룡의 상체를, 또 한 사람은 하체를 노리며 창룡에게 공격을 퍼붓고 있었다. 한 걸음 뒤로 물러나던 창룡은 문득 두 사람의 양손에 뭔가 번쩍임이 있는 것을 보았다.

"철조(鐵爪)?"

분명 두 사람이 낀 것은 철조였다. 그렇다면 이들의 무공은 장법이 아니라 조법(爪法)인 것이다.

조법이나 장법이나 둘 다 무공인 것은 확실했다. 그러나 그

대응 방법은 확연히 달랐다. 장법은 접근전도 중요하지만 원거리 공격을 더욱더 조심해야 했다. 조금 떨어져 있다고 방심하는 순간 이미 당하는 경우가 많았던 것이다.

그런데 조법은 장법보다는 근접전이 위주였다. 확실히 근접을 차단하지 않으면 힘든데 사실 창술로 대응하는 창룡에겐 제일 힘든 상대였다. 그것도 두 명이니 말이다.

장법을 상대하면 상대 역시 한 방을 위해 거리를 벌릴 때가 있었다. 그럴 때 창룡 역시 강렬한 한 방을 날릴 수가 있었는데 이 조법은 아니었다. 철저하게 거리를 벌리는 수밖에 없었던 것이다.

스슷.

한 걸음 뒤로 크게 물러난 후 창룡은 양팔을 크게 벌렸다. 왼손과 오른손을 근 삼 척 가까이 벌리니 왼손은 창끝 부근을 잡았고 오른손은 창대의 중간을 넘어 잡게 되었는데 이어 창룡의 양팔 근육이 불끈 솟았다.

끼이이이.

한순간 창룡의 창이 활처럼 휘고 있었다. 설마하니 이 정도로 그의 창이 탄성이 좋은 줄은 다들 몰랐었는데 실제로 창룡의 창은 철로 만들어진 것으로 알고 있어 이 정도의 탄성은 안 나올 것으로 생각했었다.

촤창!

창룡의 움직임에 다가오던 두 사람이 양쪽으로 쫙 벌어지고 있었다. 좀 전까지 상하를 노렸다면 이번엔 좌우를 노리고 있는 형국이었다. 아무래도 창룡의 움직임에 두 사람 다 긴장하고 있는 듯 보였는데 창룡은 왼발을 왼쪽으로 크게 내디디며 신형을 움직였다.

피리리링…….

창룡이 움직이자 마치 그것이 신호라도 되는 듯 두 사람의 신형이 빠르게 움직이고 있었다. 좌우로 갈라졌던 두 사람의 신형은 다시 하나로 빠르게 모여들고 있었는데 이어 양손에 들린 철조들이 빠르게 휘돌려지고 있었다. 그런데…

터어어엉!

일순 창룡의 오른손이 창대에서 떨어지자 힘껏 휘었던 창대가 탄력을 받으며 반대편으로 휘어지고 있었다. 그러자 창룡은 왼손을 앞으로 길게 내밀며 소리쳤다.

"어림없다!"

까라라라랑!

좌우로 빠르게 흔들리는 창대 때문에 두 사람의 신형은 좌우로 벌어지고 있었다. 창룡의 창에 담긴 내력은 상당한 수준이어서 두 사람은 일순 그 힘을 해소하기 위해 머뭇거렸다.

아주 작은 순간이지만 창룡에게는 더 이상 좋을 수 없는 시간이었다. 창룡은 좌우로 벌려진 두 사람 중 좌측에 있는 사람을 목표로 잡았다. 그리고는 허리를 틀며 창대를 허리 뒤로 돌렸다.

휘링!

긴 창대가 창룡의 허리 뒤로 뻗으며 유려한 곡선을 그리자 두 사람의 신형이 더욱더 뒤로 물러나고 있었다. 일단 이들에게 있어 지금 상황은 완전한 후수. 선공을 빼앗긴 상태였으니 당연한 노릇이었다.

 본능적인 일이었다. 창룡이나 여기 있는 두 사람 모두 어느 정도 무공의 선을 넘은 사람들, 차분한 이성적인 판단보다는 순간순간 느껴지는 자신들의 감각을 믿는 사람들이다. 그 감각이 지금 위험하니 물러서라고 이야기했고 그들은 그렇게 몸을 움직였다.

 그러나 기껏 움직이는 것은 한 발 정도, 하나 그 물러선 한 발이 채 땅에 닿기도 전 창룡의 상체가 꼿꼿하게 멈추며 그의 왼손이 빠르게 움직였다.

 피이이잇!

 창룡의 등 뒤에서 창날이 빠르게 앞으로 나가고 있었다. 휘도는 신형을 멈춘 채 왼손을 움직여 앞으로 밀어낸 것인데 복면 속의 눈이 살짝 커지고 있었다. 예상외의 공격인 것이다.

 후수인 데다 상대는 허리의 반동을 이미 탄 상태였다. 자신이 창룡이라도 지금 상태라면 그 반동을 이용해 넓은 반경의 공격을 해왔을 터였다. 두 사람의 공격은 근접전, 창을 쓰는 사람이라면 당연히 거리를 벌리려 할 테니 말이다.

 그런데 창룡은 전혀 다른 방법을 사용하고 있었다. 빠른 시간 내에 한 사람부터 쓰러뜨리려 했던 것이다. 여기서부터 이미 두 사람의 행동은 엇나가고 있었다.

 피이이잉!

창룡의 창이 바람을 가르며 한 사람을 향해 날아가고 있었다. 이미 이 두 사람은 창룡이 만든 덫에 걸려 버린 것이다.

"뭐 하는 놈들이지?"

주위를 둘러보며 이도는 입을 열었다. 분명 자신들의 앞을 막는 것을 보아 적 같기는 한데 왠지 가장 중요한 것이 느껴지지 않고 있었다. 적의(敵意)가 느껴지지 않았던 것이다.

나와서 싸우는 사람도 지금 앞에서 혼자 싸우는 창룡과 두 사람뿐이었다. 나머지 사람들은 대체 누구를 노리고 있는 것인지 전혀 알 수가 없었다.

"글쎄… 누군지는 몰라도 완전한 적은 아닌 것 같은데?"

이도의 말에 살짝 입을 열며 오유는 주위를 둘러보고 있었다. 잔뜩 경계하고 있었지만 그녀 역시 뭔가 이상함을 깨닫고 있었다. 그녀의 눈은 더욱더 날카로워지고 있었다.

새로이 나타난 자들은 모두 흑의를 입고 있었다. 앞에서 싸우는 두 사람을 제외하고는 주위를 둘러싼 채 나오지 않고 있었는데 그들의 모습에서 오유는 뭔가 이상한 점을 느낄 수 있었다.

옷들이 모두 새것이었다. 무공을 하는 사람들의 특성상 여러 벌의 옷을 가지고 다니긴 하지만 모두가 다 같은 새 옷으로 갈아입는 경우는 없다. 누군가가 한꺼번에 지급하지 않는 경우엔 말이다.

그렇다면 이들의 옷은 모두 새로 지급되었다는 말인데 그 이유를 오유는 조금 알 것 같았다. 얼굴 여기저기서 보이는 느낌이 중원의 사람 같은 느낌이 아니었던 것이다.

여기저기 얼굴에 문신을 한 흔적이 있는 것으로 보아 이들은 세외의 사람들이었다. 굳이 어디냐고 묻지 않아도 잘 알 수 있었다. 남만의 사람들인 것이다.

그렇다면 이들의 정체를 짐작할 수 있었다. 적의가 별로 느껴지지 않는 것이 이해되질 않지만 이들은 바로 흑월의 무사들인 것이다.

"현 대형, 이 녀석들 무슨 속셈으로 이렇게 나오는지 알 것 같아요?"

"……"

오유는 살짝 이상한 느낌에 현백을 향해 입을 열었다. 그러자 현백은 아무런 말 없이 창룡과 그 앞에 있는 두 사람을 바라보고 있었는데 가만히 보고만 있을 것 같은 그의 입술이 갑자기 열렸다.

"이제부터 알아봐야겠지."

꽈아악.

검파를 꽉 쥔 채 현백은 앞으로 살짝 나서려 하고 있었다. 그리고 그와 함께 상대 진영에서도 작은 소란이 일고 있었다. 누군가 저쪽에서도 나서려 하는 것이다.

"조심해요, 현 대형… 응?"

현백에게 조심하라고 입을 열려다 오유는 미간을 살짝 찌푸렸다. 갑자기 바람결에 기이한 내음이 느껴졌던 것이다. 그리고 그건 오유도 익숙한 내음이었다. 그건 바로 여인의 지분 내음이었던 것이다.

 아무리 지금 상황이 그리 낙관적이라 볼 수는 없지만 창룡은 자신 혼자만 생각할 수는 없었다. 이 뒤에 있는 일행의 안위 역시 같이 고려했어야만 했다.
 그래서 지금 이렇듯 힘들게 움직이고 있는 것이다. 조금 무리인 것을 알면서도 빨리 승부를 내려는 이유가 바로 그것이었다. 물론 뒤에 현백이 버티고 있지만 지층표도 부상이고 오유도 그리 훌륭한 역할을 한다고는 볼 수 없었다. 그러니 어서 자신이 현백과 같이 선봉에서 예봉을 꺾었어야 했던 것이다.
 그런데 지금 그의 생각이 조금씩 어그러지고 있었다. 처음 무리를 해서 선수를 잡을 때만 해도 충분하다고 생각했었다. 그런데 지금은 전혀 아니었던 것이다.
 오히려 이젠 자신을 일행에게서 떨어뜨려 놓으려 하고 있었다. 이런 상황은 창룡으로선 전혀 바라는 상황이 아니었기에 창룡은 어금니를 꽉 깨물었다. 그리고는 양손 가득 내력을 모아 창날에 주입했다.
 좌아아앙…….
 한순간 창룡의 창에 내력이 어리기 시작하자 그의 앞에 있던 두 흑의인들의 움직임이 살짝 느려졌다. 설마하니 검처럼 창대에 내력을 주입하는 것이 가능한지 몰랐던 것이다.
 검에 내력을 주입하는 것과 창에 내력을 주입하는 것은 정말 다른 문제였다. 내력을 물체에 실어냄에 있어 그 물체의 크기는 상당히 중요한 요소였다. 아무래도 검에 실어내는 것보다 창에 실어내는 것이 훨씬 더 힘들었던 것이다.

같은 힘을 두께가 다른 물체에 실어보면 바로 알 수 있는 사항이었다. 창보다는 도가, 도보다는 검이 훨씬 쉬웠던 것이다.

당연한 이야기지만 내력을 넣은 채로 유지하는 것도 창은 더욱더 힘들었다. 그래서 지금 눈앞의 창룡이 대단하게 보이는 것이었다.

휘링… 콰아아아!

한번 길게 창대를 돌리다 창룡은 그대로 오른손을 내밀어 창대로 상대를 찔렀다. 단 한 수였다. 이 한 수에 승부를 내려 했던 것이다.

당연한 이야기지만 그 힘과 속도는 이루 말할 수 없을 정도였다. 좌측에 있던 자의 목 어림을 거냥한 공격에 그자는 당황하고 있었다. 가장 피하기 난감한 방향으로 찔렀으니 당연한 일이었다.

조금만 잘못 피해도 치명적인 상처를 입는 곳이었다. 그래서 이 목 어림은 승부를 노리는 데 있어 아주 기본적인 곳이었다. 대부분 막아낼 수밖에 없었고 막아내는 순간 선수가 아니라 후수로 바뀌게 되는 것이다.

상당히 기분 나쁜 수였고 당할 수밖에 없는 상황인 것이다. 상대는 창룡의 공격을 막기 위해 양손을 들어 올려 서로 교차시키고 있었다. 두 개의 갈고리가 겹쳐지며 사내의 철조에서도 불그스름한 빛이 어리고 있었다.

창룡은 정확히 그 중앙을 바라보았다. 상대가 온 힘을 기울인 바로 그곳. 자신있게 내민 그곳이 창룡의 목표였다. 창룡은 순간적으로 밀어내던 오른팔을 멈추고 신형을 통째로 앞으로 기울였다.

그러자 창룡의 창은 앞으로 나가기는 했지만 더 이상 팔로 밀어내는 것이 아니었다. 살짝 구부러진 팔꿈치를 지닌 채 창룡의 창은 앞으로 나가고 있었다. 그리고 어느 한순간 창룡은 오른발을 힘차게 굴렀다.

파아아아앙!

강한 진각과 함께 창룡의 오른발이 땅으로 푹 꺼지고 있었다. 근 한 치나 빠져들어 간 진각은 창룡이 얼마나 강한 힘을 주었는지 잘 알 수 있게 하고 있었다.

아니, 사실 발에 힘을 주었다기보다 힘이 잔뜩 실린 신형을 멈추었다는 표현이 옳았다. 그는 자신의 오른발을 하나의 축으로 삼은 것이다.

스슷…….

창룡의 신형이 앞으로 쓰러질 듯이 숙여지고 있었다. 지금이라도 왼발을 앞으로 내밀어 신형을 멈추지 않는다면 창룡은 땅바닥에 쓰러질 것이었다. 그러나 그는 그렇게 하지 않았다.

오직 두 눈을 부릅뜬 채 상대의 얼굴만을 바라보고 있었다. 그의 눈앞에 있는 사내는 올린 양팔 사이로 창룡의 눈을 바라보고 있었다. 창룡만큼이나 그 역시 기회를 노리고 있었던 것이다.

그렇게 시간은 흘렀고, 아주 짧은 시간이지만 창룡에게는 억겁의 시간같이 느껴졌다. 상대의 의중을 읽으며 자신의 판단을 조금씩 수정하면서도 그는 앞으로 숙여지는 신형을 멈추지 않았다.

그러다 한순간, 창룡의 왼발이 앞으로 살짝 움직였다. 동시에 창룡의 얼굴에서 한줄기 생동감이 떠오르고 있었는데 창룡은 다시금 눈을 들어 상대를 확인했다.

없었다. 교차된 양팔 위로 보였던 그 눈이 더 이상 보이지 않았다. 순간적으로 그자의 눈과 팔, 그리고 창룡의 눈이 일자가 된 것인데 그것이 바로 창룡이 노린 순간이었다.

타탓… 파아앙!

"야아압!"

재빨리 왼발을 앞으로 내디디면서 이내 다시금 오른발을 앞으로 내밀었다. 그러면서 그의 입에선 강렬한 기합성이 흘러나왔는데 그와 함께 창룡의 오른팔이 허공으로 쭈욱 밀리고 있었다.

과아아아아.

마치 잔뜩 웅크리고 있던 호랑이가 허공으로 도약하듯 창룡의 창은 힘차게 앞으로 쏘아져 나갔다. 그의 오른발이 다시금 땅에 닿는 순간 창룡은 그가 처음부터 원했던 지점에 정확히 창끝을 찔러 넣을 수 있었다.

쩌어어엉!

"크윽!"

솔사림을 향해 75

강렬한 쇠의 울림과 이어 들린 답답한 신음. 그저 허투루 듣는다면 창룡의 공격을 막아내었으나 조금 힘겹게 막아낸 듯한 그런 느낌이었다. 하지만 소리가 아니라 눈으로 봐야 사실을 알 수 있었다.

피리리링…….

허공에 반짝이는 편린들이 흩날리고 있었다. 그 편린들은 바로 잘 연마된 쇳조각의 편린들, 바로 철조였다.

창룡의 눈앞에 있던 사내, 그의 철조가 한꺼번에 깨어져 나간 것이었다. 사내는 창룡의 힘에 경악하면서도 양팔을 쫙 벌리고 있었다. 회전하며 앞으로 치고 나간 창의 회전력에 그렇게 된 것인데 완벽한 무방비 상태였다.

그리고 창룡은 그러한 기회를 놓칠 사람이 아니었다. 한순간 창룡의 창이 오른쪽으로 크게 휘돌려지고 있었다. 커다란 궤적을 그리며 사내에게 향한 것이지만 사내는 움직일 수가 없었다.

창룡의 창에 담겨 있던 내력, 그 내력의 힘에 몸까지 잠시 경직된 것이다. 두 눈을 질끈 감으며 사내는 체념했다. 그의 동료가 바로 옆에서 온 힘을 다해 막으려 하지만 이미 늦은 감이 있었다. 동료가 올 때쯤이면 그는 창룡의 창날에 허리 어림을 쓸린 후일 터였다.

그러나 한순간 기적 같은 일이 일어나고 있었다. 자신의 허리춤을 향해 날아오던 창룡의 강렬한 기운이 사라진 것이다. 그 기운은 허공을 향해 뻗어 오르고 있었다. 자신의 목 어림이긴 한데 정확히 말하면 목 바로 옆이었다.

　파아아아… 콰가가각!

　괴이한 소리가 연달아 울리는 가운데 사내는 눈을 살짝 떴다. 그러자 놀라운 광경이 눈앞에 보이고 있었는데 창룡, 그의 얼굴이 완전히 일그러져 있었다.

　그리고 그 일그러진 얼굴만큼 창룡의 창날이 크게 휘고 있었다. 자신을 가운데 놓고 마치 누군가와 힘겨루기를 하는 듯한 모양이었던 것이다.

　사내는 슬며시 고개를 돌렸다. 누구인지 대략 짐작이 가는 상황이었지만 확실한 사실이 필요했다. 그리고 고개를 다 돌리기도 전에 그가 누군지 알 수 있었다.

　"주군!"

　어린 듯해 보이는 청년, 그의 눈앞에 보이는 사람은 바로 그의 주군이었다. 그의 오른손은 창룡이 밀어낸 창끝을 향해 손을 쫙 펴고 있었다. 그리고 창룡의 창끝은 그 오른손을 뚫지 못하고 크게 휘어져 있었던 것이다.

　"더 힘들어지기 전에 뒤로 물러나는 것이 좋을 듯하구나. 아이들도 뒤로 물리고."

　"……."

　문득 들려오는 그의 목소리에 사내는 무슨 뜻인지 몰라 의아해했지만 이내 알 수 있었다. 어디선가 느껴지는 강렬한 살기 때문이었다.

　살기는 머리 위에서 흘러나오고 있었다. 반사적으로 돌린 그의 눈에 한 사내의 모습이 보이고 있었다. 양 눈가로 긴 꼬리를 날리며 묵직한 도를 머리 위로 치켜든 사내가 말이다.

"차아앗!"

파아앙…….

그가 주군이라 칭한 사람의 목소리가 들려오고 있었다. 오른손을 쭉 밀어 창룡의 신형을 뒤로 물러나게 한 후 공중으로 몸을 띄우고 있었다. 그리곤 왼손 가득 내력을 담아 그대로 치달아 올렸다.

쩌어어엉!

"큭……."

사내는 고개를 돌리며 뒤로 물러났다. 귀청이 떨어질 것 같은 강렬한 충격이었는데 비칠거리며 물러나면서도 그의 눈은 전방으로 고정되어 있었다. 어느새 그의 주군은 땅에 내려서 있었고 그 앞엔 한 사람이 있었다. 그의 귓가에 두 사람의 목소리가 들려왔다.

"오랜만이군, 현백."

"그따위로 이야기하지 마라. 난 전혀 반갑지 않으니… 일.사.자. 마송!"

어금니를 꽉 깨물며 현백이 이야기하는 순간 그의 몸에서 광풍이 불고 있었다. 그와 함께 엄청난 내력이 현백의 몸을 휘돌고 있었다.

第三章

흉금

1

"**입**이 있으면 어디 말을 해보거라. 대체 무슨 생각으로 이 일을 비밀에 붙인 것이더냐!"

"……."

장연호는 그저 묵묵히 눈을 감고 있을 뿐이었다. 그러자 장문 도학운은 더욱더 화가 치솟아오르는 듯 다시금 소리쳤다.

"너는 우리 무당보다 너의 친구가 더 중요하다는 것이냐? 화산에서도 파문당한 그 현백이란 자가 무당이란 두 글자보다 더욱더 중요하더냐!"

도학운의 목소리는 거의 노성에 가까웠다. 장연호는 현백이란 두 글자에 두 눈썹을 꿈틀거렸지만 이내 다시 어금니를 꽉 깨물며 입을 더욱더 굳게 닫았다. 지금은 말로 해서 풀릴 일이 아니었던 것이다.

"놈! 지금 무슨 생각을 하고 있는 것이더냐! 입을 다물고 있는다고 해서 될 일이 아니다. 어서 지금까지 무슨 일이 있었는지 속 시원히 털어놓거라. 이것이 너에게만 관련된 일이 아님을 너도 잘 알고 있지 않더냐!"

장연호의 침묵에 화가 난 것은 도학운뿐만이 아니었다. 무당의 최고 배분인 청야공 청목 도인도 노기가 서린 음성으로 이야기하고 있었다. 하긴 누가 봐도 화가 날 만한 상황이었다.

여태껏 무당은 일검지 규앙 도장의 죽음에 잘못된 지식을 가지고 있었던 것이다. 흑월만이 그 주적인 줄 알고 있다가 오늘 새로운 사실을 알게 된 것이다.

솔사림, 그 이름이 어찌 이곳에서 나왔는지 도무지 알 수가 없었다. 그래서 지금 장연호를 붙잡고 소리치고 있었던 것이다. 이 일의 진위가 무엇보다도 중요하니 말이다.

사실이라면 솔사림은 중원을 상대로 거짓을 이야기하는 집단이었다. 앞으로의 강호 행보에 많은 영향을 주게 될 터였고 그래서 확실히 해야만 했다. 그것이 지금 장연호가 이곳에 있는 이유인 것이다.

"사실이라면 어쩌실 겁니까?"

"……!"

굳게 닫혀서 열리지 않을 것 같았던 장연호의 입술이 기어이 열렸다. 그러자 도학운의 눈썹이 역팔자로 휘었는데 이내 그의 목소리가 방 안에 울렸다.

"무얼 어찌해! 당장에 우리 무당은 해명을 요구해야 할 것이다! 이것이 사실이라면 솔사림은 더 이상 무림에서 같이 행동할 수 없는 집단이다! 너무나도 확연한 사실 아니더냐!"

휘어진 눈썹을 부르르 떨며 도학운은 장연호의 말에 대답했다. 물론 그 목소리는 역시 화가 나 있었고 말이다. 지켜보는 사람들이 다 움찔할 정도로 대단한 기세였지만 정작 당사자인 장연호는 그렇지 않은 것 같았다.

"그렇다면 우리 무당이 솔사림을 향해 검을 뽑아 들겠다는 말입니까? 정말 그렇게 해주실 겁니까?"

장연호는 한자한자 또박또박 입을 열었다. 그러자 지켜보던 사람들이 여기저기서 의아한 눈빛을 그에게 보내고 있었다. 그리고 그 눈길 중에선 이 일을 만들어낸 경호의 눈길도 있었다.

"대체 무슨 소리를 하는 것이야! 넌 그럼 우리 무당이 가만히 있을 것이라 생각했더냐! 이 무슨 바보 같은 소리를!"

말도 안 된다는 듯 청야공 청목 도인의 노성이 다시 울렸다. 그러자 장연호는 고개를 끄덕이며 말했다.

"분명히 이야기하겠습니다. 예, 그렇습니다. 배후라고까지 할 수는 없지만 분명히 저들 솔사림이 개입한 것은 사실입니다. 하면 이제 어찌시겠습니까?"

"……"

너무도 선선히 사실을 시인하는 장연호의 태도에 청목의 눈이 살짝 커졌다. 살짝 예상을 벗어난 장연호의 행동이었던 것이다.

"이제 그들에게 복수를 해야 하지 않겠습니까? 지금이라도 당장 가시겠습니까? 아직 그 정체도 모르는 솔사림주에게 말입니다."

"뭣이?"

왠지 장연호의 목소리엔 가시가 돋아 있었다. 장연호는 잠시 주위를 둘러보며 사람들의 얼굴을 바라보았다. 여기저기서 장연호를 향해 의아한 눈길을 보내고 있었는데 장연호는 장문 도학운을 보며 다시금 입을 열었다.

"언제든 이 장연호, 무당을 위해 죽을 각오가 되어 있습니다. 당장에 가서 솔사림주와 승부를 겨루라면 겨루겠습니다. 하면 그리하오리이까?"

"……."

계속되는 장연호의 말에 도학운은 두 눈을 살짝 부라렸다. 그리곤 낮은 목소리로 입을 열었다.

"지금 무슨 말을 하는 것이냐, 장연호. 네 말의 의미를 네가 설명해라. 그 의미가 명확한 것이 아니라면 지금 너의 말에 책임을 져야 할 것이다!"

도학운의 눈에서 한광이 뻗어 나오고 있었지만 장연호는 담담히 그 눈을 받아들이고 있었다. 그러던 장연호의 입술이 열렸다.

"말 그대로입니다. 규앙 사숙님의 복수를 원하신다면 언제든 그렇게 하겠습니다. 하나 장문인께서는 그리하실 수 있겠습니까? 본파의 힘으로 솔사림에게 도전장을 내미실 수 있느냐 말입니다."

"장연호! 보자 보자 하니 말을 너무도 함부로 하는구나! 그럼 넌 지금 본파가 도발을 받고서도 그냥 있을 듯싶더냐! 네가 아니더라도 우리만으로도 얼마든지 승부를 겨룰 수 있다!"

한쪽에서 조용히 있던 양목 도인의 목소리가 들려왔다. 청목 진인의 사제인 그는 별로 의견 개진을 하는 사람은 아니었지만 오늘은 달랐다. 장연호의 행동에 많이 화가 난 것 같았던 것이다.

조용한 사람이 화를 내면 더 무섭다고 하던가? 강호에 그 이름이 난 사람은 아니지만 그의 무공 역시 무시할 만한 정도가 아니었다. 단박에 주위의 공기가 얼어붙으며 양목의 몸에서 강렬한 기운이 흘러나오기 시작했다. 그러자 도학운의 목소리가 허공에 들려왔다.

"그만! 두 사람 다 그만두시오! 지금 우리끼리 싸워야 할 상황은 아니오이다!"

도학운은 하얀 수염을 떨며 양목 도인과 장연호 모두를 제지했다. 양목 도인은 어금니를 꽉 문 채 입을 다물었고 장연호는 시선을 돌려 도학운을 바라보았다. 그의 귓가에 도학운의 목소리가 들려왔다.

"장연호, 지금까지 무슨 일이 있었고 어떤 일을 계획했는지 굳이 따져 묻지 않겠다. 중요한 것은 내일이니 말이다. 그런데……."

"……."

도학운은 짐짓 심각한 얼굴을 만들었다. 왠지 그는 풀리지 않는 의문 하나를 가지고 있는 듯했는데 장연호를 넌지시 바라보다 이윽고 그는 다시금 입을 열었다.

"가르쳐다오. 어째서 우리가 아닌 현백을 선택한 것이더냐? 힘을 따져도 현백보다는 우리 무당이 더 강성함을 잘 알고 있을 네가 왜 우리가 아닌 현백을 선택한 것이더냐?"

"……."

도학운의 말에 장연호는 아무런 대답도 하지 않고 있었다. 그는 그저 시선을 돌릴 뿐이었다. 그 시선의 끝에는 한 사람이 서 있었다. 동문들과 사부를 잃은 경호의 얼굴이 들어왔던 것이다.

질문은 도학운이 한 것이지만 이 대답은 경호가 들어야 할 것이었다. 이들의 생각이야 중요한 것이 아니었다. 중요한 것은 경호가 알아야 한다는 것이었다.

그리고 보니 장연호 자신도 잘못한 것이 있었다. 이 모든 생각을 다 혼자서만 했다는 것이 문제였다. 차라리 모든 생각을 다 열어 경호에게 말했다면 이런 자리는 마련되지 않았을지도 몰랐다.

"내 말이 들리지 않는 것이냐? 아니면 대답하기 싫은 것이냐? 장연호!"

묵묵히 서 있는 장연호를 향해 도학운은 다시금 입을 열었다. 그러나 여전히 대답이 없자 도학운이 또 한 번 목소리를 내려 입을 연 순간이었다.

"그는 반드시 할 테니까요."

"…뭐라?"

불쑥 내뱉은 장연호의 말에 도학운은 두 눈을 동그랗게 떴다. 대관절 이게 무슨 의미인지 알 수가 없었는데 장연호는 고개를 돌려 도학운을 보면서 다시 입을 열었다.

"제가 아는 현백은 솔사림과 싸울 것입니다. 앞뒤 가릴 것 없이 그들이 잘못이 있다고 생각한다면 그는 싸울 것입니다. 지금은 그 과정을 밟아가고 있을 뿐입니다. 저는 그 과정을 조금이라도 줄이기 위해 이곳에 있고 말입니다."

"대체 그게 무슨 말이더냐? 누가 우리 무당이 이대로 숨죽이고 있다는 말이라도 하더냐!"

청목 도인의 창노한 음성이 들려오고 있었다. 주위에 있는 모든 사람들은 고개를 끄덕이며 청목 도인의 말에 힘을 실어주고 있었다. 그러자 장연호가 입을 열었다.

"하면 지금 당장 가서 그들과 승부를 벌일까요? 이미 목격자도 있으니 어려울 것 없습니다. 우리는 그 자리에 있었던 자를 색출하여 그의 목을 넘겨달라고 말하면 됩니다. 그리하시겠습니까?"

"…뭣?"

장연호의 말에 청목 도인은 작은 목소리를 내었다. 장연호는 지금 즉각적인 보복을 말하고 있었다. 그러나 그건 아직 안 될 말이었다.

"그들이 그렇게 했다면 응당 그렇게 해야지. 우선 그 조사부터 들어가야 한다. 보복은 그 이후에 가능할 것이다."

"지금까지 제가 본 솔사림의 모습만으로 조사를 대신할 수 있겠습니까? 전 그동안 솔사림을 지켜보기 위해 이곳에 왔습니다. 제가 본 솔사림은 그리 좋은 단체가 아니구요. 이런 제 말을 믿고 행동에 옮기실 수 있습니까?"

"무슨……."

장연호의 말에 도학운은 아연한 얼굴을 만들었다. 이건 작은 일이 아니었다. 그냥 누구 한 사람의 말로 인해 해결될 일이 아니었던 것이다.

"일에는 절차가 필요하다. 우린 강호의 동도들과 같이 일을 도모해야 할 것이다. 무림의 정점에 서 있는 이들 솔사림을 우습게보는 것이더냐?"

"…그러실 줄 알았습니다. 그 점이 제가 현백과 같이 행동을 하는 이유입니다."

"……."

고개를 끄덕이며 장연호는 바로 신형을 돌렸다. 그는 더 이상 이곳에 있을 필요가 없음을 느끼고 있었다. 모든 것은 그의 예상대로 되어가고 있었던 것이다.

무당은 그저 복수만을 바라지 않을 것이었다. 이 일을 계기로 강호의 대문파로서 다시금 그 자리매김을 하려 할 것이었다. 그리고 그 과정을 겪다 보면 어떤 일이 일어날지 몰랐다. 정말로 복수를 할지 안 할지조차 의문스러워지는 것이다.

"어딜 가느냐! 네가 지금 무당을 우습게보는 것이더냐!"

신형을 돌리는 장연호의 모습에 도학운은 다시 일갈을 질렀다. 그러자 장연호는 잠시 발걸음을 멈추었다. 그리곤 고개도 돌리지 않은 채 입을 열었다.

"지금이라도 제게 말씀하실 수 있다면 그리하겠습니다. 당장 말씀해 보십시오. 장연호, 지금 당장 저들 솔사림의 본전으로 가라. 가서 무당의 혈세를 받아오라고 말입니다."

"……"

장연호의 그 말에 도학운은 아무런 대꾸도 할 수가 없었다. 그는 그저 입을 꽉 다문 채 장연호의 뒤통수만을 노려보고 있었는데 장연호는 그럴 줄 알았다는 듯 피식 웃었다.

"그는 이야기했을 것입니다. 아니, 그냥 이야기가 아니라……"

장연호는 다시금 신형을 움직였다. 어차피 그는 무당이 함부로 움직일 수 없다는 것을 잘 알고 있었다. 그가 아는 도학운은 이 기회를 놓칠 사람이 아니었던 것이다.

"저보다 앞서 가 먼저 도를 꺼내 들 것입니다. 현백은 그런 사람입니다."

조용한 장연호의 목소리가 울리는 가운데 사람들의 눈이 장연호의 뒷모습을 향하기 시작했다. 단 한 사람만을 빼고 말이다.

경호… 그는 지금 도학운을 바라보고 있었다. 양손 가득 힘을 준 채 부르르 떨면서 말이다.

　　　　　*　　　*　　　*

　두 번째 만남이었다. 더도 덜도 아닌 딱 두 번째, 그리고 그다지 오래전에 만난 것도 아니었다.
　한 달도 안 되는 시간이었다. 솔직히 그동안 발전해 봤자 별로 높아질 것도 없는 시간이었다. 그러나 그건 현백에게는 전혀 소용이 없는 이야기였다.
　놀라움을 떠나 두려울 정도였다. 지금 현백은 이전에 그가 만났을 때와 비교 자체가 불가하다는 생각이 들고 있었다. 이미 마송은 거의 전력을 다하고 있었지만 그렇다고 해서 현백에게 우위를 점하고 있다고 말할 수가 없었던 것이다.
　시이이잇…….
　잠시 딴생각을 하는 순간 역시나 현백의 도가 날아오고 있었다. 그의 정수리를 향해 날아오는 도를 보며 마송은 왼손을 들어 올렸다.
　앞으로 한 걸음 더 나아가며 왼손을 올려 현백의 도를 막아낼 생각이었다. 그리고는 오른손의 철조로 공격하는 것이 기본 중의 기본이었다. 그저 피해내고 바로 다음 공격을 이을 수 있을 정도로 현백의 공격은 어리숙하지 않았다.
　카라라랑!
　두 개의 병기가 부딪치는 순간, 마송은 불끈 힘을 주어 완전히 현백의 도를 튕겨 버렸다. 이것이야말로 그가 원하는 일이었다. 근접전을 위주로 한 그에게 이러한 기회를 준다는 것은 반은 이미 승리하고 가는 길이었던 것이다.

도와 철조, 둘 중에 빠른 속력을 보이는 것을 꼽으라면 단연 철조였다. 손에 붙어 있기도 하지만 일단 그 크기가 그리 크질 않았기에 손을 휘두르는 것과 같은 속력을 보여주고 있었다. 당연히 그 속도가 빠를 수밖에 없었던 것이다.

그러니 지금 같은 상황은 마송으로서는 환영할 수밖에 없었다. 현백의 도는 지금 튕겨져 있고 자신의 오른손은 앞으로 나아가고 있었다. 누가 봐도 이젠 그의 승리가 확실시되는 상황이었던 것이다.

그런데 그렇지가 않았다. 한순간 마치 마술과도 같이 현백의 도가 다시 움직이고 있었다. 그리고는 너무도 수월하게 오른손의 철조를 막아내고 있었다.

쩌어어엉…….

귀청을 울리는 소리가 들려오지만 마송은 지금 그것이 문제가 아니었다. 도무지 이 현상을 설명할 도리가 없었다. 현백의 도는 마치 물속에 있는 고기같이 움직이고 있었던 것이다.

자신과 현백의 사이엔 바다가 있고 도는 물고기가 되어 자유롭게 움직이고 있었다. 적어도 그 공간 속에선 현백의 도보다 빠른 것은 없었다. 정말 생각하면 할수록 놀라운 일이었던 것이다.

군더더기없는 깔끔한 움직임… 그렇게밖에 설명이 되질 않았다. 그리고 그런 현백의 움직임을 보면서 마송은 한 가지 생각이 머릿속에서 떠나질 않고 있었다.

화산의 검, 현백의 도는 도가 아니라 검이었고 그 누구보다 화산스러운 검법을 보여주고 있었다. 일견 화려하게도 보이지만 실상 범접하기 힘든 화산의 검술, 바로 그런 느낌을 보여주고 있었던 것이다.

"싸우다 졸 정도로……."

문득 들려오는 소리에 마송은 생각을 멈추며 눈을 들었다. 소리를 낸 사람은 바로 현백이었다. 두 눈꼬리에서 기다란 기운을 흘리며 그는 오른손을 치켜든 상태였다.

"내가 형편없지는 않을 텐데!"

파아아아…….

빛살이 날아오고 있었다. 어디를 겨냥하는지조차 알 수 없는 현백의 도, 마송은 그저 반사적으로 양손을 들어 올렸다. 피하기엔 이미 늦은 것이다.

쩌어엉!

강한 병기의 울림과 함께 마송은 한 걸음 뒤로 물러섰다. 마송은 이어 앞으로 나가며 공세로 바꾸려 했지만 그건 어디까지나 그의 바람이었다. 현실은 정반대의 상황을 연출하고 있었다.

팟… 파파팟… 파파파팟!

현백의 도가 미친 듯이 춤을 추고 있었다. 근 일 장 반이나 떨어진 채 휘두르는 도니 맞을 리가 없었다. 물론 물리적인 충돌을 봤을 때 말이다.

하지만 현백이 도를 휘두르는 순간 강렬한 기운들이 날아오고 있었다. 허공을 격하고 날아오는 현백의 공격은 마송조차 긴장하게 만들고 있었다.

"합!"

캉… 카라랑!

병기에 내력을 주입한 상태인데도 양어깨가 뻐근할 정도로 현백의 공격은 엄청났다. 두세 개의 도기를 막아낸 마송은 이어 다시금 손을 들어 올렸다. 현백의 공격은 아직 끝나지 않아서 또 한 개의 기운이 날아오고 있었다. 한데…

"……!"

보통의 느낌이 아니었다. 왠지 모를 찌릿함이 느껴지는 그 공격에 마송은 뒤로 쭉쭉 물러섰다. 그리곤 한순간 양발로 대지를 차며 허공으로 신형을 뽑아 올렸다.

하지만 조금 늦은 감이 있어 마송은 오른손을 아래로 쭉 밀었다. 그의 내력을 철조에 담아 날아오는 현백의 기운을 내리누를 생각이었다. 그런데…

파파파팟.

공기를 울리며 퍼지는 기운의 느낌이 심상치가 않았다. 혹여나 그는 만일의 사태를 대비해 오른손에 담은 내력을 한층 더 올렸다.

쩌릉… 파파팟!

"큭!"

마송의 입에서 작은 신음 소리가 들려오고 있었다. 막아내는 것이 문제가 아니었다. 막았다고 생각하는 순간 강렬한 기운이 오른손을 타고 흘러들어 왔던 것이다.

타타탓.

자신도 모르게 내려서면서 뒤로 몸을 빼낸 마송은 놀란 눈으로 현백을 바라보았다. 그의 손은 오래도록 계속 떨리고 있었는데 마치 뇌전을 막아낸 듯한 그런 느낌이었다. 지난번 현백을 만났을 때 보았던 그 뇌전을 이젠 자유롭게 펼쳐 내고 있었던 것이다.

솔직히 이 마송이란 자에게 그리 적의감은 들지 않았다. 지난번 만났을 때 몸에 손을 쓴 것도 그렇고 죽이지 않고 그대로 놔둔 것도 조금은 마음에 걸리는 상황이었다.

하지만 그렇다고 해서 손을 멈출 수는 없었다. 어쨌든 이들이 그의 사부인 칠군향의 죽음에 결정적인 역할을 했으니 말이다. 고인이 된 사부를 위해서라도 봐준다는 것은 있을 수 없었다.

그러나 역시 적의가 없는 사람을 향해 손을 쓴다는 것은 쉬운 일이 아니었다. 자신도 모르게 조금씩 도를 내미는 속도가 느려지는 것을 느끼고 있었는데, 그때였다.

"비록 불구대천의 원수라 해도 이야기 정도는 할 수 있지 않나? 게다가 난 불구대천의 원수라 말할 수도 없지 않나?"

"…무슨 뜻이냐, 마송."

뜬금없는 마송의 말에 현백은 손을 멈추고 입을 열었다. 마송은 이 장여를 넘게 물러난 채 현백을 보고 살짝 웃고 있었다. 문득 현백의 눈이 마송의 손으로 향했다.

가늘게 떨리는 손의 움직임이 보였다. 이것은 마송이 뭔가 다른 꿍꿍이를 꾸민다기보다 충격에 의한 것이었다. 현백은 그 모습에 살짝 의아해졌는데 얼마 전 마송을 만났을 때와 너무도 달라진 것이 현백 자신도 이상했다.

"사별삼일(士別三日)이면 괄목상대(刮目相對)라 하지만 도무지 믿을 수가 없군. 자네의 무공은 도대체 알 수가 없어. 대관절 어디까지 높아질 것인가?"

"그 이야기를 하려고 내 손을 멈춘 거라면 후회하게 될 것이다. 이 손이 멈출 이유도 되지 않는다."

시링…….

타오르는 정오의 햇살을 부수며 현백의 도가 좌우로 길게 그어졌다. 맑은 도명이 허공에 울리는 가운데 마송은 한 손을 내밀었다. 잠시 시간을 달라는 뜻이었다.

"설마하니 잠시 짬을 벌기 위해 이런 수를 쓰진 않는다. 그리고 진정으로 싸우고 싶었다면 나 혼자서 이렇게 바보짓은 하지 않을 것이다."

"……"

이이진 마송의 목소리에 현백은 눈을 가늘게 만들었다. 그의 말처럼 지금 주변엔 그의 수하들이 그저 둘러서 있기만 한 상태였다. 누구 하나 덤비려는 모습은 보이지 않았던 것이다.

"그럼 할 말이 있다는 뜻인가?"

"그렇게 봐도 맞기는 하지, 할 말이 있긴 하니……."

마송은 양손에 낀 철조를 뽑아내며 입을 열고 있었다. 그의 곁엔 어느새 묘령의 여인이 나타나 있었는데 그녀는 소취였다. 마송이 넘겨주는 철조를 받아 든 그녀는 걱정스런 얼굴을 한 채 뒤로 물러나고 있었다.

"복수를 포기하라는 말도 안 되는 이야기라면 꺼내지도 마라, 마송."

"큭… 이봐, 현백. 네가 복수를 하든 하지 않든 난 상관하지 않는다. 아니, 하나 더 이야기해 주지. 이사자와 삼자자, 그 두 사람이 자네의 사부님을 끌어들였다. 사실 이 일에 대해선 흑월님은 모르고 계시다."

"뭐라고?"

마송의 말에 현백의 눈이 사나워졌다. 이사자라면 바로 몽오린이라는 사내였고 삼사자라면 현백도 한번 본 사람이었다. 스스로를 미호라고 불렀던 여인인 것이다.

어쨌든 이 두 사람은 마송과 같은 배를 탄 사람들임에도 불구하고 마송은 감싸주기는커녕 거리낌없이 이야기하고 있었다. 현백은 어금니를 꽉 깨물며 다시금 입을 열었다.

"무슨 속셈이냐, 마송."

현백은 다시금 마송의 생각을 읽으려 했다. 어쩌면 지금 마송은 그 주인을 감싸고 있는 것일지도 몰랐다. 수하들의 잘못일 뿐 그 윗선은 잘못이 없다는 그런 이야기일 수도 있었다. 그때 마송의 목소리가 현백에게 들려왔다.

"그런 눈으로 보지 마라, 현백. 대충 네가 생각하는 것이 어떤 것인지 알 것 같지만 절대로 그런 것이 아니다."

"그럼 우리가 어떻게 생각을 해야 할까? 수하가 주인을 보호하려 하는 것이 아니라면 어떻게 이해를 해야 하나? 다 상관없으니 자신은 이 일에서 빠지겠다 이건가?"

옆에서 들려오는 목소리에 마송의 눈길이 향하고 있었다. 그곳엔 창룡 주비의 모습이 보이고 있었다. 문득 마송의 한쪽 입술이 살짝 말려 올라가는 상황이었다.

"감히 주군을 어찌 보고 그따위 망발이냐! 세상 누구도 주군께 함부로 할 수 없다!"

"진정 승부를 봐야 할 놈이었구나!"

"그만! 두 사람 다 물러서."

얼굴에 복면을 썼지만 그들이 누군지 현백은 알 수 있었다. 바로 마송의 수하인 음양쌍조, 야우상과 강무일 터였다. 두 사람은 주비를 향해 달려가려다 마송의 목소리에 바로 멈추고는 뒤로 물러났다.

"쯧… 하긴 생각하는 것은 자유이니 그렇게 생각하든 말든 내 알 바는 아니지… 난 내가 할 말만 전하면 그만이다."

누가 뭐라 하든 신경도 쓰지 않는다는 듯 마송은 고개를 다시 돌렸다. 그리곤 현백을 향해 입을 열었다.

"솔사림으로 가는 것으로 알고 있다."

"……."

마송의 말에 현백은 아무런 대꾸도 없었다. 그저 마송을 바라보기만 했는데 이어 마송의 목소리가 들려왔다.
"가지 마라, 현백. 그것이 너를 위해 더 좋은 길이다."
"…뭐라고?"
뜻밖의 말에 현백은 미간을 찌푸렸다. 여러 가지 말이 나올 줄 알고 있었지만 이런 말은 예상 밖이었다. 더욱이 그게 더 좋은 일이라니… 상식적으로 이해하기 힘든 말이었다.
"무슨 뜻이야, 그게? 지금 우리 앞을 막는다는 것이 아니오?"
가만히 듣고 있기만 하던 이도까지 입을 열 정도로 뜬금없는 말이었다. 마송은 잠시 이도의 얼굴을 보다 씩 웃었는데 이어 현백을 향해 다시금 입을 열었다.
"진실이라는 것… 때론 정말 잔인할 수 있는 것이다. 현백, 지금 네가 솔사림으로 간다면 그따위 진실은 알 리가 없겠지. 이대로 신형을 돌린다면 내 이사자와 삼사자가 있는 곳을 알려주마."
"제정신이냐, 마송?"
현백의 눈꼬리에서 흐르는 기운이 한층 더 짙어지고 있었다. 어쩌면 마송이 자신을 놀리고 있다는 말로도 해석될 수 있었는데 마송의 말을 믿는다면 그는 모든 진실을 다 알고 있다는 것이니 말이다.
자신은 알면서 다른 사람에게는 알지 말라는 것, 그것도 웃기는 이야기였다. 현백의 기세가 심상치 않게 변하는 것을 느꼈는지 마송은 다시 입을 열었다.

"물론이다, 현백. 이건 정말 너를 위해 하는 말이다. 내게 있어 진실은 그리 대단한 것이 아니지만 너에게 있어 진실은 독과 같은 것이다. 그 진실이라는 것이 내가 아니라 너에 관한 것이니."

"……."

마송의 말에 바로 발작하려던 현백은 입을 꽉 다물었다. 그는 잠시 뭔가 생각하고 있었는데 이어 생각이 끝난 듯 오른손을 움직였다.

스릉… 탈칵.

자신의 도를 도집으로 돌린 후 현백은 신형을 돌렸다. 문득 그의 목소리가 허공에 울려 퍼졌다.

"훗… 더 이상 할 말이 없으면 이만 끝내기로 하지."

현백은 바로 신형을 움직이기 시작했다. 그는 자신의 말이 있는 쪽으로 다가가 말 위로 올라서고 있었다. 그러자 다른 일행 모두 말 쪽으로 향하기 시작했다.

"결국 내 말이 거짓이라 생각되나, 현백? 그래서 가는 건가?"

마송은 다시금 입을 열었다. 현백은 말 위에 선 채 팔을 움직였다. 그의 말은 바로 솔사림을 향해 가는 것이 아니라 마송의 앞으로 향했다.

다각다각.

일정한 말발굽 소리와 함께 현백은 마송의 앞에 섰다. 그는 말 위에서 내려다보며 마송을 향해 입을 열었다.

"거짓이든 진짜든 그거야 내 알 바 아니다."

"……."

차분한 현백의 목소리가 들려오고 있었다. 마송은 잠시 그 말의 의미를 곱씹는 듯했는데 현백의 목소리는 계속 들려왔다.

"진실이 잔인할 수 있다고? 이 현실보다 잔인한가?"

"……."

현백의 말에 마송은 입을 꽉 닫았다. 현백은 마송이 어떻게 생각하든 자신의 말을 하기 시작했다.

"내 스승이 세상을 떠나셨다. 내게 있어 가장 마음속에서 크게 자리 잡으셨던 분이 누군가의 손에 의해 세상을 떠나셨다. 이 세상 누가 그 자리를 대신할 수 있을 것이라 생각하나?"

"……."

"설령 진실이 잔인하다 한들 내 현실보다 잔인하진 않다!"

단정을 짓듯 현백은 입을 열고 말고삐를 잡아챘다. 현백이 탄 말은 그대로 신형을 돌려 움직이기 시작했다. 그와 함께 그의 동료들 역시 움직이기 시작했다. 잠시 몇 필의 말들이 울리는 말발굽 소리가 들린 후 마송의 눈에서 현백의 일행은 사라졌다.

"건방지기 이를 데 없는 놈들입니다. 주군, 어째서 이런 놈들에게 도움을 주려는 것입니까!"

"맞습니다. 야우상의 말처럼 같이 말하는 것조차 역겹군요. 이런 놈들을 위해 신경 쓴다는 것 자체가 마음에 들지 않습니다."

"……."

현백의 일행이 사라지자 야우상과 강무의 목소리가 들려왔다. 두 사람 다 얼굴을 붉으락푸르락하게 만들며 소리쳤지만 마송은 아무런 말도 없이 그저 사라진 현백의 뒷모습을 바라볼 뿐이었다.

"현백이란 자가 마음에 드신다고 해도 이건 좀 지나친……."

"누가 저 녀석이 마음에 든다고 하던가?"

"…예?"

차가운 마송의 목소리에 입을 열던 강무는 멍한 표정이 되었다. 이 정도로 좋게 이야기하는 것은 적이 아니라 친구에 대한 예우라고 그는 생각했었던 듯했다.

"그가 가는 길이 곧 내가 사는 길이다. 당연히 도울 수밖에. 그리 생각하지 않느냐?"

"주군……."

두 사람은 도저히 생각이 나지 않는다는 듯한 얼굴을 만들었다. 마송은 그저 씨익 웃을 뿐 아무런 말도 하지 않고 있었다. 한참을 그렇게 웃고 있던 마송은 신형을 돌렸다. 이제 그도 돌아가야 할 때였던 것이다.

"누가 뭘 어찌하든 결국 이곳은 중원, 우리가 있을 곳은 이곳이 아니지. 암, 아니고말고."

스스로에게 다짐을 하듯 그는 그렇게 움직이고 있었다. 그의 등 뒤에선 야우상과 강무, 그리고 소취가 멍한 표정을 짓고 있을 뿐이었다.

2

"조금 문제가 있어 보이는구나, 초호."
"아닙니다, 주군. 그럴 리가 있겠습니까? 자잘한 문제가 있기는 하지만 지금은 괜찮습니다."
오늘도 사내는 난을 쓰다듬고 있었다. 초호는 그 앞에서 살짝 고개를 숙인 채 최대한의 예의를 보여주고 있었는데 사내는 살짝 웃으며 다시금 입을 열었다.
"자네가 그렇게 이야기한다면 그리 알아야겠지. 한데 옥화진이 살아 있는 것이 조금 의외일세. 그 역시 이번 일에서 사라져야 할 상대가 아니었나?"
"상황이 조금 달라져서 그렇습니다. 게다가 개인적으로 아깝게 생각하는 친구입니다. 하나 대계를 거스르는 일은 없을 것입니다."
"허허허, 자네가 그토록 좋아하는 친구라니 의외로군 그래. 그렇다면 이야기가 다르겠지."
"이해해 주셔서 감사합니다, 주군."
초호는 깍듯이 예를 차려내고 있었다. 사내는 수중의 난을 이리저리 돌리며 뭔가를 골똘히 생각하고 있었는데 이어 그의 목소리가 들렸다.

"참… 대회 일정은 잡혔겠지? 어떤가?"

문득 생각이 났다는 듯 그는 입을 열었다. 그러자 초호는 다시 한 번 공손한 자세로 말을 이었다.

"예, 주군. 이십여 일 후에 전 무림의 사람들이 모두 모이면 그때 개최될 것입니다. 안건은 흑월에 대한 전 무림의 결의입니다. 이미 분위기는 저희에게 유리한 쪽으로 모아지고 있습니다. 화산의 일만 해도 그렇습니다."

"화산? 아, 그렇지. 칠군향의 죽음 이후 강호에 피의 보복을 선언했지."

사내가 이제야 기억이 난다는 듯 입을 열자 초호는 고개를 끄덕이며 말을 이었다.

"그렇습니다, 주군. 칠군향의 죽음 이후 화산은 흑월에게 보복을 다짐했고 이를 위해 이곳으로 오는 중이라 합니다. 다만 조금 이해하기 힘든 것은 현백의 이름도 같이 불리는 것이 조금 이상하긴 합니다만 예상외의 행동은 하고 있지 않습니다."

자신이 생각하는 바를 한숨에 다 토해낸 후 초호는 입을 닫았다. 사내는 그러한 초호를 믿음직스러운 눈으로 바라보며 이번엔 자신이 입을 열었다.

"이상할 것은 없겠지. 그 현백이란 아이를 안고 가겠다는 뜻이 아닌가? 그것이 뭐가 이상하다는 것이지?"

"하나 그들은 현백을 내친 사람들입니다. 이미 현백도 그들과의 관계를 청산한 이후이구요. 어떤 상황을 생각해도 현백이 그들에게 돌아갈 이유는 없어 보입니다만… 오히려 저렇게 나오는 것을 보니 화산이 측은하게 여겨질 정도입니다."

확실히 이상한 일이었다. 초호의 귀에 들려온 화산의 이야기를 종합하면 화산은 앞으로 현백을 끼고 움직이려 하고 있었다. 죽은 칠군향의 마지막이자 유일한 제자인 현백의 개입을 원한다고까지 이야기했던 것이다.

그러나 분명 현백은 화산을 떠난 사람이었고 자신이 따로 알아본 바에 의하면 화산에 그리 좋지 않은 감정까지 가진 사람이었다. 화산으로 돌아갈 확률은 거의 없었던 것이다.

"흠… 그건 좀 이상한 판단이구나, 초호. 네가 언젠가 나에게 이야기한 적이 있는 것 같은걸? 현백이란 자, 무시할 만한 자가 아니라고 말이야. 아닌가?"

"…그렇습니다만, 이런 일을 염두에 둔 발언은 아니었습니다. 그 당시에나 그리 생각한 것이지요."

"으음?"

흥미롭다는 듯 사내의 신형이 돌려지고 있었다. 그의 신경은 난에서 이제 초호에게로 향했는데 사십대의 정광 어린 눈빛이 초호에게 쏟아지자 초호는 고개를 살짝 숙이며 사내의 말을 기다렸다.

"이거 흥미롭구나. 초호, 그렇다면 넌 지금 현백이 더 이상 신경 쓸 만한 상대가 아니라는 생각을 가지고 있는 것 같은데… 내 생각이 맞더냐?"

"그를 상대할 이유가 없다는 말이 옳겠지요. 현백이 아니라 다른 상대에게 신경을 써야 한다고 생각합니다. 대회가 열리고 강호의 눈이 흑월에게 집중되고, 그래서 그들을 향해 검끝을 돌리는 것이 더 중요한 것이라 생각합니다."

딱 부러지는 결론이었다. 이미 정국에 대한 모든 분석을 끝내놓은 듯 말하는 초호에겐 일말의 주저함도 없었다. 그러자 사내 역시 고개를 끄덕이며 입을 열었다.

"그래, 그래서 더욱더 현백에게 신경이 쓰이는 것이지. 초호, 현백이 내회에 오지 못하게 해라. 그래야 대회가 제대로 치러질 것이다."

"예?"

예상 밖의 말에 초호는 되물었다. 설마하니 그의 주군이란 사람이 현백을 이 정도로 생각하고 있을 줄은 몰랐던 것인데 사내는 이제 난초에서 완전히 손을 뗀 채 초호만을 바라보며 입을 열고 있었다.

"자네도 그렇고 현백도 여전히 세상을 주유해야만 한다. 적어도 이 모든 일들이 솔사림의 주도로 이루어지기 위해 자네와 현백, 두 사람이 다 필요하네. 또한 흑월도 필요하지. 그런데 현백이 지금 이곳에 온다면 모든 것이 다 어그러질 확률이 높아."

"……"

초호는 무슨 말인지 이해가 가질 않는다는 표정이었다. 그저 뚫어지게 사내의 입술만을 바라볼 뿐이었다. 그러자 사내가 피식 웃으며 입을 열었다.

"의도하든 의도하지 않았든 지금 강호에서 일어나는 상당한 일들은 모두 현백의 주변에서 움직이고 있다. 그래서 현백이 중요한 것이지. 그가 움직이는 것에 따라서 세상도 움직이고 있다. 즉 그의 움직임으로 인해 다른 변수들이 생겨난다는 것이다."

"……."

"이번 대회는 분명 우리 솔사림의 무대가 될 것이다. 그것을 위해 난 지난 세월간 노력해 왔던 것이고 그 노력의 결실이 눈앞에 있구나, 초호."

초호는 왠지 오늘 그의 주군이 조금은 달라 보인다는 생각을 하고 있었다. 언제나 냉정하고 차갑던 주군은 조금은 인간적으로 변해 있었다. 어째서인지는 모르지만 말이다.

"그 노력을 깨고 싶지 않다. 무슨 일이 되었든 간에 현백을 이곳에 오지 못하게 해라. 난 일을 함에 있어 변수가 생기는 것을 원치 않는 사람이다."

"…알겠습니다, 주군."

이렇게까지 이야기하는데 더 이상 할 이야기는 없었다. 초호는 고개를 끄덕이며 그의 말을 따랐고, 그리하면 그만이었다. 어차피 이 모든 일들의 주인은 자신이 아니라 눈앞에 있는 그의 주군이었기에.

"한데 주군, 한 가지 더 여쭈어봐도 되겠습니까?"

"무슨 일이냐, 초호?"

다시금 신경을 옆에 있는 난초에 주려던 사내가 눈을 돌렸다. 초호는 바로 말을 하지 않고 잠시 생각하는 듯했는데 이내 입을 열었다.

"이번 대회에서… 정말 사람들 앞에 나서실 것인지 여쭈어 봐도 되겠습니까?"

"응? 허허허, 무슨 말인가 했더니……."

사내는 아무렇지도 않다는 듯 신형을 돌려 수중에 난 하나를 양손으로 받쳐 들었다. 그리곤 대수롭지 않다는 듯 입을 열기 시작했다.

"초호, 그것이 네가 항상 꿈꾸던 것 아니었더냐? 내가 다른 사람들 앞에 당당히 나서는 것 말이다."

"무, 물론입니다! 물론입니다, 주군!"

무슨 일이 있어도 담담할 것 같았던 초호의 목소리가 가늘게 떨리고 있었다.

"그래, 난 그들의 앞에 설 것이다. 너의 소원대로 내가 나서는 것이 내가 가진 계획의 마지막을 장식하게 되는 것이지. 물론 방해가 있기도 하겠지만."

"어떤 변수가 생기든지 이 초호, 절대 용납하지 않을 것입니다! 주군께서 이 세상에 우뚝 서시는 것을 방해하는 자 절대 용납하지 않겠습니다!"

타탓!

초호의 신형이 그대로 무너졌다. 그는 차가운 바닥에 오체복지하며 머리를 조아렸다. 그러자 사내는 초호를 향해 걸음을 옮기며 입을 열었다.

"허허허, 참 초호 자네는 정말. 어서 일어나시게. 내 아직 이런 대접을 받을 사람이 아니야."

"아닙니다, 주군… 아닙니다! 주군께서는 진작에 이런 대접을 받으셔야 했습니다. 진작에……."

귀밑머리 허연 초호의 어깨가 살짝 떨고 있었다. 사내는 초호에게 다가가 그의 오른팔을 잡아 신형을 일으키며 다시금 입을 열었다.

"그만… 그만하면 되었다. 굳이 옛일까지 들먹거리며 감상에 젖고 싶지는 않다, 초호."

"죄, 죄송합니다, 주군… 이 늙은 것이 그만 실수를……."

초호는 황급히 눈에 흐른 눈물을 닦으며 입을 열었다. 사내는 그저 조용히 웃으며 신형을 돌릴 뿐이었다. 그는 더 이상 할 이야기가 없다는 듯 옆에 늘어놓은 난들조차 외면한 채 안채로 향하고 있었다.

초호는 그저 바라볼 뿐이었다. 그렇게 조용히 바라보고만 있던 초호의 입술이 살짝 열렸다.

"반드시… 반드시 이루어 드리겠습니다. 주군, 아니……."

초호는 어금니를 꽉 깨물며 양 주먹에 힘을 주었다. 그가 해야 할 일이 정해진 이상 더 이상 머뭇거릴 일 따윈 없었던 것이다.

"황태자시여……!"

텅 빈 공간에 초호의 속삭임만이 휘돌 뿐이었다.

*   *   *

"후우… 어째 빙빙 도는 듯한 느낌이네."

"녀석, 조금은 진득하게 좀 있어봐라. 어째 아직까지 투덜거리냐?"

모인은 두 눈 가득 주름살을 잡으며 입을 열었다. 그러자 명사찬은 입술을 비죽이 내밀며 고개를 살며시 돌렸는데, 누가 보면 그의 나이가 의심되는 순간이었다.

그러나 그 상대가 모인이니 용서가 될 일이었다. 삼십이 넘어 애들 같은 장난을 하지만 모인 앞이니 아이나 마찬가지였던 것이다. 그런데 지금 상황은 그저 투덜거림으로 끝나지는 않았다.

모인은 지금 명사찬이 왜 이리 투덜거리는지 잘 알고 있었다. 그건 바로 오기 싫은 걸음을 억지로 움직였기 때문이다. 마음은 지금 저기 현백의 곁에 가 있었던 것이다.

모인은 모종의 일에 대한 의문을 풀기 위해 지금 현백과 달리 움직이는 중이었다. 문제는 그 혼자만 움직이면 될 일을 옆에 명사찬을 같이 대동하고 다닌다는 데 있었다. 그 점이 바로 명사찬의 콧구멍을 크게 만들어놓은 이유였다.

"뭐, 마음이 그리하라 하니 이 몸이 어쩌겠습니까? 게다가 오는 길 내내 하는 일이라곤 걷는 것뿐이니 더욱더 그러하지요. 왜 아니겠어요."

아주 대놓고 투정을 부리는 모습에 모인의 양 눈가엔 더욱 짙은 골이 파이고 있었다. 그러자 이번엔 모인의 입술이 열렸다.

"오홍, 그래서 지금 더 이상 가기 싫다? 그냥 현백이 있는 곳으로 달려가겠다 이거냐?"

"아니, 뭐 꼭 그렇게 하겠다는 것은 아닙니다만… 헤헤, 다만 좀 무료하다 싶은 상황이라서요."

슬슬 모인의 눈빛이 변하자 명사찬은 바로 꼬리를 내렸다. 상황이 이런데 버팅기는 것은 무리였다. 이쯤에서 기분을 맞춰주어야 하는 것이다.

"아니, 근데 지금이 몇 시인데 아직까지 사람들이 없어? 여긴 사는 사람들은 사람도 아니야?"

괜히 명사찬은 신경을 돌리며 소리쳤다. 그들은 지금 한 마을을 지나고 있었는데 생각보다 큰 마을이라 여기저기 활기가 넘쳐 나고 있었다. 명사찬이 이야기한 곳은 바로 한 유곽이었는데 그저 농을 거는 것에 불과했다.

"헤헤. 아이고, 손님들, 좋은 자리 있습니다. 어서들 오십시오. 이만한 가격에 이보다 좋은 곳은 없습니다."

그런데 그의 농을 곧이곧대로 들은 사람이 있어 문제였다. 바로 홍등이 밝게 켜진 한 유곽의 앞에 서 있던 남자였는데 아마도 호객 행위를 하는 사람 같았다.

"하하, 오랜만에 풍류를 즐기고 싶지만 지금은 때가……."

"앞장서시게나."

"에?"

마음이야 들어가고 싶은 마음이 굴뚝같지만 옆에 계신 분이 있으신지라 명사찬은 정중히 거절하려고 했다. 그런데 갑자기 들려온 모인의 목소리에 그는 두 눈을 둥그렇게 떴다.

"뭘 그렇게 보냐?"

"장로님, 지금 진심이세요?"

어이가 없다는 듯 바라보는 명사찬을 향해 모인이 입을 열자 명사찬은 두 눈을 둥그렇게 뜨며 대답 대신 질문을 해왔다. 그러자 모인은 피식 웃으며 입을 열었다.

"이 녀석이 속고만 살았나… 얼른 따라오기나 해!"

"에… 아무리 그래도 같이 갈 사람이 따로 있지… 어떻게 제가 장로님과 함께, 그리고 장로님 연세가 얼만데 지금 무슨 생각을……."

"야! 안 들어갈 거면 저리 가! 사내놈이 무슨 말이 그리 많아!"

결국 모인이 명사찬을 향해 소리치자 명사찬은 찔끔한 얼굴이 되었다. 그러나 모인의 말처럼 그가 사라지는 일은 없었다. 오히려 반색을 하며 앞으로 달려갔던 것이다.

"가긴 어디로 갑니까! 장로님께서 세상을 보시겠다는데 의당 제가 그 발판이 되어드려야지요, 암요!"

씩씩한 걸음을 옮기며 그는 앞으로 뛰어갔다. 달려가는 그의 얼굴엔 숨길 수 없는 웃음이 가득 피어오르고 있었다.

"……."

"어째 네 얼굴이 영 좋지를 않구나. 얼굴 좀 펴지 그러냐?"

명사찬을 보며 모인은 입을 열었지만 명사찬의 얼굴은 펴지지 않고 있었다. 그저 입술을 더욱더 내밀며 굳은 얼굴을 만들 뿐이었다.

그의 입가에 머물던 웃음은 이미 사라진 지 오래였다. 그저 어째서 이런 상황이 되었는지 그것만 생각할 뿐이었다.

분명 처음 입장은 좋았다. 무슨 생각인지 몰라도 모인은 시늉이 아니라 진짜 이 홍등가에 들어섰고, 마치 제집인 양 어디론가 움직이고 있었다. 명사찬은 그저 그 뒤를 졸졸 따라다닌 것인데 모인은 정말 작정을 한 듯 아예 안채로 들어섰다.

안채로 간다는 것은 완전히 건물 하나를 빌리겠다는 뜻. 그러니 명사찬이 좋아라 할 수밖에 없었다. 들어와서도 시중드는 여인들을 보며 잠시나마 그는 행복했었다.

하지만 그 행복은 채 반 시진도 가질 못했다. 누군가 그가 있던 방으로 들어서면서부터였는데 그건 바로 일지신개 양평산이었다. 방주와 같이 움직이고 있을 것으로 알던 사람이 이곳에 나타난 것이다.

그리고 그가 들어온 순간 아리따운 시비들은 모두 사라지고 시커먼 사내들이 들이닥쳤다. 당연히 그가 좋아할 이유가 없었던 것이다.

"흠… 너는 이 내가 온 것이 그리 좋지 않은 모양이구나. 아니면 무슨 일이 있는 것이냐?"

한쪽에서 얼굴을 확 일그러뜨리고 있는 명사찬을 보며 양평산이 입을 열자 모인은 싱긋 웃었다. 그리곤 양평산에게 말했다.

"큭큭… 이 녀석이 좋은 상상을 하고 있는 모양이네. 기대가 크면 실망도 크다고 했던가? 지금 내게 속은 기분일 것 같은데?"

"누가 속은 기분이랍니까? 반갑습니다, 양 장로님. 그간 정말 뵙기 힘들군요."

"…그게 반갑다고 하는 인사 맞느냐?"

분명 말은 반갑다고 이야기하고 있었고 양평산도 그렇게 생각하고 있었다. 한데 명사찬의 얼굴은 전혀 다른 얼굴을 하고 있었다. 뻣뻣하게 굳은 채 양쪽 입술꼬리만 위로 말아 올리고 있었던 것이다.

만일 양평산이 명사찬을 오늘 처음 보는 사람이었다면 당장에 싸대기를 올려붙일 정도로 보기 좋지 않은 얼굴이었다. 하지만 명사찬은 별로 고칠 마음이 없는지 여전히 표정과 말을 불일치시키고 있었다.

"물론입니다. 반갑고말고요. 이제가 양 장로님을 반가워하지 않으면 누가 반가워하겠습니까?"

"……"

모인은 그의 말에 고개를 흔들며 시선을 돌렸다. 지금 중요한 것은 이 녀석의 기분이 아니니 말이다. 그는 양평산을 향해 입을 열었다.

"그래, 요즘 상황은 어떠하냐? 뭔가 달라진 것이 있더냐?"

"달라진 것이라기보단 생각해 볼 만한 상황이 있습니다. 솔사림에서 또다시 무림대회를 개최한다 합니다."

"무림대회?"

살짝 의외인지 모인은 고개를 갸웃거렸다. 무림대회라면 이미 얼마 전에 열린 상황이었다. 물론 많은 문파들이 모인 것은 아니었지만 중요한 문파들은 다 모였었다. 그래서 추색대도 결정되지 않았던가?

물론 열린다고 해서 안 될 것은 아니었지만 다시 무림대회가 열릴 상황은 더더욱 아니었다. 그래서 조금 이상하게 생각하고 있던 것인데 양평산의 말은 계속되었다.

"그렇습니다. 사실 대회가 좀 자주 열려 이상하긴 하지만 이번 대회는 나름대로 기대하는 것이 있습니다. 일단 솔사림이 주최이고 또한 솔사림주가 직접 주관을 한다고 합니다."

"솔사림주? 그가 세상에 나온다고?"

흥미가 동하는 듯 모인이 입을 열자 양평산은 고개를 끄덕였다. 확실히 신비에 싸인 솔사림주가 나온다면 대회가 열릴 만했다. 솔사림주가 나온다는 것은 솔사림의 모든 힘이 다 나온다는 뜻인 것이다.

과거 중원을 세외의 힘으로부터 지켜내었던 세력인 솔사림, 그 힘의 진실한 모습을 본 사람은 아무도 없었다. 아니, 힘뿐만이 아니라 그 수장조차 본 적이 없었다. 당연히 궁금한 일인 것이다.

수장을 본다면 이제 그 궁금증에 한 걸음 더 나아가는 셈이었다. 그러니 관심이 갈 수밖에. 게다가 이번엔 또 다른 핑곗

거리도 있었다.

"거기에 화산과 소림의 힘이 더해진 상태이지요. 화산은 공식적으로 저들 흑월에게 복수를 다짐한 상황입니다. 그것에 관해선 저보다 더 잘 알고 있을 테니 그만 이야기하겠습니다."

"거기서 왔으니 당연한 일이지요 뭐… 한데 소림의 힘이 더해졌다는 것은 무슨 뜻이지요?"

어느새 뚱한 표정을 지운 채 명사찬이 옆에 와 입을 열고 있었다. 역시 강호인인지라 이런 소식에 눈을 반짝이고 있는 것처럼 보였는데 양평산은 싱긋 웃으며 다시금 입을 열었다.

"소림도 당했으니까… 화산의 입장 표명이 있자마자 바로 소림의 입장 표명이 있었다. 그들 역시 터전을 짓밟은 자들에게 복수를 다짐하는 것은 당연한 일이었지. 이제 현백이 아니라 흑월이라는 단체를 직접 거론하게 된 것이다."

그건 당연한 일이었다. 현백과 흑월은 전혀 다른 사람들. 애당초 현백을 통해 그들과 유사성을 찾는다는 것 자체가 말이 되질 않았다. 순리대로 풀리고 있는 것이다.

"그런 이유로 강호의 사람들 모두가 다 지금 솔사림으로 움직이고 있습니다. 평소에 잘 왕래가 없었던 문파까지도 모두 솔사림으로 가고 있습니다. 아무래도 이번 대회는 정말 거대하게 치러질 것 같습니다만."

"으음… 솔사림의 힘이 더욱더 커지는 계기가 될 수 있겠구나. 그참."

분명 당연한 수순이지만 왠지 모인은 마음 한쪽이 개운하지가 않고 있었다. 솔사림에서 무언가를 노린다는 느낌이 강하게 들고 있었는데 일단은 지켜봐야 할 일이었다.

"현백에 대한 소식은 없습니까? 헤어진 지 꽤 되었으니 지금쯤 솔사림에 다 와갈 텐데?"

"아니, 그렇지가 않단다. 왠지 현백을 만나고 싶어하는 사람들이 꽤 많은가 보더라. 아직 반도 못 간 것으로 보고되었다."

"예?"

뜻밖의 소식에 명사찬은 되물었다. 현백의 성격으로 봤을 때 거의 다 도착했어야 정상이었다. 현백은 지금 솔사림으로 가서 그들과 흑월의 관계를 캐낼 심산이었다. 그런데 진행이 늦다니…….

"확신할 수는 없지만 누군가 현백이 가는 것을 막는 것 같은 생각도 들기도 한다만, 미리 말했듯 증거는 없어."

"음……."

명사찬은 살짝 미간을 찌푸리며 생각에 잠겼다. 누군가가 현백이 솔사림에 가는 것을 막는다면 그게 누굴지 참 복잡한 문제였다. 표면상으로 현백은 스승의 복수를 위해 솔사림에 가는 꼴이었다. 솔사림과 힘을 합쳐 흑월을 상대하는 것처럼 보이고 있으니 말이다.

하나 실상은 솔사림을 상대하기 위해 가는 길이었다. 그러니 현백의 본심을 안다면 솔사림 쪽에서 막는 것이고 아니라면 흑월에서 막는 셈이었다. 여러 가지 경우가 있을 수 있는 것이다.

"뭐, 그거야 그렇다 치고 말이죠, 그럼……."

명사찬은 갑자기 생각이 났다는 듯 입을 열었다. 그는 잠시 주위를 둘러보다 이내 다시금 말했다.

"대체 우린 왜 여기에 있어야 하는 겁니까? 그것도 이 유곽에서요. 상당히 비싼 돈을 들여 빌린 듯한 이곳에 말입니다."

개방이라 하면 거지들의 집단이다. 당연히 돈이 궁한 것은 그리 놀랄 일도 아니었다 해서 대부분의 개방회합은 모두 야외에서 열리는 것이 일반적이었다. 오죽하면 분타도 다리 밑이나 아니면 동네 쓰러져 가는 사당일까?

그런데 장로라고 해서 이런 곳을 턱하니 빌리는 짓은 좀 이해하기 힘든 것이었다. 분명 지금 상황은 이 별채를 통째로 빌린 상황이었고 보이는 것이라곤 다 개방의 사람들뿐이었다. 추측할 수 있는 것은 누군가를 기다리고 있는 중이라는 것밖엔 없었던 것이다.

"녀석, 진득하니 기다리면 알 수 있는 것을……."

"오셨습니다!"

모인이 명사찬에게 주의를 주는 순간 밖에서 사람의 목소리가 들려오고 있었다. 아마도 밖에서 번을 보던 자가 입을 연 것인데 그러자 모인은 자리에서 일어나며 소리쳤다.

"그래, 어서 모셔라!"

"예, 장로님!"

그의 목소리에 화답하며 누군가 일단의 무리를 데리고 들어오고 있었다. 한 사람이 아니라 십여 명 정도 되는 사람들이었는데 명사찬은 들어오는 사람들의 면면을 살펴보기 시작했다.
 그리고 그들을 보는 순간 살짝 놀란 기분이 들었다. 이들은 그가 모르는 사람이 아니었다. 아니, 누구보다도 잘 아는 사람들이었다. 이들이 중원에 왔을 때 이미 그가 뒷조사를 했으니 말이다.
 "아니, 당신들은……."
 두 눈을 둥그렇게 뜨며 명사찬은 입을 열다 말았다. 들어온 사람들은 바로 세외에서 온 사람들이었다. 환연교주 토루가를 비롯한 남만에서 온 사람들이었던 것이다.

第四章

앞을 막는 사람들

1

"아침부터 불어오는 바람이 심상치 않다 했더니 오늘 귀인을 뵙습니다. 저번에 뵙기는 했지만 사람들이 많아 제대로 인사조차 못 올렸군요. 토루가라고 합니다."

"허허, 당금 강호에서 명성이 자자한 분을 만나뵙게 되었습니다. 모인이라 합니다."

토루가의 말에 모인은 정중한 인사를 건네었다. 그러자 토루가의 뒤편에 있던 사람들 모두가 다 일어섰는데 명사찬은 슬며시 그들의 면면을 살펴보았다.

그의 뒤편에 서 있는 사람들은 일면식이 있는 이들이었다. 환연교주 토루가의 뒤에 일남일녀가 서 있었는데 사다암과 미호공주라 불리는 사람들이었다. 그리고 그 뒤에 세 명의 사내가 있었는데 그들은 처음 본 사람들이었다.

"허허, 이 사람은 개방의 녹을 먹고 있는 양평산이라 합니다. 정식으로 뵙게 되니 반갑습니다."

"어인 말씀을… 천하의 개방삼장로를 모른다는 것은 강호인이 아니라는 증거지요. 토루가라 합니다."

최대한의 공경을 보여주며 토루가는 양평산을 향해 입을 열었다. 그리곤 이번에는 누가 이야기한 것도 아닌데 명사찬을 향해 고개를 숙이며 말을 이었다.

"개방의 젊은 미래를 보게 되어 무한한 영광입니다. 한번 뵙기는 했으나 역시 정식으로 인사를 드리는 것은 처음이군요. 토루가라 합니다. 그리고 이분은 저희 남만의 자랑인 사다암이란 분입니다. 그 옆에 계신 분은 미호공주님이십니다."

"사다암이오."

"미호라 합니다."

누가 이야기한 것도 아닌데 먼저 이렇게 이야기하자 명사찬은 머쓱한 기분이 들었다. 어쨌든 이대로 있는 것은 실례이기에 그는 바로 입을 열었다.

"하하, 보잘것없는 놈을 다 알아주시니 삼생의 영광입니다. 명사찬이라 합니다."

얼굴 가득 웃음을 머금으며 그는 입을 열었다. 서로가 손인사를 하며 자리를 권하자 토루가를 비롯한 사람들과 모인 일행은 탁자를 사이에 두고 앉게 되었다.

조금은 둥근 원탁에 여섯 명이 둘러앉은 형국이었다. 토루가와 사다암, 그리고 미호와 모인과 양평산, 그리고 명사찬이 맞은편에 앉은 것이었다.

여섯 사람은 자리에 앉은 채 일단 아무런 이야기도 하지 않았는데 왠지 서로가 탐색전이라도 벌이는 듯한 상황이 연출되고 있었다. 명사찬으로서는 정말 의아한 상황이고 말이다.

아무리 바보라도 현 상황을 겪게 된다면 뭔가 생각을 하기 마련이었다. 그리고 그 생각은 모인이라는 이름에서 귀결되고 있었다. 즉 이 모든 것을 모인이 기획했다는 뜻이었다.

그렇지 않고선 사실 이런 자리가 불가능할 터였다. 옆을 보니 개방의 사람들이 꽤 많이 와 있었다. 이들을 데려온 것도 개방의 사람들이니 따지고 보면 개방에서 상당한 도움을 준 것이었다. 그렇다면 더더욱 모인의 짓이 틀림없었다.

개방에서 모인의 위치는 굳이 말하지 않아도 알 수 있을 정도로 컸다. 모인과 방주, 그리고 대장로 토현은 거의 동급이었던 것이다.

그러니 이 모든 상황을 주도한 모인이 분위기를 풀어야 했다. 그리고 그 생각이 다 정리되기도 전 모인의 입술이 열리고 있었다.

"이렇게 힘든 걸음을 하게 만들어 일단 죄송스럽습니다. 하나 꼭 알아야 할 일이 있었기에 그런 것이니 여러분께선 노여워하지 말아주시면 감사하겠습니다."

"어인 말씀을… 강호의 대선배께서 묻는 말씀이신데 의당 그리해야지요. 어서 물어보시지요. 성심을 다해 말씀드리겠습니다."

 모인의 말에 어느 정도 짐작을 했다는 듯 토루가는 차분히 입을 열었다. 지금 그의 모습으로 보자면 정말 모든 것을 다 이야기해 주겠다는 듯한 말로 들렸는데 하나 그것이야 좀 더 두고 봐야 할 것이었다.

 "허허, 너무 깊은 질문이면 조금 난감할 터인데 괜찮으시겠습니까?"

 하나 지켜보는 사람은 은근히 걱정이 되는지 사다암이 슬며시 입을 열었다. 생각 외로 깊은 질문들은 피해간다는 뜻을 넌지시 말한 것이다.

 "아니, 내가 묻고 싶은 것은 현백에 대한 것이오. 남만이나 환연교에 관해선 이 사람이 그리 관심이 없으니 걱정하지 않아도 될 것이오."

 모인은 차분히 입을 열었다. 그리곤 토루가를 똑바로 보면서 연달아 말했다.

 "이 몸이 묻고 싶은 것은 바로 현백의 무공이외다. 그가 익힌 것이 정말 천의종무록이 맞소이까?"

 "……."

 무엇이든 다 이야기해 주겠다던 토루가의 입술이 열리질 않고 있었다. 그러나 얼굴에서 당황한 기색 따윈 나타나지 않았는데 아마도 조금 예상외의 질문인 듯 보였다.

 "허… 모인 장로님, 지금 제가 순간 이해를 잘 못한 것 같습니다. 다시금 말씀해 주시겠습니까?"

그러나 이내 토루가는 차분한 신색을 되찾으며 입을 열었다. 그에 모인은 고개를 끄덕이며 다시금 입을 열었다.

"말 그대로이외다. 과연 현백이 익힌 무공이 천의종무록이 맞는가 하는 말이지요. 아참, 천의종무록이 귀교의 무공이라는 것은 이미 알고 있는 사실이오. 새삼스레 천의종무록이 무엇인지를 설명할 필요는 없다는 말이오."

"……"

모인의 질문은 간단했다. 천의종무록이 환연교의 무공이라는 것은 잘 알고 있다. 그러나 그 환연교의 무공이 현백이 익힌 무공이냐는 질문인 것이다.

그런데 함부로 이야기할 수는 없었다. 그렇다고 이야기하면 그뿐이지만 문제는 그것이 아니라 왜 모인이 이런 질문을 하는가 하는 것이었다. 그 질문의 의중을 파악하지 않은 채 함부로 대답을 할 수는 없었던 것이다.

여러 가지 경우가 있을 수 있었다. 다른 말을 꺼내기 위한 단순한 도입일 수도 있었고 아니면 정말 중요한 것을 일깨워 주기 위한 서두일 수도 있었다. 그러나 그 어떤 경우를 생각하더라도 공통적인 것이 하나 있었다. 바로 그리 좋은 상황으로 연결되진 않는다는 것이다.

"물론입니다, 모인 장로님. 한 치의 거짓도 없이 현백이 익힌 것은 천의종무록입니다. 한데 그것이 무슨 문제라도 있는지요?"

상대의 의중을 모를 땐 대화의 주도권을 쥐는 것이 중요했다. 대화의 주도권을 쥐는 것은 여러 가지 방법이 있었지만 가장 확실한 것은 하나였다. 여러 가지 질문을 던져 그의 생각을 알아보는 것이다.

그런 의미로 토루가는 질문을 던졌고 모인은 대답할 차례가 되었다. 무공 대련으로 본다면 이제 선수에서 후수로 바뀐 셈이었다.

하지만 토루가만큼이나 모인 역시 산전수전을 겪은 사람, 그는 이미 토루가의 계산을 꿰뚫어 보고 있는 듯 바로 입을 열고 있었다.

"문제라… 문제라면 문제랄 수도 있겠지. 하면 이것도 대답해 주시오. 그 천의종무록… 현백이 어떻게 손에 넣은 것이오?"

"…그 문제는 조금 민감할 수도 있겠습니다. 장로님께서도 그 무공의 보관을 본 교에서 어떻게 하는지 알고 계실 것으로 압니다만."

언제나 웃는 얼굴이던 토루가의 얼굴에서 웃음기가 살짝 사라지고 있었다. 사실 이건 좀 민감한 정도의 문제가 아니라 심각한 상황을 야기할 수도 있었던 것이다.

모인이 물어본 것은 천의종무록의 입수 경로, 한데 그걸 알려주자면 천의종무록이 어디에 있는지부터 이야기해야 했다. 교 내의 일을 다 이야기해야 하는 것이다.

"보관이야 어찌 되는지 잘 알고 있습니다. 환연교의 성지에서 잘 보관되는 것이지요. 한데 그것이 어찌 현백의 손에 들어

가게 되었는지 그것이 궁금해서 그렇습니다."

"……"

왠지 모인은 조금 집요하다고 생각될 정도로 물어오고 있었다. 토루가는 그런 모인을 보며 한쪽 눈을 살짝 찌푸리고 있었는데 그러자 토루가의 뒤편에서 소리가 들려왔다.

"흥! 중원의 대문파면 함부로 해도 되는 것인가? 어찌 이리 실례되는 소리를 할 수가 있지!"

"교주님, 마땅히 이곳을 나가야 합니다. 호의를 적의로 이해하는 이 사람들이 있는 이곳에 있을 이유가 없습니다!"

"저 역시 동감합니다. 그만 나가시죠."

마치 호위라도 하듯 버티고 있던 사람들이 입을 열자 모인의 눈이 살짝 날카로워졌다. 그러자 토루가의 입술이 다시금 열렸다.

"그만! 삼천가의 분들께서는 잠시만 기다려 주시오."

상황이 이렇게 되자 토루가가 먼저 입을 열어 진정시키고 있었다. 토루가는 좌우를 둘러보며 사람들의 표정을 먼저 살폈는데 자신의 일행도 그렇지만 개방의 사람들 역시 황당한 표정을 짓고 있었다.

이건 지금 말하는 모인을 빼곤 여기 왜 모였는지조차 모른다는 뜻이었다. 만일 어느 정도 알고 있었다면 지금 모인이 이런 발언을 할 때 이토록 놀라는 표정을 짓지는 않았을 테니 말이다.

그렇다면 이건 개방의 뜻이라기보다는 모인의 뜻이었다. 물

앞을 막는 사람들 127

론 그 모인 자체가 개방의 한 축이기는 했지만 말이다.

"허허허, 아무래도 장로님께서 오해를 하고 계신 듯합니다. 장로님, 대답하기에 앞서 어째서 그런 질문을 하신 것인지 좀 알고 싶습니다. 말씀해 주실 수 있으신지요?"

참으로 차분한 목소리였다. 모인은 여전히 미소가 머금어지고 있는 그의 얼굴을 보며 그의 생각을 잠시 가늠해 보았다.

역시 어떤 생각을 하고 있는지 전혀 읽을 수 없는 사내였다. 그리고 이 사내의 본심이 어디까지인지조차 알 수가 없었다. 하지만 이미 할 말은 정해져 있었다.

다만 그걸 어떻게 풀어나가느냐가 문제였는데 이젠 방법이 없었다. 강공법이 적당한 순간인 것이다.

"내가 생각하는 이유… 아니, 그렇게 이야기하기보다는 달리 이야기하는 것이 좋겠군요. 내 다시 물어보겠소이다."

"무엇입니까, 장로님?"

모인의 말에 토루가는 다시금 목소리를 내었다. 한층 안정을 되찾고 있었지만 이어 들리는 모인의 말에 다시금 떨리는 목소리를 낼 수밖에 없었다.

"대체 당금 강호에서 현백이 움직여 그대들이 가질 수 있는 이득이 무엇이오?"

"……!"

처음이었다! 놀란 토루가의 얼굴에서는 웃음이 완전히 사라져 있었다.

* * *

"아무래도 이젠 말을 버려야 할 것 같은데?"

"그러는 게 좋을 것 같네요. 정말로 쫙 깔렸는데요?"

주비의 말에 이도가 힘을 실어주었다. 두 사람 다 말에서 내려 말 엉덩이를 살짝 때리자 두 필의 말은 작은 투레질을 한두 번 보여주더니 바로 어디론가 달려갔다.

쉬잉…….

주비는 창대를 제대로 움켜쥐며 눈을 치켜뜨고 있었다. 언제 어떤 상황이 들이닥칠지 모르는 상황, 그렇게 하고 있지 않다면 그것이 더 이상한 일이었다.

앞으로 약 팔 일 정도 남은 상황. 그런데 상황이 이렇다면 얼마나 더 시간이 걸릴지 몰랐다. 그리고 지금 상황은 얼마 전에 겪었던 것과는 많이 달랐다.

그때는 일사자 마송이란 자가 싸움보다는 말을 더 하고 싶어했으니 결정적인 충돌을 피할 수 있었지만 지금은 달랐다. 이들은 완전히 현백의 일행을 감싸고 있었다. 가지고 있는 살기를 굳이 숨기려 하지 않았던 것이다.

자연스럽게 일행은 진세 아닌 진세를 짜게 되었다. 주비가 제일 전방에 있었고 그다음이 현백이었다. 그 이후에 오유와 지충표가 있었고 이도가 제일 뒤에서 사방을 경계하는 꼴이었다.

이것은 누가 시켜서 만든 것이 아니라 하다 보니 자연스럽게 형성된 진세였다. 물론 이 진세로 큰 싸움을 한 적은 없었지만 말이다.

"주비, 이번엔 내가 앞에 서마."

"응?"

뒤편에서 들려오는 현백의 목소리에 주비는 살짝 시선을 돌렸다. 어느새 현백이 바로 뒤에 있다가 앞으로 나오고 있었다. 이미 그의 몸에선 상당한 기운이 흘러넘치고 있는 것을 보니 준비하고 있었던 듯싶었다.

"이대로 가다간 솔사림에 언제 도착할지 알 수가 없으니… 아무래도 조금 무리수를 두어야 할 것 같다."

"무리수?"

현백의 말에 주비는 무슨 뜻인지 의아해했다. 무리수라 이야기하는데 그 의미를 전혀 알 수 없었던 것이다.

뭐… 만일 정말 목숨이 위급한 순간이 닥치게 된다면 그때의 무리수란 아마도 한군데 잃을 각오로 싸운다는 뜻일 터였다.

그런데 지금 상황에서 무리수라 하면 전혀 이해가 가지 않았는데 한순간 그것이 무슨 말인지 알 수 있었다. 이어 느껴지는 현백의 기운 때문이었다.

사아아아아!

"……!"

현백의 몸에서 상당한 기운이 흘러나오기 시작했다. 이미 올린 내력이 문제가 아닐 정도로 강대한 내력을 끌어올리고 있었는데 그건 이제부터 현백이 어떻게 하겠다고 말하는 것이나 마찬가지였다.

살인… 그저 뒤로 물러서게 만들 정도가 아니라 상대를 쓰러뜨리겠다는 뜻이었다. 그래서 움직이는 속도를 빠르게 하겠다는 뜻인데 은연중에 주비 역시 고개를 끄덕였다.

누구인지는 모르지만 흘러나오는 느낌을 봤을 때 그리 녹록한 자들은 아니었다. 이러한 자들이 지금 앞길을 막고 있는데 별것 아니라는 생각을 할 수가 없었다.

처음부터 그 본보기를 보여야 하는 상황인 것이다. 적들이 겁을 집어먹고 물러나게 만들 정도로 해야 했다. 그래서 주비 역시 현백의 결정에 동의를 해야 하는 것이다.

"상황이 이러하니 할 수 없겠지. 그럼 선봉을 부탁하네."

"……."

주비의 말에 현백은 살짝 고개를 끄덕였다. 그리곤 앞으로 나아가기 시작했는데 그들이 가고자 하는 길은 작은 오솔길이었다.

이제 어두워지는 저녁 하늘 아래 고즈넉한 크기의 오솔길이 보이고 있었다. 조금만 더 있으면 어두워져 저 앞의 길이 보이지 않을 것이지만 길을 잃을 염려는 없었다. 오솔길은 곧은 편이었고 경사도 그리 크지 않아 헷갈릴 이유가 없었던 것이다.

다만 문제는 숨어 있는 자들의 정체일 뿐. 그러나 그것도 그리 염려되진 않았다. 숨어 있으면서 이 정도로 기력을 뿜어낸다면 전문적으로 살수업을 하는 사람들이 아닐 터이니 말이다.

슷… 파파파팟!

앞서 나간 현백이 채 대여섯 걸음이나 걸었을까? 바로 그를 향해 공격이 쏟아지고 있었다. 한데 암습하면서 내력을 꽉꽉 풍겨내었던 그들이지만 공격 시엔 달랐다.

강한 데다 정교함이 같이 어려 있었다. 현백은 의외의 상황에 한 걸음 뒤로 물러섰다.

탓… 카카카칵!

현백이 있던 자리에 각종 병기들이 어우러지고 있었다. 일격필살을 노린 듯 힘을 제어하지 못하는 모습을 보여주고 있었는데 현백은 바로 반격에 나섰다.

시링…….

흐르는 공기의 간극에 현백은 도를 찔러 넣었다. 그리곤 그 간극의 흐름을 타며 상대를 향해 도를 밀어내었다.

파아아앗!

빛살이라 이야기할 수 있을까? 현백의 칼은 그저 하나의 실이 되어 허공에 뻗고 있었다. 그리고 그 실의 연장선에 두 사람의 몸이 닿아 있었다.

싯.

아주 작은 소리뿐이었다. 주의해서 들어도 들릴 듯 말 듯한 소리만 남긴 채 현백은 신형을 움직이고 있었다. 한순간 그의 오른손이 쭉 뻗으며 도가 허공으로 움직였다.

카카칵!

뻗어진 현백의 도에 세 개의 병기들이 달라붙고 있었다. 흡자결을 사용하여 내력을 돌리자 나타난 현상인데 이어 현백의 오른손이 다시 움직였다. 손목을 비틀며 오른손의 도를 뒤집은 것인데 그러자,

쩌어엉!

경쾌한 소리와 함께 병기들이 하늘로 치솟고 있었다. 흡자결에서 단자결로 내력을 바꾼 후 상대의 병기를 모두 튕겨낸 것이었다.

이어 현백은 오른손을 놀리지 않았다. 다시금 흐르는 공기의 경계에 도를 꽂아 넣은 후 허리를 비틀며 오른손을 휘둘렀다.

시이잇!

이마에 스치는 찬바람의 감각을 느끼면서 현백은 공중으로 살짝 신형을 띄웠다. 현백은 다시 앞으로 날아올랐고 이어 땅에 내려서면서 오른발에 살짝 힘을 주었다.

꾸우우웅.

강하다고는 할 수 없지만 둔중한 진각이 허공에 울리자 대지에 작은 진동이 퍼지고 있었다. 그 진동은 현백을 중심으로 넓게 퍼지다 이내 현백이 있던 자리에까지 이르고 있었다. 다섯 사람이 뻣뻣하게 굳어진 바로 그 공간에 말이다. 그러자,

피핏… 피피피피… 파아아앗!

한순간 그 부근의 공기가 부옇게 흐려지고 있었다. 그 흐려짐은 일반적인 안개 같은 것이 아니었다. 좀 더 붉은색을 띠고

있었던 것이다.

피… 그것은 다섯 사람이 뿜어내는 피의 색깔이었다. 뒤에서 지켜보는 일행의 눈이 커질 정도로 많은 양의 피가 허공으로 솟구치는 가운데 다섯 사내들이 바닥에 쓰러지고 있었다.

터터턱…….

사내들은 모두 목 어림에 작은 자상을 입고 있었다. 그 작은 자상으로 인해 죽게 된 것이다. 현백은 뒤도 돌아보지 않은 채 앞으로 달려가고 있었다.

쉬이이잇.

현백의 신형은 거의 바람과도 같이 움직이고 있었다. 얼마 전까지 보였던 독특한 짐승의 움직임도 이젠 거의 느껴지지 않고 있었다. 오로지 느껴지는 것은 현백의 절제된 듯한 움직임뿐이었다. 마치 바람 속에 몸을 실어내는 듯한 움직임이 눈에 보이고 있었던 것이다.

현백이 변한 것은 확실했다. 뭔가 조금 부족해 보이던 예전의 모습은 이제 볼 수가 없었다. 자신의 무공에 완숙해져 가는 한 명의 고수가 돼가고 있는 것이다.

"……."

지충표는 어금니를 꽉 깨물었다. 땅에 쓰러진 사람들, 그들의 모습을 보며 가슴 한쪽이 답답해져 있었다.

누군지 알 것 같았다. 이들은 바로 낭인들, 낭인왕 옥화진의 수하들이었다. 그들의 복색과 무기만 봐도 잘 알 수 있었던 것이다.

 멋대로 입은 사람들의 옷, 그리고 무기들… 그 모든 것이 낭인들의 모습이었다. 하지만 무엇보다도 확실한 것은 저 사람들의 움직임이었다.

 낭인은 목숨을 중하게 여긴다. 물론 이 명제야 세상 누구에게나 다 같은 이야기이지만 낭인들에게 말할 때는 조금 그 성질이 달랐다. 다른 무공을 하는 사람들처럼 신념이나 문파를 위해 목숨을 던지는 짓 따윈 하지 않는 것이다.

 즉 허튼 죽음은 절대로 하지 않는 것이 낭인들의 생각이었다. 그런데 지금 보이는 이자들은 죽을 줄 알면서 현백에게 덤벼들고 있었다. 이건 낭인들이 아닌 것이다.

 낭인들이면서 그 생각이 낭인들 같지 않은 것, 이것은 오직 한 사람만이 가능했다. 낭인왕 옥화진만이 가능한 일이었던 것이다.

 그 때문에 지충표는 지금 양손을 꽉 쥐고 있었다. 이들은 과거 자신과 같이 싸워왔던 사람들이었다. 이렇게 죽어야 할 사람들이 아니었던 것이다.

 "음… 아무래도 현 대형의 생각이 좀 어긋난 것 같은데요?"
 "그래… 그런 것 같구나."

 이도의 말에 주비가 입을 열자 지충표는 아랫입술을 질끈 깨물었다. 만일 기존에 보았던 낭인들이라면 현백의 작전은 충분히 먹히고도 남았을 터였다. 그러나 이들 옥화진의 수하들이라면 달랐다. 전혀 먹힐 일이 없었던 것이다.

"제길."

툭 한마디 뱉어낸 후 지충표는 신형을 날렸다. 부상 중인 사람이라는 것이 믿어지지 않을 정도로 빠른 움직임이었다. 현백의 바로 뒤에 있던 주비가 채 막을 새도 없을 정도로 말이다.

"아저씨! 어디 가요!"

그의 빠른 움직임에 놀란 이도가 움직였고 이어 오유가 움직이자 주비까지 움직이기 시작했다. 현백이 만들어놓은 피의 통로를 일행이 빠르게 밟아나가기 시작했던 것이다.

2

"아무리 강호의 큰 어른이라 하나 도저히 참을 수가 없구려! 어째서 우리가 이런 죄인 취급을 당해야 하는 것인지 충분한 해명이 있어야 할 것이오!"

결국 큰 소리가 나오고야 말았다. 지금껏 조용히 토루가의 곁에 있었던 사다암이 노기를 드러내며 소리친 것이다. 그러자 실내의 분위기는 급속히 냉각되었다.

"그 말씀은 더 이상 말해줄 수 없다는 말로 들립니다만… 제 생각이 맞는 것입니까?"

까칠하게 나오는 사다암에 대응해 명사찬이 낮은 목소리를 내었다. 비록 지금은 모인의 편을 들고 있기는 해도 명사찬은 지금 마음이 상당히 무거웠다. 이 상황은 누가 봐도 모인이 무리를 하는 상황이었던 것이다.

이는 사다암이 슬쩍 내비친 것처럼 강대한 문파가 힘으로 억압하는 것처럼 보일 수 있는 소지가 다분했다. 이 일이 잘 마무리된다고 해도 언제든 말이 나올 수 있는 일이 벌어져 버린 것이다.

"흥! 강호의 소문은 역시 믿을 게 못 되는군. 모인이라는 사람이 이런 사람이라니… 사람을 잘못 봐도 한참 잘못 보았다! 비록 죽는다 해도 우린 꺾이지 않는다!"

시링… 차창!

삼천가의 세 사람이 병기를 빼어 들자 개방의 사람들 역시 병기를 빼어 들기 시작했다. 그야말로 일촉즉발, 어떻게 된 것인지 알 수가 없었다. 그때였다.

"모두들 진정하시기를."

파아아앗… 카라라락!

"……!"

장내의 분위기가 일순 확 가라앉고 있었다. 그건 양평산의 한 수 때문이었다. 일지신개 양평산의 손가락이 허공으로 저어지는 순간, 한 치 두께로 만든 탁자가 반으로 갈라졌던 것이다.

과연 양평산이었다. 이 자리에 있는 사람이 모인만이 아님을 보여준 것인데 그 무공을 본 삼천가의 얼굴 역시 완전히 굳어져 있었다. 생각 외에 양평산의 무공이 상당했던 것이다.

삼천가의 세 사람은 탁자가 아니라 동시에 그 아래에 있는 바닥을 바라보고 있었다. 양평산의 무공은 탁자를 지나쳐 땅바닥에까지 그 흔적을 남겨놓았다. 단단한 청석으로 이루어진 바닥에 근 반 치 정도의 두께로 상처를 남겨놓았던 것이다.

"이기적이라 생각할 수도 있지만 잠시만 진정하고 이 사람의 말을 들어주십시오."

강한 힘으로 눌러 버릴 수 있는 상황이었지만 양평산은 대화를 택한 듯이 보였다. 그는 차분한 목소리를 내며 말을 이었다.

"여러분이 어떻게 생각하든지 간에 저는 저의 사형을 믿습니다. 사형께선 단 한 번도 저를 실망시키신 적이 없었지요. 그것이 무공이든 혹은 무공이 아니든 간에 말입니다."

"……."

정색을 한 양평산의 말에 모인은 아무런 말이 없었다. 그저 양평산의 얼굴을 바라보고만 있었던 것인데 양평산은 다른 사람이 어찌하든 신경 쓰지 않은 채 모인을 향해 다시 입을 열었다.

"지금도 마찬가지입니다. 분명 지금 상황은 전혀 사형답지 않은 전개입니다. 그만한 증거가 있든지, 아니면 그렇게 생각하는 타당한 이유가 있을 것이라 생각합니다. 사형, 저는……."

양평산의 목소리에서는 진심이 우러나오고 있었다. 그는 조금은 간절한 눈으로 모인을 바라보고 있었는데 그 눈은 어떤 경우가 되든 간에 모인을 믿겠다는 신뢰의 표현이었다.

"그 이유를 듣고 싶습니다. 그리고 그 이유를 듣기 전까지 세상 누구도 사형을 방해하지 못할 것입니다. 그것이 제가 해 드릴 수 있는 일 같군요."

"…고맙구나."

양평산의 말에 모인은 작은 웃음과 함께 입을 열었다. 모인의 말은 진심이었다. 자신이 이런 무리를 하는 데도 중립을 지켜주려 하는 그가 고마웠던 것이다.

지금 상황이 난감한 것은 누가 봐도 한눈에 알 수 있었다. 자칫하면 모인 자신이 개방에 누를 끼칠 수 있는 상황, 그런데도 불구하고 자신을 믿어주니 어찌 고맙지 않겠는가?

하지만 이 정도의 일은 예상한 일이었다. 모인은 고개를 끄덕이며 시선을 돌리면서 입을 열었다.

"성정 급한 늙은이의 추태라 생각한다면 그것도 좋소이다. 사실 난 오히려 진실이 그런 것이라면 다행이라고 생각하외다. 나 혼자 미쳐 날뛴 꼴이지만 그것뿐이니 말이오."

"……."

"그러나 그것이 아니라면 정말 이대로 조용히 있기는 힘들 것이오. 그리고 내가 이런 생각을 한 것은 바로 현백의 무공 때문이었소이다. 근자에 보이는 현백의 무공을 보며 무언가가 생각나서 이야기한 것이오."

"…무언가라면 구체적으로 무엇을 말씀하시는 것인지?"

얼굴에 웃음기는 사라졌지만 토루가의 목소리는 한층 안정되어 있었다. 지금 이 일이 그저 자신들을 해하려는 핑계는 아니라는 생각이 든 것인데 그러자 모인 역시 조금 더 차분한 목소리로 입을 열었다.

"그것이 무엇인가에 앞서 먼저 할 이야기가 있소이다. 그건 바로 귀교의 무공인 천의종무록에 관한 것이지요. 조금 격한 이야기가 될지 몰라도 꼭 들어주셨으면 하는군요."

"물론입니다. 이보다 격한 이야기도 있겠습니까마는 이 모든 것이 모인 장로님의 깊은 뜻이라면 이 사람 경청하겠습니다. 그리고 그건 여기 있는 사람들 모두 같은 뜻일 터입니다."

토루가는 좌우로 고개를 돌리며 입을 열었다. 그러자 사다암과 삼천가의 사람들 모두 고개를 살짝 돌리며 마지못해 입을 다물고 있었다. 어쨌든 이 일행의 수장은 토루가이므로 그가 듣자고 하는데 별수가 없었던 것이다.

"감사하오이다. 그럼 이 늙은이의 이야기를… 아니, 그 생각을 봐주시오. 과연 진실인지 아닌지……."

모인은 마음을 담아 이야기를 하다 잠시 말을 끊었다. 그리곤 자신이 생각하는 바를 이야기하기 시작했다.

그냥 강호에서 흔히 볼 수 있는 교라면 그리 걱정할 것도 없었다. 물론 강호엔 마교라는 이름이 엄연히 존재하고, 그 존재감이 적지 않은 것이 사실이긴 하나 사실상 마교는 사라진 지 오래였다.

명의 건국 초기 스스로를 명교라 칭하는 자들이 강호에 나서며 해악을 끼친 것은 사실이었다. 그리고 그때 강호가 입은 피해도 상당해서 그로부터 십여 년을 강호는 그 피해를 복구하기 위해 애를 썼다.

그 이후 잠잠하던 강호는 다시금 피바람을 맞게 되었다. 거의 재생 불능이 된 마교의 발호 이후 이번엔 세외의 세력이 강호로 들어오게 된 것인데, 한참 힘들게 손실을 복구하던 강호는 더 이상의 여력이 없었다. 바로 여기서 이들은 참담하게 당해 버렸던 것이다.

바로 그때 나타난 것이 솔사림이었다. 솔사림은 어떤 힘을 가지고 있는지도 모르게 나타나 세외 세력들을 격파해 버렸다. 강호는 바로 이때 이들에게 빚을 지게 된 것이었다.

그 이후 강호의 문파들, 흔히 대문파라 하는 사람들 모두가 다 잃어버린 무공을 찾기 위해 애쓰고 있었다. 그 정도는 각 문파마다 조금씩 다르지만 어느 한 문파도 손해 본 곳이 없었던 것이다.

"한데 그 사실이 대체 지금의 현실과 어떤 상관이 있다는 것입니까? 도무지 이해가 가질 않습니다."

꾹 참고 모인의 말을 듣던 사다암은 이해가 가지 않아 물었다. 그건 사다암뿐만 아니라 모든 사람이 다 마찬가지였다. 단 한 사람, 토루가만 제외하고 말이다.

"그래, 그렇게 생각할 수도 있을 것이오. 그러나 이 한 가지는 분명하오이다. 바로 귀교의 천의종무록은 이때 강호에 알려졌소이다. 즉, 천의종무록이 주목받기 시작한 때가 바로 이때란 뜻이고 또한 강호에서 관심을 가진 것도 이 일 때문이었소이다."

"……!"

 모인의 말에 사다암은 눈을 살짝 크게 떴다. 모인의 그 말은 여러 가지를 의미하고 있었다. 그때부터 무림이 천의종무록에 관심이 있었다는 것은 그만큼 많은 조사가 있었을 것이란 추측을 낳게 하는 것이니 말이다.

 천의종무록에 대한 강호의 관심은 날이 가면 갈수록 커져서 이젠 정말로 그 무공서를 손에 넣기 위해 강호는 움직이기 시작했다. 그리고 그 욕망은 가짜 천의종무록이 세상에 나도는 결과를 낳았다. 그리해서 또 한 번 강호는 피바람에 휩싸이게 되었다.
 하지만 이상한 일은 분명 그 도록은 가짜인 것이 정황상 너무나 극명한데도 사람들은 모두 그 책을 얻고자 노력했다. 그건 그 책 자체가 진본을 볼 수 있는 평계가 되었던 것이다.
 가본을 가지고 진본이 수장된 곳으로 간다. 그리고 그로 인해 진본을 조금이나마 보겠다는 것, 그것이 사람들의 얄팍한 생각이었던 것이다.
 한데 얄팍한 생각이 정말 실현될 줄은 아무도 몰랐다. 최후까지 가본을 가지고 있던 사람들은 정말로 진본을 보게 되었다. 남만으로 가서 진본을 보게 된 것이다.
 "장로님, 전 뭐가 뭔지 전혀 모르겠군요. 어째서 이곳에서 진본 이야기가 나오는 것인지 이해가 되질 않습니다. 지금 장로님께서 말씀하시려는 요지가 어떤 것인지요?"

더 참지 못하고 이번엔 명사찬이 입을 열었다. 확실히 그의 말처럼 지금 이야기하려는 것이 대체 무슨 내용인지 아무도 알 수가 없었는데 그러자 모인은 다시금 입을 열었다.

"내가 말하는 것은 말이다… 만일 진본이라면… 현백은 천의종무록을 익힐 수가 없다는 말이다."

"예?"

그에 명사찬은 두 눈만 껌뻑이기 시작했다. 상황은 점점 이상하게만 돌아가고 있었는데 대체 지금 무슨 소리를 하는 것인지 도통 이해가 되질 않고 있었다.

"저… 모인 장로님, 이 우매한 놈이 제대로 이해하는 것인지 한번 봐주시지요. 그러니까 예전에 천의종무록 가본이 강호에 돌았던 적이 있었고 그다음 몇몇 사람들은 진본을 보았다… 이거지요?"

"…그래, 그렇구나."

다시금 물어오는 명사찬의 말에 모인은 고개를 끄덕이며 대답을 했다. 그러자 명사찬은 더욱더 모르겠다는 듯 말을 이었다.

"그럼 그다음에 생각해야 될 것이 이들이 강호에서 얻는 이익이 무엇이냐고 물으셨는데 그건 어떻게 연결이 됩니까? 저는 도저히 그것이 무슨 뜻인지 모르겠습니다."

명사찬은 고개를 절레절레 흔들며 입을 열었다. 그의 말처럼 지금 모인의 말은 앞뒤가 맞지를 않고 있었다. 하지만 그건 모인이 말하지 않은 것이 있어서 그런 현상이 생긴 것이었다.
"그다음에 생각하는 것이 틀렸구나. 과연 현백이 진짜 천의종무록을 익혔는가를 먼저 생각해야 하겠지. 이들이 무슨 이득을 보는지는 그다음에 생각해야 될 것이다."
"……."
이어진 모인의 말에 명사찬은 더욱 미간을 찌푸렸다. 상황은 점점 어렵게만 풀려가고 있는 듯 느껴졌던 것이다. 그러던 한순간 명사찬의 눈이 살짝 커졌다. 계속된 모인의 말 때문이었다.
"왜냐하면 내가 바로 가본을 들고 진본을 본 유일한 사람이기 때문이다. 같이 본 사람들은 이젠 유명을 달리했다. 그들 대부분이 바로 오래전 중원을 떠나 남만으로 떠난 충무대원으로 갔으니……."
"……!"
명사찬의 눈이 살짝 커졌다. 이제 뭔가 조금 맞추어지고 있었다. 아니, 오래전에 있었던 사건들이 조금씩 풀려 나가는 것이 느껴지고 있었다. 그리고 이어진 모인의 말은 정말 충격적이었다.
"그리고 내가 본 천의종무록은… 사람이 풀어낼 수 있는 것이 아니었다. 그렇게 생각하지 않소, 토루가 교주?"
"……."
모인의 물음에 토루가의 얼굴이 살짝 변하고 있었다. 명사찬뿐만이 아니라 그 광경을 보는 모든 사람들은 자신도 모르게 목울대를 삼켰다. 아무래도 자신들이 모르는 무언가가 있는 듯 보였던 것이다.

그리고 그들의 그러한 생각은 이내 사실로 밝혀졌다. 계속된 모인의 목소리 때문이었다.

"천의종무록… 그것은 고어로 쓰여져 있는 것이기 때문이지. 우리뿐만이 아니라 그 책을 지켜왔던 환연교에서도 읽을 수 있는 사람이 없다고 알고 있소이다. 한데 그러한 무공을 어떻게 현백이 익혔다고 확신을 할 수가 있는 것이오?"

"……!"

사람들의 눈이 커졌다. 모인의 말이 사실이라면 뭔가 있어도 단단히 있는 것이었다. 아무도 알 수 없는 내용을 현백은 알고 있으니 말이다.

대체 이들이 얻는 이익이 무어냐고 물었던 모인의 말은 모두 잊혀진 말이 되고 있었다. 상황이 이렇다면 중간에서 토루가가 장난을 친 것이 아닌가 하는 생각을 할 수 있었던 것이다.

"…후우."

한참 동안의 시간이 흐른 뒤 토루가가 입을 열었다. 그리고 그 입을 연 첫말은 한숨이었다. 그는 옆의 사다암과 미호공주를 한번 보더니 모인을 향해 입을 열었다.

"그렇게 말씀하시니 대답해 드릴 수밖에 없군요. 하지만 조금은 야속합니다. 이 이야기는 저와 모인 장로님, 두 사람만의 이야기인 줄 알았건만……."

앞을 막는 사람들 145

"상황이 이렇게 되었으니 그 부분에 대해선 그저 죄송할 따름이오이다. 하나 일의 진위가 앞으로의 강호 정세에 중요한 역할을 하니 교주께서 이해해 주시길 바랍니다."

 모인은 정중한 어조로 말했다. 아무래도 이 이야기는 과거 토루가와 진본을 봤던 사람들만의 비밀로 했던 이야기 같았다. 하나 모인의 말대로 이건 중요한 이야기였다. 꼭 알아야 하는 일인 것이다.

 "결론적으로 말씀드리자면… 확신할 수 없습니다. 모인 장로님의 말처럼 저도 그것이 천의종무록이라고 확언할 수는 없지요."

 "뭐요!"

 토루가의 말에 명사찬의 목소리가 날카로워졌다. 모인이 이런 일을 벌이는 것은 둘째 치고라도 이젠 대체 이 상황이 어떤 것인지부터 알아야 할 필요가 생긴 것이다.

 현백의 무공이 천의종무록이 아니다… 그럼 지금 현백에게 이 사람이 부탁한 것 자체가 성립되지 않는다는 말인 것이다.

 현백에게 한 말이 거짓이다… 이건 그냥 현백과 여기 토루가와의 관계만으로 끝나는 것이 아니었다. 이젠 강호 전체에 관한 일로 확대되는 것은 필연적인 일이었다. 현백에게 공식적으로 천의종무록을 찾아달라고 의뢰를 했고 또 그 말에 자극을 받아 무림인들은 추색대까지 따로이 만들었으니 말이다.

 즉 토루가는 강호를 속이고 무림인들을 속인 것이다. 만일 이 사실을 추색대가 알면 그냥 있지 않을 터였다.

"그리 놀랄 것은 없다, 사찬아. 이미 그건 나도 짐작하고 있으니… 중요한 것은 진본에 대한 교주의 생각이 듣고 싶은 것이다."

"예?"

점점 모를 말을 해대는 모인의 목소리에 명사찬은 멍한 기분이 들기 시작했다. 진본을 가리는 것도 아니고 진본에 대한 교주의 생각이라니……

"아무래도 좀 이야기가 길어질 것 같군요. 모두들 잠시만 진정하시고 이 사람의 말을 들어주셨으면 합니다."

주위의 상황을 보며 토루가는 입을 열었다. 그러자 모든 사람들이 토루가의 입을 주시하기 시작했는데 토루가는 잠시 모인을 보다 이야기를 시작했다.

"이 이야기는 여기 있는 이 사람들도 모릅니다. 대략적인 이야기는 저기 계시는 모인 장로님이 알고 계시긴 하지만 어쨌든 아는 사람은 극소수에 불과합니다. 그러니 여러분 모두 다른 분들께 이야기하는 것은 삼가주시길 바랍니다."

토루가의 목소리가 들리자 문득 양평산의 손이 움직였다. 그가 허공으로 손을 들자 여러 사람들의 신형이 사라지고 있었다. 비밀이 유지될 수 있도록 쓸데없는 사람들을 모두 보낸 것이다.

그러자 토루가는 고개를 살짝 끄덕이며 감사의 표시를 했다. 그리곤 그의 입술이 열리기 시작했다.

"진본이 아니란 말에 충격을 받으신 것 같은데 거기엔 사정이 있습니다. 아니, 우선 여러분이 아는 천의종무록부터 이야기해야겠군요. 확실하게 말씀드리지요. 진본이기는 하지만 완전한 진본은 아닙니다. 그건 천의종무록이란 것이 일반적으로 아는 무공서의 형태가 아니기 때문입니다."

"……음?"

명사찬은 도무지 모를 소리에 머리에 쥐가 날 지경이었다. 지금 천의종무록 진본이 아니더라도 가본은 도는 마당이다. 지금도 회수하지 못한 가짜들이 판을 치고 있고 말이다.

그런데 일반적으로 아는 무공서의 형태가 아니라고 하니 미칠 노릇이었다. 그럼 대체 천의종무록은 어떤 것이란 말인가?

토루가의 입술을 바라보던 모두의 시선이 이젠 모인에게 향했다. 이번엔 모인의 목소리가 들려왔던 것이다.

"그래, 교주의 말대로 일반적인 형태의 무공서가 아니지. 그건 하나의 이상, 언어가 아니라 하나의 이미지일 뿐이니……."

"……."

점점 모를 소리에 명사찬뿐만이 아니라 양평산마저도 얼굴에 감정이 나타나고 있었다. 지금 여기 있는 사람들 중 평온한 얼굴을 하고 있는 사람은 단 두 사람, 모인과 토루가뿐이었다.

*   *   *

카라락!

날아오는 박도를 오른손의 도로 막으며 현백은 허리를 살짝 뒤로 젖혔다. 그러자 박도에서 힘이 가중되는 것을 느낄 수 있었다. 현백이 뒤로 물러서는 것을 아마도 힘이 달려 그런 것이라 생각하는 것 같았다.

그러나 그것은 오해였다. 현백은 좀 더 많은 암습자를 한번에 처리하고 싶었다. 사실 그에게 있어 지금 이 싸움은 무의미 그 자체였다.

대관절 지금 그가 왜 싸워야 하는지 이유를 알 수 없었다. 물론 싸움이란 것이 꼭 그렇게 이유가 있어야만 하는 것은 아니지만 지금처럼 싸우는 것은 아니었다. 이건 싸움이 아니라 살육이었던 것이다.

한 자루의 기형도를 휘두르며 앞으로 전진하는 현백 자신의 생각이 이러하니 뒤에서 지켜보는 일행의 마음은 굳이 알 필요도 없었다. 이미 피를 흠뻑 뒤집어쓴 채 앞길을 뚫고 있는 자신이 사람처럼 보이지 않을 터였다.

그러나 이렇게라도 하지 않으면 너무 늦을 것만 같았다. 왠지 돌아가는 모든 상황들이 현백에게 어서 솔사림으로 가라고 이야기를 하고 있었던 것이다.

지금 현백은 마음이 급했다. 그래서 그의 병기는 점점 잔혹해지고 있었다. 단 한 줌의 숨이라도 남겨주었던 처음과 비교하면 지금은 자비라는 것 자체가 없었다. 사신이 있다면 바로 지금 이 순간 움직이는 현백의 모습일 터였다.

따다당!

현백의 생각대로 병기들이 몇 개 더 부딪쳐 오고 있었다. 그의 의도대로 여러 명이 한꺼번에 달려들고 있었다. 현백은 오른손에 힘을 주며 양다리 역시 힘을 꽉 주었다.

카가가각!

강한 현백의 힘에 뒤로 밀리던 그의 신형이 멈추어 서자 현백은 오른발을 앞으로 길게 내밀었다. 그리고 그와 함께 허리를 빠르게 회전시키며 오른손을 왼편으로 힘차게 밀어내었다.

차라랑!

세 개의 병기를 모두 옆으로 튕겨낸 채 현백은 앞으로 나갔다. 그리곤 다시 휘돌려지는 상체에 더욱 가속을 하며 오른손을 크게 휘둘렀다.

파아아앗!

피가 허공으로 튀고 있었다. 섬뜩한 감각을 뺨에 느끼며 현백은 허리를 숙였다. 휘도는 신형을 멈추지 않은 채 이번엔 그의 왼발이 허공으로 들렸다. 한 사내의 턱에 현백의 발이 작렬했다.

빠각!

볼 것도 없었다. 얼핏 한쪽 얼굴이 일그러지는 것으로 보아 사내는 이미 사망했다고 생각할 수밖에 없었다. 현백은 왼발을 땅에 내리면서 그 반동으로 오른손을 앞으로 찔렀다. 마지막으로 서 있던 한 사내를 향해서였다. 한데,

딸그랑.

"……."

현백의 눈이 살짝 커졌다. 사내의 손에서 박도가 떨어져 내리고 있었던 것인데 현백이 그렇게 만든 것이 아니었다. 그건 사내 스스로가 한 짓이었다.

 도주를 위해서 그렇게 할 수도 있었다. 자신이 살기 위해 병기를 버리고 도망친다는 것, 그렇게 볼 수도 있지만 이 사내는 아니었다. 박도를 내던진 그는 양손을 살짝 들어 올리며 공격 자세를 취했던 것이다.

 왠지 그 모습에 이상함을 느낀 현백은 공격을 자제했다. 날은 완전히 저물어 조금 있으면 달이 뜰 시간이었다. 그렇다고 불을 피워놓은 것도 아니기에 상대의 얼굴을 알아볼 수가 없는 상황이었다.

 타탓… 파아아앙!

 "차아앗!"

 사내의 입에서 강한 기합성이 울리고 있었다. 그리고 그 강한 기합성만큼이나 놀라운 움직임이 현백의 눈에 보였다.

 스슷… 스스슷…….

 좌우로 흔들리는 듯한 보법, 강호를 종횡하면서도 단 한 번도 보지 못하던 보법이었다. 현백은 한 걸음 뒤로 물러서면서 사내의 반응을 살폈다. 사내는 오른손을 앞으로 쭉 내밀며 내력을 모으고 있었다.

 현백은 그 오른손을 보며 왼손을 내밀었다. 그의 맥문을 잡아 한순간에 굴복시킬 생각이었다. 한데,

 탁… 타타탁.

"……!"

생각보다 현란한 손목의 움직임을 보이고 있었다. 그 움직임은 정확히 현백의 왼 손목을 향하고 있어서 이젠 거의 반대로 맥문을 잡힐 판이었다.

하지만 그렇다고 해서 긴장할 정도는 아니었다. 아무리 의외의 상황이라고 해도 상대는 그보다 하수임이 분명하니 말이다.

한데 그럼에도 불구하고 왠지 현백의 마음속 깊은 곳에서 이상한 감정이 들고 있었다. 뭔가 조금 다른 듯한 것… 딱히 무어라고 집어서 이야기하기 힘들지만 분명 뭔가가 있는 사내였다.

피리리릿.

한순간 다시금 상대의 손목이 현란하게 움직이자 현백은 왼손에 기운을 집중했다. 흐르는 대기의 기운을 느끼며 현백은 왼손을 슬며시 상대의 손을 향해 찔러 넣었다.

빠아아앙!

"큭!"

상대의 입에서 작은 비명 소리가 흘러나왔다. 현백의 내력에 눌려 손목이 꺾일 듯이 휘어진 것인데 이어 현백은 왼손을 앞으로 크게 내밀었다. 이번에야말로 그의 맥문을 거머쥘 생각이었던 것이다.

그런데 이번에도 그의 예상은 다시금 빗나가고 있었다. 사내의 손목이 다시금 현란한 움직임을 보이고 있었던 것이다.

타탓… 탓…….

"……."

독특한 움직임이었다. 내력은 그리 강하지 않지만 기기묘묘한 움직임으로 현백의 왼손을 옆으로 밀어내고 있었다. 현백은 이번엔 오른손을 움직였다. 상대의 오른쪽 옆구리 쪽으로 기형도를 찔러 넣은 후 바로 대각선으로 움직여 상대를 벨 생각이었다.

싯… 파아아앗!

현백 자신도 빠르다고 생각하는 움직임이었다. 상대가 피할 것이란 생각은 애초에 하지도 않은 상황이었다. 더욱이 이번엔 대기의 흐름, 그 사이에 도를 찔러넣고 움직였기에 눈으로 볼 수 있는 움직임이 아니었다. 한데,

"……!"

베어지는 감각이 달랐다. 이러한 감각은 살갗이 아니라 그저 옷을 베는 듯한 느낌이었다. 잘못되어도 한참 잘못된 느낌인 것이다.

게다가 현백을 더욱더 놀라게 만드는 일이 일어나고 있었다. 현백의 도가 생각지도 않게 움직이고 있었다. 눈앞의 사내가 진행 방향의 뒤편에서 힘을 주어 더욱더 도를 빠르게 움직인 것이다.

그리곤 사내는 다시 현백에게 양손을 내밀고 있었다. 현백은 그의 움직임을 봉쇄하기 위해 오히려 앞으로 나아갔다. 그리곤 허리를 살짝 틀어 왼 어깨를 뒤로 슬며시 빼내었다.

앞을 막는 사람들 153

"웃!"

예상외의 움직임에 사내는 살짝 놀란 얼굴을 만들고 있었다. 그러다 현백의 오른 어깨를 잡으려 손을 내밀었는데 이번엔 현백이 놀랄 차례였다. 그는 어깨를 잡으려 하는 것과 동시에 허리를 현백에게 밀착시키고 있었다.

사내의 무공이 놀라워서 그런 것이 아니었다. 이 무공의 초식, 그리고 그 전개가 너무나 낯익어서 그런 것이었다. 정면으로 대응하지 않고 상대의 힘을 역이용하는 것… 바로 지충표의 무공이었던 것이다.

현백은 모든 공격을 중지한 채 뒤로 신형을 빼내었다. 상황은 빨리 움직여야 하지만 확인할 것은 확인해야 했다. 현백은 뒤로 물러난 채 상대의 모습을 살폈다.

"……."

어둑한 하늘이지만 가까이 있으니 잘 볼 수 있었다. 그저 평범한 사람, 어디서나 볼 수 있는 사람의 모습이었다. 딱히 특징적인 모습이 뭐가 있다고 이야기하기 힘들 정도였던 것이다.

굳이 조금 이상한 점이 있다고 한다면 그의 양손. 내력을 가득 담아 올린 채 현백의 앞을 막아서고 있었는데 보통보다 조금 더 붉은 기운을 담고 있을 뿐이었다.

"낭인이 아니군."

잠시 동안 지켜보던 현백의 입에서 나온 말이었다. 하나 사내는 현백의 말에도 아무런 소리도 없이 그저 긴장할 뿐이었다. 문득 현백은 고개를 들어 사내의 뒤쪽을 바라보았다.

여기저기서 낭인들의 움직임이 느껴지고 있었다. 하나같이 죽음을 각오한 채 살기를 내비치는 그들의 모습은 일반적인 낭인이라고는 정말 믿기 힘든 모습이었다. 낭인들에게서 군령과 같은 것이 보여지니 말이다.

돈을 위해 싸우는 자, 그것이 낭인이었다. 설령 오늘 같은 편이라도 내일 서로 적으로 만날 수 있는 사람들, 그것이 바로 낭인들이었다. 한데 지금 이들은 전혀 그런 분위기가 느껴지지 않았다.

마치 정식 군대와 같은 느낌… 이들을 베지 않고는 이 길을 나갈 수 없다는 사실이 가슴 깊이 느껴지는 가운데 현백은 앞으로 한 걸음 내밀었다. 상대가 누구든 이젠 그냥 벨 뿐이었다.

조금 놀랐지만 그것으로 끝이었다. 현백은 앞으로 한 걸음 나서며 오른손을 들었고 상대는 주먹을 내밀며 앞으로 달려왔다. 서로 간에 말은 필요없었던 것이다. 한데,

"……!"

뒤쪽에서 느껴지는 기이한 느낌. 아니, 이건 누군가 뒤편에 바짝 다가왔음을 의미했다. 그리고 새로이 현백의 뒤로 다가와 앞으로 나서는 사내는 무척이나 친숙한 느낌을 주고 있었다.

타탓… 파파팡!

섬전같이 현백의 앞으로 다가온 사내는 전방에서 다가온 사내의 공격을 막아내고 있었다. 아니, 막아냄과 동시에 바로 공

격을 잇고 있었다.
 그 공격은 바로 현백이 당했던 공격과 같은 공격이었다. 두 사람은 서로 비슷한 초식을 사용하며 서로를 향해 주먹을 날리기 시작했다.
 스팡… 스파파파팡!
 현란한 권식이 허공에 뿜어지는 가운데 두 사람의 신형이 서로 떨어지고 있었다. 만족할 만큼 견주었는지 모르지만 떨어진 두 사람이 서로를 노려보는 가운데 한 사내의 입이 열리고 있었다.
 "현백… 부탁이 있다."
 "……."
 지충표의 목소리였다. 뒤에서 나타나 앞에 서 있는 사람은 바로 지충표였던 것인데 그의 목소리는 살짝 떨리고 있었다. 그 떨림은 마음에서 시작된 것인지 아니면 다친 몸 때문인지 알 수는 없었다.
 "이 승부… 내가 나설 수 없을까?"
 "……."
 현백의 눈이 살짝 굳었다. 아직까지 지충표의 몸은 완전하지 못했다. 부상에서 회복되었다고 말할 수가 없는 것인데 그것보다 현백의 마음속에 드는 한 가지 의문이 있었다. 지충표가 왜 나서는지 그것부터가 궁금했던 것이다.
 하지만 그 궁금증은 곧 풀렸다. 이어 들린 지충표의 목소리 때문이었던 것이다.

"그편이 좋겠지요… 작은아버지……."

"……!"

현백의 눈이 좁혀졌다. 사내의 정체는 강유수주(剛柔手主) 지한(地漢), 현 현단지가를 이끄는 두 명 중의 한 명이었던 것이다.

第五章

절반의 해결

1

"제길!"

퍼어억!

바닥에 술병이 산산조각나고 있었다. 술병을 던져 박살 낸 사내는 다시 손을 뻗어 탁자 위에 놓인 새로운 술병을 들었고 그대로 입으로 가져가 마시기 시작했다.

"…크아아아아!"

한참을 입에 거꾸로 박아 있는 술을 모두 비운 후 사내는 숨을 들이켰다. 그리곤 다시 병을 집어 던졌다.

퍼어억!

또 한 병이 바닥에 깨어지고 있었다. 그리고 보니 이미 바닥엔 상당한 수의 깨진 병 파편이 널브러져 있었는데 적어도 열병 이상인 듯 보였다.

"제길… 이 오위경이 그냥 이대로 죽을 것으로 생각했나? 미친놈들!"

사내는 바로 오위경이었다. 침침한 자신의 방에서 불도 켜지 않은 채 그는 술만 마시고 있었다. 아니, 입으로 독설도 내뱉고 있기는 했다.

"당했어… 내가 당한 거야. 설마하니 날 이렇게 쓰고 버릴 줄이야… 젠장!"

세상을 향한 그의 독설은 멈추지 않았다. 마치 그가 사는 세상은 전혀 다른 세상인 듯 보였는데 오위경은 대관절 자신이 왜 이렇게 되어야 하는지 알 수가 없었다.

있을 수 없는 일이었다. 어째서 그가 이렇게 희생이 되야 하는지 말이다. 단 한 번도 그 자신이 희생양이 될 것이란 생각 따윈 해본 적도 없었다.

인정하기 싫지만 그는 이제 희생양이었다. 곧 있게 될 대회에서 그는 공식적으로 내쳐지게 될 터였다. 그것이 솔사림이 강호에 그 이름을 떨치며 공식적으로 나서는 수순이니 말이다.

그는 강호에서 매장당하게 될 것이다. 물론 말이야 본산에 칩거하게 되는 것이라지만 그것이 곧 매장이나 다를 것이 없었다. 오위경으로선 절대 있을 수 없는 일이었고 말이다.

세상의 중심이 되고 싶었다. 강호라는 곳에서 가장 강한 사람이 되어 세상을 호령하고 싶었다. 그리고 실제로 그렇게 되어갔었고 말이다.

 그런데 한순간 모든 것이 다 틀어져 버렸다. 대관절 어떻게 된 일인지 몰라도 상황이 그렇게 흘러가 버린 것이니 그로선 환장할 노릇인 것이었다.

 "후우… 빌어먹을… 빌어먹을 세상!"

 파사삭!

 또 한 병의 술병을 바닥에 집어 던지며 그는 양손으로 머리를 감싸 쥐었다. 뭔가 돌파구가 있을 거라고 스스로 생각해 봤지만 그건 결국 혼자만의 생각일 뿐이었다. 지금껏 고민하고 있지만 아무런 방법도 없었다.

 이제 앞으로 남은 기간이라고 해봤자 일주일도 남지 않은 상황이었다. 그 일주일 후에는 뒷방 늙은이가 되야만 했다. 그렇지 않으면 그에겐 죽음뿐… 그의 사부는 그런 사람이었다. 솔사림주란 사람은 무서운 사람이었던 것이다.

 "큭… 완전히 개꼴이군. 이거야 원, 내가 잘못 찾아온 것은 아닌지."

 "……!"

 갑자기 들려오는 소리에 오위경은 고개를 들었다. 그의 눈에 보이는 사람은 그가 본 적이 없는 사람이었다. 하지만 그 기운만은 읽을 수 있었는데 상당한 기운을 가진 자였다.

 "…뭐야, 넌."

 살짝 혀가 꼬이는 발음을 하며 오위경은 눈을 부라렸다. 마치 유령처럼 눈앞에 나타난 사내는 새까만 흑의를 두르고 있었다.

딱 봐도 난 잠행으로 다니는 뒤가 구린 인간이요, 라고 말하는 사내.

"그래도 좀 쓸 만한 놈이라고 들어서 왔더니, 젠장. 내 인생이 다 그렇지. 이런 놈을 데리고 뭘 하겠다고."

자박자박… 끼이익!

한 걸음 한 걸음 앞으로 걸어와 탁자에 다가온 사내는 손을 뻗어 의자를 잡아당겼다. 그리곤 너무도 자연스럽게 자리에 앉아 탁자 위에 놓여 있는 술병을 잡아당겼다.

"너……."

오위경의 눈이 다시 험악해지고 있었다. 마치 자신은 안중에도 없다는 식으로 구니 당연한 노릇이었다. 오위경은 자신도 모르게 내력이 끌어올려지는 것을 느끼며 소리쳤다.

"죽고 싶은 놈인가? 그럼 곱게 나가서 죽어. 괜히 내 손 더럽게 만들지 말고."

오위경의 입에선 험악한 소리가 흘러나오고 있었다. 그러나 사내는 눈 하나 깜짝하지 않은 채 다시금 입을 열었다.

"죽일 생각이면 벌써 죽였겠지. 그보단 이야기를 좀 하고 싶은데… 정말 이대로 죽을 생각이야?"

"뭐?"

점점 뜬구름 잡는 소리만 해대는 그를 보며 오위경은 슬며시 손을 들어 올렸다. 생각 같아서는 이 미친놈의 머리를 부수어 버리고 싶었지만 왠지 그건 해서는 안 될 것 같은 느낌이 들고 있었다.

"말 그대로 한번 엎는 게 어떤가 이거지. 이대로 노인네들의 세상을 만들어주고 죽는다는 게 말이 돼?"

"…누구야, 너……."

이죽거리며 웃는 그를 보며 오위경은 술이 확 깨는 느낌이었다. 이자… 위험한 이야기를 하고 있었다. 아니, 솔직히 위험하다기보단 흥미가 동하는 발언이기도 했다.

"이런이런… 아직까지 내 얼굴도 몰랐단 건가? 크… 배짱 한번 좋구만, 모르는 사람이 들어와 깝작대는데 그냥 두다니."

칭찬인지 욕인지 모를 소리를 중얼거리며 사내는 웃고 있었다. 문득 그의 손이 움직이며 자신의 병기를 탁자 위에 올려놓았다. 그러자 독특한 검 모양이 눈에 보이고 있었다.

가죽으로 된 검집 안에 검의 모양이 확연히 보이는 그것은 구불한 뱀의 형상을 하고 있었다. 무공을 하는 사람이라면 그것이 금사검이라는 것을 잘 알 수 있었다.

금사검은 쓰는 사람이 많이 없었다. 겉모습으로 보면 상당히 화려하고 또 한 번 베면 여러 개의 상처가 남기에 쓰기 좋을 것 같지만 그 반대였다. 깊은 상처가 나는 것도 아니고 또 그리 빠른 움직임도 나올 것 같지 않아 별 쓰임이 없었던 것이다.

그러니 강호에 금사검을 쓰는 사람이 있다면 단박에 소문이 날 것이었다. 그리고 요즘 강호에서 금사검을 쓰는 사람에 대한 소식은 없었다. 아니, 강호인에 한해서 말이다.

그가 알기로 강호인이 아닌 다른 사람이 한 명 있었다. 세외인으로 금사검을 쓰는 사람… 딱 한 명이 말이다.

"그렇군… 네가 바로 몽오린이군. 흑월의 몽오린."

"큭… 알아주니 고맙군. 그럼 이제 충분한 이야기를 나누어 볼까?"

몽오린은 양팔로 탁자를 잡으며 앞으로 상체를 내밀었다. 그러자 오위경의 상체 역시 앞으로 나왔는데 문득 그의 오른팔이 탁자 아래로 슬며시 내려가고 있었다.

똑… 똑…….

쭉 뻗은 검지손가락 끝에서 작은 물방울이 떨어지기 시작했다. 그의 몸 안에 휘도는 술기운을 내력으로 뽑아내고 있었던 것인데 지금 오위경은 술에 취해 있을 때가 아니었다. 맨 정신 바짝 차리고 어떻게 해야 할지 생각해야 하는 것이다.

*　　*　　*

"그것은 하나의 심상입니다. 언어이지만 언어라 불릴 수 없는 것, 그것이 바로 천의종무록입니다."

"……."

명사찬은 이젠 놀라지도 않았다. 아까부터 계속 이상한 소리만 들으니 이젠 별로 놀랍지도 않았던 것인데 토루가의 목소리는 계속되었다.

"또한 천의종무록은 원래 비급의 형태로 내려오던 것이 아니었소이다. 그건 그저 하나의 구전일 뿐… 그 구전을 다시 책으로 엮어놓은 것뿐이오."

황당한 노릇이었다. 토루가의 말을 믿는다면 지금 강호에 도는 어떤 천의종무록이든 다 가짜란 뜻이었다. 아니, 아예 진본이라는 것 자체가 없었던 것이다.

글의 형태가 아니라는 말, 그건 어떻게 이해할 수도 있었다. 불가에서 내려오는 선문답 같은 것도 있으니 말이다.

언어가 가지는 학문적인 뜻을 그대로 사용하는 일상언어가 아니라 하나의 심상을 가지고 이야기하는 것이란 뜻으로 해석은 할 수 있었다. 그러나 사실 이해가 쉽지 않은 사실이기도 했다.

선문답엔 답이 없었다. 말이 아니라 그 언어의 울림을 가지고 이야기할 수도 있었다. 언어의 느낌 자체를 가지고 대화할 수 있었다. 서로가 말이라는 형태를 가지고 이야기하지만 그 이상의 무언가를 이야기하는 것이 선문답이니 말이다.

언어로 기록된 것이 아니라는 천의종무록은 억지로라도 이렇게 생각할 수 있었다. 그럼에도 불구하고 정말 이해할 수 없는 사실이 한 가지 있었는데, 대관절 현백이 익힌 천의종무록은 무언가 하는 의문이었다. 그리고 그 의문은 너무도 자연스럽게 느껴지는 의문이었다.

"그럼 여러분은 의문 한 가지가 들게 될 것입니다. 하면 대체 현백이 익힌 천의종무록은 어떻게 된 것인가 하고 말입니다."

절반의 해결 167

"……."

꼭 마음을 들킨 것 같은 기분이 되고 있었다. 토루가는 명사찬의 마음에 한번 들어갔다 온 것처럼 이야기하고 있었는데 이어 그의 목소리가 계속 들려왔다.

"현백이 익힌 천의종무록은 다름 아닌 제가 쓴 천의종무록입니다. 아니, 그 기반을 썼다고 할까요? 저뿐만이 아닌 다른 여러 사람들의 노력도 어려 있기는 하지만 말입니다."

토루가의 말에 여기저기서 놀란 신음성이 터져 나왔다. 모두들 궁금해하는 얼굴이긴 하지만 함부로 입을 열 수는 없었다. 아무래도 설명이 더욱더 필요한 시점이었고 토루가 역시 여기서 입 다물고 있지 않을 생각인 듯 계속 입을 열었다.

"제가 썼다고는 하지만 그건 사실 저부터 시작된 것이 아닙니다. 그것에 관해서 먼저 이야기를 해드려야겠군요."

말을 하다가 문득 생각이 난 듯 토루가는 입을 열었고 이어 그의 목소리는 계속되었다.

천의종무록. 그건 고래로 내려오는 하나의 전설과 같은 이야기였다. 원래 무공으로 존재하는 것도 아니었고 그저 전설일 뿐이었다.

그러나 전설로 남겨지기엔 무언가 아쉬운 것이 그것이었다. 그리고 그냥 전설로 치부해 버리기엔 그 고사에 담겨져 있는 힘이 너무도 아쉬웠다. 분명 이야기엔 힘이 담겨 있었던 것이다.

그래서 교주들이 나섰다. 각 교주들은 자신들이 생각하는 고사의 내용을 숙고하고 또 숙고하여 하나의 이야기로 정립하기 시작했다. 그것이 천의종무록의 시초였던 것이다.

다른 사람들은 몰랐지만 이건 교주들에게만 전해져 내려오는 일이었다. 교주가 된 자는 죽을 때까지 전설을 캐야 했다. 그래서 언제나 미완성인 천의종무록을 완성하는 일을 해야 했던 것이다.

"그럼 천의종무록은 시대마다 다른 것입니까? 하면 그전에 고어로 서술되어 읽을 수 없었던 천의종무록은……?"

"그건 내 윗대 선조님께서 쓰신 천의종무록이었네. 당시엔 그것이 진본이었지. 마침 모인 장로님께서 보고 가신 것이 그것이라네."

담담한 목소리로 입을 열었지만 이건 정말 놀라운 일이었다. 천의종무록이 정형화된 것이 아니라 계속 보완되는 무공이었다니…….

특히나 그 놀람은 같은 남만의 사람들이 더했다. 사다암은 바로 옆에서 있으면서도 전혀 다른 사람을 보는 듯하여 이상한 기분이 들었다. 지금까지 알고 있는 사람이 이 사람인가 하는 생각이 들고 있었던 것이다.

사다암 자신의 무공 기반이 바로 이 천의종무록이었다. 한때 자신이 천의종무록의 모든 것을 가지고 있었다고 생각했었지만 현백을 만나 깨어졌다. 그런데 지금 이야기를 듣고 보니 천의종무록 자체가 깨어지고 있었다.

정체성의 혼란이라 불러도 좋을 상황이었다. 마음속 깊은 곳에서부터 왠지 울컥하는 것이 올라오고 있었다. 이런 이야기를 남의 손을 빌어 듣게 되는 것에 대한 마음의 동요였다.

"하면 현백이 사용하는 무공은 교주님께서 가르쳐 주신 무공이란 뜻이 되는군요. 그렇다면 이제야 모인 장로님이 하신 질문이 이해가 갑니다. 분명 교주님은 그에게 천의종무록 진본을 찾아달라고 하셨습니다. 한데 천의종무록이 진본이 아니라면 대체 우린 중원에서 무엇을 해야 하는 것입니까?"

"……."

사다암의 차분한 목소리가 허공에 울렸다. 그러자 토루가는 아무런 말을 하지 않고 있었는데 잠시 다른 생각을 하고 있는 듯했다.

"토루가님?"

그 침묵이 조금 오래되자 사다암은 다시금 입을 열었다. 하나 그럼에도 불구하고 토루가는 역시 말이 없었다. 그러자 이번엔 모인의 입술이 열렸다.

"이 사람이 한마디 해도 되겠소?"

"……."

모인의 목소리에 토루가는 고개를 돌렸다. 화나거나 분노한 표정이 아닌 차분한 모인의 모습이 눈에 들어오고 있었다. 그 모습을 보는 순간 토루가는 직감할 수 있었다. 이미 모인은 상당한 생각을 가지고 있음을 말이다.

"솔직히 난 그냥 넘어가려고 했소이다. 현백이 무슨 무공을 익혔든, 혹은 그의 과거가 어찌했던지 말이오. 이 모든 것을 파 내기보다는 묻는 것이 더 나을 듯싶었소이다. 왜냐하면 그 무 공을 하는 사람의 성정이 전혀 해가 될 것 같지 않아서였소. 그건 여기 있는 이 녀석도 마찬가지 생각일 것이오."

"두말하면 숨차지요. 그 녀석 쓸 만한 놈입니다, 암요."

자신을 향해 말하는 모인을 향해 명사찬은 가슴을 팡팡 치 며 입을 열었다. 물론 그 자신도 현백을 오래 사귀어보진 못했 다. 하나 사람이라는 것이 꼭 오래 사귀어야만 알 수 있는 것 이 아니었다. 한 번을 봐도 가슴 깊이 알 수 있는 사람이 있는 것이다.

왠지 명사찬은 현백을 보며 그러한 생각이 들었었고 아직도 그 생각엔 변함이 없었다. 비록 지금은 강호의 협사라 보기 힘 든 사람이지만 언젠가 그는 그리될 터였다. 협사가 아니라 그 이상이 될 사람인 것이다.

"그 점은 아마 여기 계신 여러분도 같은 생각을 가지신 것이 아닌가 하는 생각을 합니다. 그건 여기 계신 여러분의 표정을 보면 잘 알 수 있지요. 다들 현백을 마음에 두고 계시는군요."

"……."

사다암의 표정이 살짝 변했다. 그 표정의 변화는 자신의 마 음은 전혀 아닌데 억측을 하고 있어 나타난 변화가 아니었다. 뭔가 가슴속을 들킨 표정이 나타나고 있었던 것이다.

한때나마 현백과 적이었던 사람의 표정이 이러니 다른 사람 은 두말할 것도 없었다. 여기에 있는 사람들 모두 현백을 적으로 생각하는 사람은 아무도 없었다.

"그런데 그 현백이 이상합니다. 바로 그 무공 때문에 그렇습니다. 그것이 지금 제가 여기서 알고자 하는 이유이지요."

"예? 누가 이상해요?"

모인의 말에 명사찬은 의아한 목소리를 내었다. 그는 지금 자신이 잘못 들은 것이 아닌가 하는 생각을 하고 있었다. 지금 분명히 모인은 현백이 위험하다고 하는 것 같았는데 그가 마지막에 본 현백의 모습은 전혀 아니었다.

오히려 그의 무공은 점점 높아만 져서 이젠 완숙의 단계에 접어드는 것을 보고 오는 길이었다. 그러니 잘못 들었다고 생각할 수밖에…….

"현백이 이상하다고 하셨습니까?"

모인의 말에 즉각적인 반응을 보인 것은 다름 아닌 토루가였다. 그는 눈까지 좁히며 심각한 얼굴을 하고 있었는데 언제나 보였던 그 웃음은 이미 사라져 있었다.

"정확히 어떻게 이상한지 말씀해 주실 수 있나요?"

심각한 표정으로 토루가가 다시금 물어오자 모인은 잠시 생각을 하는 듯 보였다. 사실 지금까지 현백에 대한 것은 어느 정도 감이 우선되는 상황이었다. 특별한 이유가 확실히 있는 것이 아니었던 것이다.

하지만 분명 그는 느낄 수 있었다. 현백의 이상함을 말이다. 그리고 그건 아마도 자신과 현백 두 사람만 느꼈을 것 같았다. 다른 사람들이 느끼기엔 너무나 미세한 점이었다. 아니, 어쩌면 아무것도 아닌 것 같은 생각도 들고 말이다.

"현백의 무공… 아니, 무공이라기보다……."

결국 그는 입을 열었다. 그가 내내 마음에 걸려왔던 것을 이야기하려 하고 있었다. 마지막 현백을 봤을 때의 그 느낌…….

"마음… 마음이 부서지고 있소이다. 한 사람의 무도인이 아니라 그저 잘 드는 칼은 쓰는 사내로 변하고 있소."

"……!"

토루가의 눈이 커졌다. 말없이 그냥 모인의 말을 듣고만 있는 것같이 보였지만 그의 양손을 보면 그것이 아니라는 것을 잘 알 수 있었다. 꽉 쥐어진 채 살짝 떨고 있었던 것이다.

"아니, 장로님, 그게 무슨 말씀이십니까? 마음이 부서지다니요? 무공을 하는 사람이 마음이 부서진다는 것이 무슨 뜻이지요?"

명사찬은 도저히 이해할 수 없다는 듯 입을 열었다. 하긴 누구든 지금 모인의 말을 믿을 수가 있겠는가? 주화입마도 아니고 그냥 마음이 부서진다는 말을 하니 말이다.

"마음이 부서진다… 정말이십니까, 형님? 이 사람은 좀처럼 믿기가 힘들군요. 현백같이 강건한 마음을 지닌 사람이 마음이 부서지고 있다니……."

여태껏 가만히 듣기만 하던 사람이 입을 열고 있었다. 바로 일지신개 양평산이었는데 그의 얼굴은 상당히 심각했다.

명사찬으로서는 완전히 다른 이야기를 듣는 기분이었다. 명사찬은 더 참지 못하고 양평산에게 말했다.

절반의 해결 173

"양 장로님, 그게 무슨 말입니까? 마음이 부서진다니요? 이놈은 여태껏 무공을 익히며 그 같은 말은 들어본 적이 없습니다만."

"……."

양평산은 잠시 명사찬을 향해 시선을 돌렸다. 명사찬은 간절한 얼굴로 그를 바라보고 있었는데 사실 그 표정은 다른 사람들 역시 마찬가지였다. 토루가와 모인을 제외하고는 다 같은 얼굴이었던 것이다.

"마음이 부서진다는 것은… 무공을 잃는 것보다 훨씬 심각한 일이다. 무공은 그저 무공이지만 마음은 사람을 잃게 되는 것이야."

"……."

"쯧쯧… 녀석, 심공(心功)이라는 말을 들어보지도 못했느냐? 바로 그 심공이 무너진다는 뜻이니라."

"심… 공……?"

명사찬은 대관절 그게 무슨 말인지 몰라 한참을 인상 쓰기 시작했다. 한데 언젠가 들어본 듯한 느낌이 들어 계속 머릿속을 돌리고 있는 것이었는데 그러던 한순간이었다. 그는 어디서 들었었는지 기억할 수 있었다. 바로 그의 사부가 이야기해 준 것 중에 하나였다.

"…심공이라면 무공이 아니지를 않습니까? 소인이 알기로 심공은 강건한 마음을 기르는 공부이옵니다. 무공을 하기 위한 보조 수단 정도로 알고 있습니다만, 그것이 어찌 문제가 된다는 말입니까?"

 사부의 말 중 심공은 분명히 있었고 이는 무공을 하기 위한 준비 과정에 지나지 않았다. 집중력을 키우고 마음을 안정시키는 것일 뿐, 그것이 무공과 직접적인 연관이 있지 않았다. 아니, 사실 하지 않아도 그만이었다.

 그런데 이러한 심공이 잘못된 것이 그토록 심각한 것이라 이야기를 하니 믿기 힘들 따름이었다. 명사찬의 귓가에 다시금 양평산의 목소리가 들려왔다.

 "무공이 아니기에 더욱더 위험한 것이다. 마음이 부서진 자가 무공만 높다면 어찌 되겠느냐? 마음이 부서져 악귀가 된 자가 무공만 높다면 어찌 될지 모르겠느냐?"

 "······!"

 양평산의 말에 명사찬은 현기증을 느끼기 시작했다. 그 말이 사실이라면 지금 현백의 상태는 위험했다. 현백 정도의 무공을 지닌 사람이 악귀가 된다면 대책이 없었던 것이다.

 "그냥 무공이 높은 사람이 아닙니다. 현백은······."

 갑자기 토루가의 목소리가 들려오자 사람들의 시선이 모두 토루가에게 향했다. 그는 잠시 허공에 눈을 돌렸다. 그리곤 멍한 표정으로 응시하다가 입을 열었다.

 "그의 무공은 혼자만의 것이 아닙니다. 제가 현백에게 전해준 무공은 제가 정리했던 천의종무록만이 아닙니다. 그 무공은 스스로 발전하고 성장하여 완전히 다른 무공이 되어 있습니다."

절반의 해결

"…무슨 말이시오, 교주?"

모인은 이해할 수 없다는 듯 입을 열었다. 지금 그의 말을 정리하자면 현백에게 무공을 전해주었는데 그것이 자신 외에 다른 사람이 있다라고 이야기하는 것이나 마찬가지인 것이다.

토루가가 아닌 다른 사람… 그러면서도 현백을 가르칠 정도의 사람이 있을 것이라고 모인은 생각해 본 적이 없었다. 한데 순간 그의 뇌리 속에 한 가지 가정이 스치고 지나갔다.

"서… 설마!"

자리를 박차며 일어서는 모인의 얼굴은 멍한 표정이 되었다. 그 표정을 보며 토루가의 입술이 열리기 시작했다.

"짐작이 맞습니다, 모인 장로님. 전 천의종무록을 현백에게 전한 것이 아닙니다. 제가 전해준 건 바로 충무대 전체 사람들에게입니다."

"……!"

토루가의 말에 사람들의 눈이 커졌다. 현백의 과거… 그 과거가 밝혀지려 하고 있었다. 현백 스스로 말하기를 꺼려했던 그 과거가 말이다.

2

"도무지 이해할 수가 없군… 대체 무엇을 위해 이곳에 온 것이오? 얼마만큼이나 대단한 것을 얻기 위해 강호를 저버리고 이들과 결탁한 것이지?"

"닥쳐라, 이놈! 네놈이 알면 얼마나 안다고 입을 나불거리나! 모든 것은 가문을 위한 것, 그 결정에 후회는 없다!"

지충표의 말에 지한은 얼굴을 붉히며 소리쳤다. 그 스스로 말을 하면서도 가슴 한구석엔 꺼리는 구석이 역력했는데 지충표는 그런 지한에게 다시금 소리쳤다.

"후회? 후회는 없다고? 당연히 그러셔야지. 후회가 없어야 정상이지. 그래야 내 아버님께 할 말이라도 있겠지."

"훙… 아버지? 네놈이?"

스슷… 파아아앙!

지한은 더 말할 것도 없다는 듯 지충표에게 덤벼들었다. 그는 양손을 어깨 높이로 들어 올린 채 주욱 뻗고 있었다. 아주 뻣뻣한 동작이지만 그 손이 지충표의 몸에 닿는 순간 변화를 일으킬 것은 너무나 자명한 일이었다.

"자식으로 인정받지도 못한 놈이 닥쳐라!"

피이잇.

벽력같은 소리를 지르며 지한은 지충표를 향해 덮쳤다. 한순간 양손을 갈고리처럼 만든 채 지충표의 관자놀이를 노렸던 것이다.

타탓… 콰가각!

지충표의 양손이 허공으로 들리며 지한의 양손을 모두 막아내고 있었다. 지한은 조금 의외인 듯 눈을 치떴는데 이어 지충표의 목소리가 들려왔다.

"왜 그런 소리는 내 아버지가 살아게실 때 하지 않았지? 차라리 진작에 날 내치자고 말하지 그랬나?"

피핏!

지충표의 옆구리 어림에서 피가 살짝 솟아오르고 있었다. 이번 공격에 부상을 입은 것이 아니라 부상 부위가 다시 터지고 있었다. 아직은 지충표에게 이런 공격은 무리였던 것이다.

"아저씨!"

오유의 입에서 걱정스런 목소리가 흘러나왔다. 지금 지충표는 저렇게 무공을 사용할 수 있을 만한 상황이 아니었다. 상처가 다시 덧나는 것은 시간문제였고 자칫하면 목숨을 잃을 수도 있었다.

"오유, 가자. 가서 우리가 대신 싸워야겠다. 이러다 아저씨 죽겠어!"

"기다려라, 이도."

가만히 지켜보던 이도는 더 참지 못하겠다는 듯 입을 열며 앞으로 나가려 했지만 누군가의 제지가 있었다. 현백의 손길이었다.

"현 대형! 이러다 충표 아저씨 죽어요! 봐서 알잖아요!"

옆구리에 흐르는 피를 가리키며 이도는 소리쳤지만 현백은 요지부동이었다. 그는 고개를 좌우로 저으며 다시금 입을 열었다.

"여기서 우리가 말린다면… 그거야말로 충표를 죽게 만드는 것이다. 마음이 무너진 사람을 보고 싶은 게냐?"

"예?"

현백의 말에 이도는 되물었다. 마음이 무너진 사람이라니… 그것이 무슨 뜻인지 알 수가 없었던 것이다.

"언젠가 풀었어야 할 이야기란 뜻이다, 이도. 이런 기회가 그리 쉽게 오는 것이 아니야. 나 역시 현백의 말에 동감한다."

"주 형!"

주비까지 현백의 편을 들고 나서니 이도로서는 답답할 뿐이었다. 이도는 어쩌할지 몰라 순간 발만 굴렸다.

현백과 주비의 마음은 이해할 수 있었다. 지금이 아니면 지충표가 지가를 만날 수 있는 길은 별로 없을 터였다. 앞으로 지가는 어쩌면 멸문을 당할 수도 있으니 말이다.

하지만 그건 지충표의 몸이 온전할 경우에 한해서였다. 지금은 아니었던 것이다. 지금 지충표의 몸은 곧 쓰러지기 직전이었다.

"그래, 이도야. 조금만 참아보자."

"오유!"

갑자기 들려오는 오유의 목소리에 이도는 눈살을 찌푸렸다. 싫다고 이야기하면서 앞으로 달려가고 싶지만 그럴 수는 없었다. 그렇게 된다면 지충표뿐만이 아니라 모든 사람을 다 믿지 못한다는 것이니.

"일각… 일각만이에요! 일각만……."

스스로에게 다짐하듯 소리치는 이도였다.

"가족을 버린 놈이 무슨 할 말이 있다고 입을 열어! 닥치고 내 주먹이나 받앗!"

부우우웅!

지한의 목소리가 권력과 함께 지충표의 귓가에 들려왔다. 지충표는 내력을 한껏 끌어올린 후 양손을 앞으로 내밀며 그 목소리에 대답했다.

"가족을 버리긴 누가 버려! 당신이야말로 가문을 저버렸다! 지금 내 앞에 서 있는 것 자체가 가문을 버린 것임을 모르나!"

파아아앙~!

두 사람의 손이 서로 부딪치며 강렬한 바람을 일으키고 있었다. 서로의 오른손이 부딪친 것인데 그때였다. 지한의 눈이 살짝 커지고 있었다. 이 느낌은 이전에 알고 있었던 지충표의 느낌이 아님을 깨달은 것이다.

하지만 지금 상황에서 상대의 무공에 놀란 표정을 지을 이유가 없었다. 그는 손을 뻗어 지충표의 관자놀이를 노렸다. 그러자 지충표 역시 같은 초식으로 지한의 관자놀이를 노리고 있었다.

"건방진……! 네놈의 실력으로 가능할 듯싶으……!"

스파파파팡!

한순간 두 사람의 손이 허공에 얽혔다고 생각하는 순간 강렬한 초식들이 교환되기 시작했다. 손목을 꺾으며 좌우로 흔드는 간단한 동작인데 놀랍게도 두 사람의 실력은 거의 백중세였다.

은사태종(隱蛇態從)이라는 초식이었다. 목표를 설정하고 그 목표를 향해 다가가는 손을 하나의 뱀처럼 만드는 초식이었다. 바로 지한의 독문초식이기도 했고 말이다.

강유수주 지한은 사실 내력보다는 그 유연한 손목의 힘으로 상대를 제압하는 것으로 유명했다. 물론 그의 명성 뒤엔 내력이 뒷받침되고 있었지만 아무래도 내력보다는 그 초식이 더 유명한 사람이었다. 지가를 말할 때 나오는 또 한 사람의 기둥인 예봉수 지용호와는 아주 다른 사람이었던 것이다.

그런 지한이 지금 놀라고 있었다. 집을 떠나 타지 생활을 하면서 무슨 일이 있었는지 모르지만 거의 자신과 동급으로 무공이 성장해 있었다. 그 점이 너무나 놀라운 것이었다.

파아앙!

결국 두 사람은 서로 떨어졌다. 서로가 일장을 교환한 뒤 일장이 넘게 거리를 벌린 것인데 지한은 지충표를 보며 소리쳤다.

"흥! 강호를 다니면서 잔재주가 조금 늘은 모양이구나. 하나 그 정도 가지고 내 앞에 나선 것을 후회하게 만들어주마!"

"당신……."

그의 목소리에 지충표의 눈이 매서워졌다. 두 눈이 치켜 올려지며 지충표의 몸에서 강렬한 기운이 뻗어 올라오기 시작했다.

"변하지 않았군. 변하지 않았어."

"뭐라?"

악다문 입술 사이로 지충표의 목소리가 새어나가자 지한의 눈썹이 꿈틀거렸다. 지충표의 목소리엔 상당한 한이 배어 나오고 있었던 것이다.

"가문을 가르는 것도 모자라 이젠 아예 없애려고 하는구나! 그 오만하고 독선적인 태도는 여전해!"

"이 시건방진 놈! 천한 놈이 감히 어딜!"

지충표의 소리에 지한도 뒤지지 않고 소리를 지르고 있었다. 악다구니에 가까운 소리였지만 그 소리를 듣는 순간 지충표의 눈이 다시금 변하고 있었다.

그저 화가 난 눈이 아니었다. 그간 정말 보기 힘든 지충표의 모습이 나오려 하고 있었다. 그의 눈에서 살기가 내비치기 시작한 것이다.

"가족 간의… 일인가?"

주비의 작은 목소리가 들려왔다. 내용으로 들었을 때 아무래도 그렇게 보이고 있었다. 함부로 끼어들 상황은 아닌 것이다.

"가족 간의 일이든 아니든 아저씨가 위험할 것 같은 것은 사실이네요."

여전히 지충표의 안위가 걱정되는 듯 이도는 입을 열고 있었다. 하긴 그 말이 틀린 것은 아니었다. 지충표의 부상은 점점 악화되고 있었다.

"그렇군. 말려야 되는 것이 아닌가, 현백?"

"……"

주비의 생각에도 상황은 그리 좋지가 않았다. 특히나 아물지 못한 옆구리의 상처에선 피가 꽤 흘러나오고 있었다. 그대로 놔두었다간 어찌 될지 몰랐던 것이다.

어쩌면 저 지한의 공격이 아니라 그 상처 때문에 위험해질 수도 있는 상황이었다. 그래서 주비는 현백에게 슬쩍 나설까 말까를 물어본 것이다.

그런데 현백의 모습은 조금 이상했다. 자신의 말에 대답하는 것은 둘째 치더라도 그 표정이 조금 이상했던 것인데 평상시에 봤던 현백의 모습이 아니었다.

뭔가에 홀린 듯 한곳만 보며 뚫어지게 응시할 뿐이었다. 마치 그가 보는 세상과 현백이 보는 세상이 다른 것처럼 말이다. 지한과 지충표를 보는 현백의 눈은 너무도 투명하게 보이고 있었다.

사람으로 보이지 않았다. 아니, 그건 스스로 그렇게 만든 셈이었다. 두 사람의 싸움을 보면서 얼핏 들었던 생각이 있어 한번 해본 것이다.

어느 사이에선가부터 현백의 눈은 다른 것을 보고 있었다. 사람의 형상이 아니라 그 사람이 있는 공간이 보이기 시작한 것이었다.

두 팔이 있고 발이 있고 그리고 몸이 있는 그러한 공간, 그 공간의 흐름이 보이고 있었던 것이다.

절반의 해결 183

쉽게 말해 풍도를 느낄 수 있는 것이 아니라 볼 수도 있게 된 것이다. 특히나 자신의 몸 주변의 것을 느꼈던 이전과는 달리 다른 사람의 주변에 흐르는 것도 볼 수 있게 된 것이다.

따라서 그의 눈에 보이는 세상은 이전과는 전혀 달랐다. 얼굴의 형상이 아니라 기의 형상으로 보게 되는 셈이었다. 일그러지고 이지러지는 형상들이 눈에 보이고 있었지만 현백은 왠지 담담했다.

남과 다르다는 것, 그건 조금 불안한 일이기도 했다. 세상 사람들 다 같은 것을 느끼고 보는데 그만이 다른 것을 보는 것이니 불안한 마음이 드는 것이 당연한데도 왠지 그는 그렇지가 않았다. 그저 별 느낌이 없었던 것이다.

그렇다고 해서 사람을 헷갈리지는 않을 듯싶었다. 당장 옆에 있는 사람들의 느낌은 다른 사람들과는 달랐다. 각자 하나씩 가지고 있는 독특한 기운들이 있어서 충분히 구분하고도 남음이 있었다.

각자 하나씩 가지고 있는 독특한 느낌, 무공의 고하를 알 수도 있지만 그 사람의 몸 상태 역시 잘 알 수 있었다. 그래서 그는 지금 지충표의 상태를 잘 알고 있었다.

지금 지충표의 모습을 보니 상당한 진전이 있음을 느낄 수 있었다. 저 앞에 있는 강유수주 지한과 별반 다름없는 내력의 크기를 보여주고 있었다. 그러나 지충표의 몸은 조금 다른 형상으로 보이고 있었다.

몸 안의 기운이 쉼없이 빠져나가고 있었다. 바로 그의 옆구리 쪽이었는데 작은 상처가 아니었다. 그리고 몸 안에 남아 있는 기운으로 봤을 때 더 이상 견딜 수 있는 상황이 아니었다.

"현백?"

슷—

귓가에 들려오는 주비의 목소리를 흘리며 현백은 앞으로 나왔다. 서서히 그의 몸에서도 강한 기운들이 치달아 오르고 있었다.

지충표는 사실 지한으로선 신경도 쓰지 않은 사람이었다. 그의 머릿속에선 현백을 잡아야만 한다는 생각뿐이었으며 그로써 좀 더 강한 무공을 얻어내는 것뿐이었다.

그래야만 이길 수 있었다. 바로 자신의 동생 예봉수 지용호를 꺾어야만 현단지가는 온전히 그의 손에 들어오게 되는 것이다. 그저 장자라는 것만 내세웠기에 지용호가 그에게 반기를 든 것이다.

전통적 유술의 기술로서 발전시키고자 한 자신에 반해 지용호는 내력을 위주로 한 무공의 발전을 꾀했다.

그것이 충돌의 원인이었다. 두 사람은 아주 기초적인 것이지만 그것에서부터 싸웠고 결국 같은 지가는 두 개로 쪼개졌다. 그리곤 여기까지 시간이 흐른 것이다.

말도 안 되는 일이었다. 이제야 조금씩 그 앞날이 보이는 상황, 조금만 더 충성하는 모습을 보여주면 그에게 무공이 떨어질 터였다. 바로 천의종무록 진본 말이다.

그 진본만 있으면 충분히 가문을 정리할 수 있었다. 아니, 가문의 정리를 떠나 무림 속에서 높은 위치를 차지할 수 있었다.

그 와중에 여기 지충표를 만났다. 정말 마음속 깊은 곳에서 이미 저 관심 밖으로 떨구어졌던 놈이었다. 내력도 별로였고 초식 또한 별로였다. 어디서 뭘 하는지 전혀 관심도 없던 놈이었던 것이다.

그런데 그 지충표가 지금 자신과 동등한 무위를 선보이고 있었다. 강호에서 조금 실력을 쌓은 것치고는 너무나 변한 그의 무위에 솔직히 그는 당황하고 있었다.

하지만 자신의 앞길을 막는 것을 그는 더 이상 참을 수는 없었다. 아무것도 그를 막을 수는 없었으며 그건 지충표라도 마찬가지였다. 지한은 오른손을 뒤로 빼내어 한껏 내력을 끌어올렸다.

"후읍!"

숨을 들이쉬다 참으며 그는 기식을 조절했다. 그리곤 지충표의 목 어림을 향해 빠르게 손을 내밀었다.

파아아앙!

섬전이라는 말이 어울릴 만한 속도였다. 만일 누군가가 봤다면 검이나 도가 아닌 주먹으로 이만한 빠르기를 만들어낼 수 있다는 사실 하나만으로도 자신의 무공 수위를 점칠 수 있을 정도라 그는 생각했고 그렇기에 저기 있는 지충표가 피할 수 있을 것이라곤 생각지도 않았다.

게다가 그의 공격은 그저 빠른 것이 아니었다. 그 빠름 속에서 진정한 변화가 시작되는 것이었다. 이것이 바로 그가 가장 자랑하는 변화의 극, 천변천격술(千變千擊術)이었다.

한 번의 변화에 한 번의 공격. 상대가 움직이면 그에 따른 변화를 이루는 초식이 바로 이것이었다. 지금처럼 말이다.

슷… 파아아앙!

고개를 살짝 비튼 지충표의 얼굴을 향해 그의 손도 같이 움직였다. 많이 움직일 필요도 없었다. 그저 오른 손목만 비틀면 그만일 뿐.

슈아아앗!

간단한 동작이지만 이것으로 지충표의 목숨은 없어진 것이나 다름없었다. 이 손은 절대로 지충표의 머리를 벗어나지 않는다. 지충표는 그것을 피할 틈도 없었고 말이다.

정말 살고자 했었다면 지충표는 뒤로 물러나면서 막았어야 했다. 그것만이 이 초식의 발동을 막는 유일한 길이었다. 이미 발동된 상태라면 막을 도리가 없는 것이다.

게다가 지충표는 옆구리에 부상도 있었다. 애당초 그는 빠르게 움직일 만한 상황이 아니었다. 이 승부는 시작부터 정해져 있었던 것이다.

"……!"

한데 그때였다. 그의 눈에 무언가 보이고 있었다. 아주 작은 빛의 반짝임이었는데 지충표의 머리 바로 왼편에서 보이고 있었다.

아니, 반짝임이 보였다고 생각하는 순간 이미 그 빛은 빠르게 다가오고 있었다. 그리곤 그의 손을 향하여 빠르게 다가왔다.

"어림없는 짓!"

스스슷.

한순간 천변천격술의 진수가 흘러나오고 있었다. 그가 손을 흔드는 순간 삽시간에 대여섯 개의 손그림자가 나오고 있었다. 이것이 진정한 천변천격술이었던 것이다.

다섯 개의 허상 속에 감추어진 하나의 실체… 아마도 검이 아니면 도일 텐데 그건 허상을 치게 될 것이었고 그럼 실체는 지층표를 치게 될 것이다. 어떻게 되었든 지층표가 죽는 것은 마찬가지였던 것이다. 그런데,

파아앗!

"……! 크아아아!"

오른 손바닥에 극렬한 고통을 느끼며 그는 비명을 질렀다. 마치 불에 지진 것 같은 고통은 익히 잘 아는 고통이었다. 하지만 그는 믿을 수가 없었기에 눈을 들어 자신의 손을 바라보았다.

"…아!"

그저 멍한 기분이 들고 있었다. 자신의 손등, 그 뒤로 무언가 비죽이 솟아올라 와 있었는데 그건 한 자루의 기형도였다. 보통 볼 수 있는 칼이 아니라 조금 다른 형태의 칼이 눈에 들어오고 있었던 것이다.

그 칼의 끝에 한 사람의 얼굴이 보이고 있었다. 두 눈꼬리에서 기다란 기운을 양옆으로 흘리고 있는 사내… 바로 현백이었다.

쉬웠다. 이자의 몸 주변에 흐르는 풍도를 따라 사내의 움직임을 너무도 쉽게 알 수 있었다. 손을 털어 환영을 만들어내는 동작도 현백의 눈엔 너무도 어이없게 보이고 있었다. 다섯 개의 기운을 공중에 흩어내고 진짜 기운은 지충표를 향해 다가가고 있었다.

손의 움직임이 아니라 기운의 움직임이라고나 할까? 막대 하나가 쭉 늘어나는 것처럼 보이고 있으니 알아보기 정말 쉬웠다. 그래서 지한의 공격을 막기가 너무도 쉬웠던 것이다.

더욱이 그 막대들에 사람의 형상이 겹쳐 보이고 있었다. 당연히 어떻게 움직이고 또 얼마나 큰 내력이 나올 것인지 잘 알 수 있었다.

슷!

더 볼 것도 없다는 듯 현백은 오른발을 들었다. 그리곤 멍한 표정을 짓고 있는 지한의 가슴을 향해 밀었다.

퍼어억!

"큭!"

오른손에서 칼이 뽑혀 나오는 고통 때문에 나뒹굴면서도 지한은 다른 생각을 할 수가 없었다. 현백의 공격은 여기서 그친 것이 아니었기 때문인데 지한은 그저 바람이 분다는 느낌 외엔 받을 수가 없었다.

하지만 온몸에 느껴지는 이 야수와 같은 살기는 정말 두려운 것이었다. 본능적인 살기에 움직이지도 못한 채 이젠 끝이라는 생각을 떠올리는 그 순간이었다.

"……."

그림자. 검은 그림자 하나가 그의 시선을 막고 있었다. 살짝 흔들리는 그 그림자는 지한의 앞을 막아선 채 입을 열고 있었다.

"그만… 그만 하자, 현백. 이 정도면 되었어……."

목소리의 주인공은 지충표였다. 지한의 앞에서 양팔을 벌린 채 그는 현백에게 이야기하고 있었다.

* * *

두두두두두……!

칠흑 같은 어두움을 헤치고 말들이 달려가고 있었다. 단 두 필의 말이지만 그 뒤로 자욱한 흙먼지를 날리며 달리고 있었는데 한 쌍의 노소였다.

"이랴! 달려라, 달려!"

그중 젊은 쪽이 소리치고 있었다. 그는 바로 개방의 명사찬. 옆에 같이 달리는 사람은 모인이었는데 두 사람 다 눈을 빛내며 말을 달리는 도중이었다.

사위가 어두운 상황이라 말을 달리는 것 자체도 힘들었는데 두 사람은 길을 훤히 아는 듯 전혀 망설임이 없었다. 그러나 두 사람 다 완전히 길을 아는 것은 아니었다.

"워워… 멈추어라."

"…왜 그래요? 빨리 가야 한다면서요."

달리는 말의 고삐를 잡아당겨 한순간에 멈춘 명사찬은 모인을 향해 소리를 질렀다. 그러자 모인이 그를 향해 입을 열었다.

"이 녀석아! 가더라도 어느 정도 방향은 잡고 가야지! 지금쯤이면 어디로 갔을지 추측이라도 해야 할 것 아니냐?"

"아, 추측이고 뭐고 한 가지뿐이죠 뭐. 솔사림이 있다는 하북(河北) 무안(武安) 아니겠습니까? 그리로 가면 될 일 아닌가요?"

명사찬은 모인의 말에 당연하다는 듯 입을 열었다. 그러자 모인의 얼굴이 살짝 찡그려졌다. 그는 명사찬을 흘겨보며 말을 이었다.

"이놈아! 누가 그걸 몰라서 그러냐! 셋째가 이르길, 누군가 현백이 움직이는 것을 막고 있다고 하지 않더냐!"

"그거야 우리도 이미 알고 있는 사실 아닙니까? 그냥 감 잡고 가면 될 일을 왜 그러십니까?"

명사찬은 그게 무슨 상관이냐는 듯 소리치고는 그냥 말고삐를 다시 낚아채어 달리려 했다. 하지만 그 고삐를 모인은 단단히 틀어쥐고 있었다.

"진정하거라, 이 녀석아. 생각 좀 하게. 지금 작은 판단이 큰

반향을 낳을 수가 있어."

 모인은 명사찬을 달래면서 생각에 생각을 거듭하고 있었다. 그가 지금 여기서 멈춘 것은 이유가 있는 것이었다. 이곳은 하남에서 하북, 산서로 가는 갈림길. 여기서 솔사림이 있는 하북으로 갔다가 현백을 만나지 못하게 되면 낭패였던 것이다.

 해서 지금 생각하고 있는데 옆에서 명사찬이 계속 보채는 중이었다. 모인은 입술을 비죽 내미는 명사찬의 얼굴을 보며 싱긋 웃었다.

 왜 이렇게 그가 보채는지 알고 있었다. 지금까지 토루가의 말을 모두 듣고 오는 도중이니 당연히 마음이 급했을 터였다. 현백의 안위가 무엇보다도 궁금해지니 말이다.

 "결정하지 못했으면 그냥 가죠. 가면서 생각하는 것이 좋겠어요. 어서요!"

 "알았다, 알았어, 이 녀석아. 그럼 이쪽으로 가자."

 "산서성 쪽? 좋아요! 가죠, 그럼! 이랴!"

 이히히힝!

 긴 말 울음소리와 함께 명사찬은 달리기 시작했다. 그의 모습은 곧 한 개의 점이 되어 시선에서 사라지고 있었다.

 "후우… 그놈, 진짜 성정하고는… 찻찻! 가자!"

 두두두두……!

 모인은 명사찬의 바로 뒤를 쫓아 달리기 시작했다. 마음이야 급한 것은 그도 마찬가지지만 지금은 진정하고 달려야 할 때였다. 달려서 현백이 무공을 쓰는 것을 막아야만 했다.

"현백… 부탁이니 무공을 하지 마라… 제발……."
안타까운 그의 목소리만이 허공에 흘려지고 있었다.

*　　　*　　　*

"비… 빌어먹을! 크윽!"

뚫려 버린 손을 거머쥔 채 지한은 욕을 뱉어냈다. 이 상황에서 욕을 하지 않는다면 그것이 더 이상할 터였다. 일의 전개가 정말 드럽게 되어가니 말이다.

"빌어먹을… 죽일 테면 어서 죽여! 더 이상 날 욕되게 하지 말고!"

지한은 일어나 땅 위에 앉았다. 죽일 테면 죽이라고 가슴을 펴고 있었는데 피가 흐르는 한쪽 손을 잡은 채 이를 악물고 있었다. 그 모습은 마치 이젠 할 일을 다 했다는 표정이었다. 그때 이도의 목소리가 허공에 울렸다.

"무슨 소리를 해대는 거예요? 죽일 작정이었으면 여기 충표 아저씨가 현 대형을 말렸을 것 같아요? 아저씨 바보예요?"

"……."

이도의 목소리에 사내는 고개를 들었다. 그 앞에는 지충표가 상처 입은 옆구리를 움켜쥔 채 서 있었고 그 뒤에 예의 그 사내가 보였다. 긴 머리를 바람에 살랑이는 현백이 서 있었던 것이다.

"뭐라?"

뜻밖의 말에 그는 무슨 일인지 잘 알 수가 없었는데 이어 지충표의 목소리가 들려왔다.
"현백, 부탁이다. 이 사람의 목숨은 한번 놔주길 바래. 그래 줄 수 있나?"
지충표의 목소리에 현백은 말이 없었지만 대신 고개는 끄덕이고 있었다. 현백은 더 미련이 없다는 듯 바로 신형을 돌려 움직이고 있었다.
"지충표! 이놈! 너 지금 날 무시하는 거냐! 네놈 따위가!"
현백이 정말로 신경을 꺼버리자 지한은 지충표를 향해 소리쳤다. 왠지 목숨을 구걸받는 것 같아 자존심이 상했던 것이다.
"네놈 따위에게 목숨을 구걸받고 싶지 않다. 언제부터 네놈이 우리 가문을 생각했다고 이따위 짓을 하나! 차라리 깨끗하게 죽는 것이……."
"나에게 목숨을 구걸받는 것은 싫고 흑월에게 무공을 구걸받는 것은 좋으냐! 이 빌어먹을 놈, 아직도 생각이 그따위야!"
"……!"
지충표의 목소리가 커다랗게 울리고 있었다. 그는 이를 악물며 이야기하고 있었는데 옆구리가 아픈 것이 문제가 아니었다. 그 마음이 더 아파오고 있었다.
"당신이 나에 대해 어떻게 생각하든, 아니, 나란 존재에 신경이나 쓰는지 모르지만 그건 내가 알 바 아니야. 가문에 관한 것이라면 지금도 난 신경 쓰고 싶지도 않고……."
"……."

"그러나 내가 아무리 애를 써도 고쳐지지 않는 것이 있어. 이 빌어먹을 현단지가의 자손이라는 거. 성을 갈아엎지 않는 한 그건 어떻게 할 수 없겠지."

지충표는 지한을 잡아먹을 듯이 노려보고 있었다. 이미 적은 물러가고 없었다. 아마도 여기 있는 이 지한이 이 사람들을 데리고 온 것인 듯했다.

"만일 여기 네가 가문의 다른 사람을 데리고 나왔다면 난 널 죽였을 것이다. 그런데 넌 혼자군. 내가 알기로 가문의 사람들이 다 이곳에 있었다고 하지만 실제로 내가 본 것은 너뿐이다. 아닌가?"

"……."

"가문을 생각하지 않는다면 정말로 다 데려왔겠지. 아직 가문에 미련이 남아 있는 것 같기에 살려달라고 친구에게 부탁한 것이다. 이유는 그것뿐. 널 살려준다고 내가 가문에 돌아갈 수 있는 것도 아니니……."

할 말을 다 했다는 듯 지충표는 신형을 돌렸다. 그리곤 오유의 부축을 받으며 그는 움직이고 있었다.

"반 정도는 한 거야?"

"응?"

오유의 말에 지충표는 눈을 돌렸다. 지금 물어보는 것이 무슨 뜻인지 알 수가 없었는데 그녀는 살짝 웃으며 말을 이었다.

"정리되면 돌아온다며요? 반 정도 정리된 거 아녜요?"

"응… 아!"

지충표는 그제야 그녀의 말을 알아들었다. 혼자서 떠날 때 이야기한 것이었다. 가족들의 일이 정리되면 돌아온다는 그 말…….
"그래, 반 정도는 된 것 같다… 반 정도는……."
차분한 지충표의 목소리가 밤하늘에 퍼지고 있었다. 떠나는 그의 입가엔 오랜만에 미소가 감돌고 있었다. 더불어 뒤쪽에 멍한 표정으로 지충표를 보는 지한만이 남겨질 뿐이었다.

第六章

확인된 진실

1

"후우, 훗!"

피잉─ 피이이잉!

간만에 휘둘러 보는 검이었다. 너무나 오랜만이라 감촉이 낯설 정도였는데 그래도 감촉은 여전했다. 이마에 구슬땀이 살짝 배이도록 검을 휘두른 그는 이윽고 검을 멈추었다.

"잘 보았더냐? 재미가 있었어야 할 터인데."

"너무나도 오랜만에 보는 사형의 연무이외다. 당연히 재미있지요. 전혀 녹슬지 않았습니다, 사형. 하하하."

정말 친한 사람 아니면 정말 아부를 잘하는 사람이었다. 물론 후자에 속하는 사람이고 말이다.

오위경은 살짝 눈을 흘기며 검집으로 검을 돌렸다. 그리곤 신형을 돌려 새로이 나타난 사람을 바라보았다.

연무장에 나타난 사람은 하나가 아니라 네 명이었다. 그도 잘 아는 사람으로 그의 사제들이었는데 하나같이 헌앙한 모습으로 자신을 바라보고 있었다.

"이거 어쩐 일로 너희들이 한꺼번에 움직이느냐? 어릴 적 놀러 다닐 때를 제외하고 처음인 것 같은데?"

"그렇습니다, 대사형. 그간 우리 사형제가 너무 따로 움직인 것 같군요. 지금이라도 회포를 푸는 것이 어떻습니까?"

술 한 병을 손에 들고 찰랑거리는 관립을 보며 오위경은 씨익 웃었다. 그리고 보니 다들 손에 술병 몇 개씩 들고 있었는데 오위경은 성큼성큼 큰 걸음으로 움직여 연무장 옆에 있는 둥근 다탁으로 향했다.

"하하하, 그럼 내 사제들이 얼마나 성장했는지 볼까? 자, 다들 앉지."

"그럼……."

오위경의 손짓에 네 명은 둥근 다탁을 두고 자리에 앉았다. 강상서와 관립, 야율체란과 방오 이렇게 네 명이 앉았는데 오위경은 한 사람 한 사람 훑어보더니 다시금 입을 열었다.

"정말 다들 훤칠하구나. 내 사제들이 이렇게 멋있고 이쁜 사람들이었나?"

"호홋… 저희도 우리 대사형이 이렇듯 멋진 분이신지 이제야 알 것 같은데요?"

살짝 웃음을 흘리며 입을 여는 야율체란을 향해 오위경은 술병 하나를 들어 올렸다. 그러자 다들 병을 들고 조용히 입 안으로 털어 넣기 시작했다.

"크으… 독한 것이 참 좋구나. 어디서 이런 놈을 구했느냐?"

"하하. 대사형도 참, 이곳 무한에서 나는 이 박주 맛을 벌써 잊었소?"

"박주? 아하하하. 이것 참 정말 바쁘게 살아왔나 보구나. 이 맛을 잊다니……."

막내 방오의 목소리에 오위경은 그저 씨익 웃었다. 오위경이 앉은자리는 다탁에서도 제일 뒤쪽 벽 있는 자리였는데 그 벽에 몸을 기대며 하늘을 바라보고 있었다.

멍한 표정으로 촘촘히 박혀 있는 별들을 바라보는 오위경의 본심은 정말 알 길이 없었다. 마치 회상을 하는 것도 같고 또 어떻게 보면 무슨 후회를 하는 것 같기도 한 기이한 표정이었던 것이다.

"대사형, 무슨 생각을 그리하십니까? 재미있는 일이면 저희도 같이 웃으면 안 되겠습니까?"

"하하하. 재미있는 일이라… 그래, 재미있을 수도 있겠지. 아무래도 무림대회가 다가오니 착잡하구나, 착잡해."

무엇이 착잡한지 모르지만 오위경은 다시금 술 한 모금을 목으로 넘겼다. 사제들은 일제히 오위경을 바라보았는데 오위경은 그들의 시선 따윈 아랑곳없다는 듯 여유로운 동작을 취하고 있었다.

"무림대회가 시작되면 난 모든 책임을 지고 물러나야 하겠지. 한번 뒤로 물린 자에게 또다시 기회가 올까나? 아마도 힘들 것이야."

"……."

오위경의 말에 사람들의 눈빛이 변했다. 지금 이야기하는 것이 무엇을 의미하는지 그들은 잘 알고 있었기 때문이다.

이번에 열리는 대회를 기점으로 솔사림은 중원에 그 나래를 펼치게 될 것이었다. 그의 사부가 직접 나선다고 이야기한 이상, 그것이 솔사림의 웅비라는 것을 모르는 사람은 없었다.

그 웅비에는 희생자가 따르는 법이었다. 그리고 그 희생자가 바로 여기 있는 이 오위경이었다. 지금 그 이야기를 하고 있는 것이었다.

"대사형, 지금이라도 가서서 사부님께 용서를 비는 것이 낫지 않겠습니까? 그럼 사부님께서도 대사형을 내치진 않으실 것입니다. 아무리 잘못이 있다 한들 그것이 여태껏 대사형이 행한 일에 비한다면 작은 것 아니겠습니까?"

정말 진심이 어린 듯 관립의 말에는 감정이 실려 있었다. 오위경은 씨익 웃으며 관립을 향해 입을 열었다.

"관립, 넌 사부님을 알면서도 그런 소리를 하나? 누구의 잘못을 덮어주는 분이라면 오늘날 우리가 이 자리에 있지도 않았겠지, 아닌가?"

"……."

오위경의 말에 관립은 아무런 대꾸도 할 수가 없었다. 그의 말처럼 그의 사부, 솔사림주는 누구를 용서해 주는 사람이 아니었다.

어릴 때부터 그랬다. 지금의 다섯 명이 그냥 있는 것이 아니었다. 물경 백여 명의 어린아이들이 있었지만 지금 남아 있는 것은 여기 있는 다섯 명이 전부였던 것이다.

나머지의 아이들이 어디로 갔는지는 모르지만 그들의 생사에 대해조차 다섯 명은 물어보지도 못했다. 그의 사부는 그것조차 허용하지 않았던 것이다.

대신 그들이 성인이 되고 이제 솔사림의 식구라고 인정을 했을 때, 그때가 되자 사부는 그들에게 완벽한 자유를 주었다. 이 다섯 명이 같이하든 독자적으로 움직이든 간에 일체 상관을 하지 않았다.

매사에 이렇듯 극과 극으로 치닫는 사람, 그것이 바로 그들의 사부였다. 용서란 있을 수 없는 것이다.

"받아들인다는 것이 이렇게 마음이 편한 것인 줄 미처 몰랐었다. 이전에 사라졌던 우리의 사형제들 역시 이런 마음이었을까?"

"……."

숙연한 분위기가 들고 있었다. 마치 최후의 시간을 아는 사람처럼 오위경은 말하고 있었고 아무도 그런 그의 생각이 틀렸다고 하지 않고 있었다. 오히려 그 모든 것을 담담하게 받아들이는 오위경이 놀랍다는 듯한 표정을 짓고 있었다.

"자, 그럼 이만 난 가봐야겠구나. 이 술은 너희들이 마시러무나. 앞으로 나에겐 이 녀석과 함께할 날이 많으니……. 핫핫."

너털웃음을 지으며 오위경은 자리에서 일어났다. 그는 중천에 떠오른 달을 한번 보고는 바로 신형을 옮겼다. 그 초탈해 보이기까지 한 그의 모습은 정말 오래도록 사람들의 뇌리에 남아 있을 것 같았다.

오위경의 신형은 이내 사라졌다. 달빛 아래 작은 다탁에는 이제 네 명밖엔 남지 않았는데 문득 그중 한 사람의 입술이 열리고 있었다.

"내기 하나 하지. 저 모습이 가식이라는 데 내 은자 천 냥 걸지."

"동감이오. 난 천 냥이 아니라 만 냥이라도 걸겠소."

강상서와 관립이 입을 열자 야율체란과 방오의 고개가 끄덕여지고 있었다. 그들의 표정은 싸늘하기조차 했는데 말도 안 된다는 표정도 같이 나오고 있었다.

"만일 대사형이 검으로 여기 있는 물건들을 다 박살 내고 있다면 내 그것은 이해할 수 있다만, 이건 아니야. 뭐, 받아들이겠다고? 한번 밀려나는 것이 어떤 것인지 누구보다 잘 아는 인간이 그런 소리를 해? 지나가는 개가 웃겠다."

"큭큭. 맞소이다, 둘째 사형. 이 방오, 절대로 대사형을 믿지 못하오."

싸늘한 눈빛으로 그들은 오위경이 사라진 곳을 바라보고 있었다. 강상서는 술병을 잡아 입에 가져가며 입을 열었다.

"대체 무슨 꿍꿍이를 벌이는 것인지. 분명 저 인간 뭔가가 있어… 누구랑 손을 잡은 거지?"

그가 아는 대사형은 절대 승산없는 싸움은 하지 않는다. 이런 의외의 행동을 보여줄 땐 이미 어느 정도 계산이 섰다는 뜻이었다. 그 승산을 어느 쪽에 두었는지 그것이 문제일 뿐이었다.

"부탁인데 제대로 승부를 걸기 바라오. 대사형… 아니면 내가 당신을 밀어낼 수밖에 없으니……."

사이한 웃음과 함께 강상서는 술병을 들었다. 그리곤 차분한 동작으로 술을 마실 뿐이었다.

"너무 티나게 하는 거 아닌가?"
"그래야지. 그것이 내가 의도한 것이니……."

몽오린의 말에 오위경은 슬쩍 입을 열었다. 그러자 몽오린은 의아한 얼굴을 만들었는데 오위경은 씨익 웃으며 기둥에 기대었던 몸을 떼어냈다.

그는 자신의 처소로 바로 간 것이 아니었다. 연무장에 있는 작은 전각, 그 기둥 뒤에 몸을 숨기고 나머지 네 사람의 모습을 지켜보고 있었던 것이다.

"저놈들… 지금 혼란스러울 것이야. 평소 내 성격대로라면 제놈들에게 화풀이라도 해야 하거든. 그래야 나다운 것이라 생각할 거야. 큭큭. 머리 좀 아플 거다."

"……."

몽오린은 실실 웃고 있는 오위경을 마냥 바라만 보고 있었다. 대관절 무슨 뜻인지 도무지 이해가 되질 않았는데 그런 몽오린을 향해 오위경은 입을 열었다.

"뭘 그런 눈으로 보지? 내가 이상하게 보이나?"

"당연한 것 아닌가? 저들이 네 적이 아닌데 적처럼 보니 하는 말 아닌가?"

"큭… 적이 아니라고?"

오위경의 얼굴에 비웃음이 떠올랐다. 그건 몽오린을 향한 것이 아니라 저 네 명을 향한 것이었다. 그는 잠시 네 명의 신형을 보곤 다시금 입을 열었다.

"적이 아니라… 우스운 이야기야. 우리 다섯 명은 적은 아니지. 그러나 동지도 아니다."

"뭣?"

"말 그대로야. 더 설명하려면 입 아프니 그만 하지. 어쨌든 이젠 저놈들도 긴장하기 시작했으니 뭔가 대책을 세우겠지. 그럼 일은 된 거야."

오위경은 고개를 까딱거리며 기분이 좋은 듯 입가에 미소까지 짓고 있었다. 몽오린은 그런 오위경을 보며 살짝 눈살을 찌푸렸다. 아무래도 이 녀석의 머릿속은 들여다볼 수 없었던 것이다.

"이봐, 몽오린."

"왜?"

갑자기 자신을 부르는 목소리에 몽오린은 고개를 들었다.

그곳엔 오위경이 있었다. 자신을 바라보며 한쪽 입술을 비튼 채 뭔가를 이야기하려 하고 있었다.

"신경 쓰지 마라……. 이렇게 미리 좀 수작을 부려놔야 나에게서 멀어지려 할 것이다."

"……."

"아니면 어떻게든 손을 쓰려 하겠지. 그것이야말로 하책 중의 하책. 어서 빨리 손을 쓰기를 난 바랄 뿐이야. 그 이유는 말이지……."

오위경은 신형을 옮겼다. 이젠 진짜 처소로 향하고 있었다. 더 이상 이곳에 있을 필요가 없었던 것이다.

"저놈들 생각은 말야, 정말 뻔하거든. 크크."

"……."

조용히 자신을 바라보는 몽오린을 둔 채 그는 움직였다. 천천히, 그러나 일정한 보폭으로 그는 자신의 처소로 향하고 있었다.

"이거야 원……."

몽오린은 씁쓸한 웃음을 지었다. 그는 멀어져 가는 오위경의 뒤를 향해 입을 열었다.

"생각보다 더 미친놈이었나, 저놈? 큭."

한마디 툭 뱉고는 그는 움직였다. 그 또한 할 일이 많았기에…….

*　　　*　　　*

"난 분명 너에게 현백을 막으라고 했다."
"따르지 않겠다고 한 적 없습니다."
"……."
 초호의 눈이 가늘어졌다. 그의 눈앞엔 옥화진이 서 있었는데 옥화진의 얼굴은 한껏 굳어 있었다.
"하면 지금 움직이지 않고 여기 있는 이유는 무엇이냐?"
 옥화진의 얼굴을 보며 초호가 입을 열었다. 옥화진은 아무런 말도 하지 않은 채 그냥 앞만 바라보고 있었는데 두 사람은 지금 한 계곡 위에 서 있었다.
 그들의 뒤편으로 약 십여 리 떨어진 곳에 솔사림이 보이고 있었다. 마치 그곳으로 가는 마지막 방어선인 양 두 사람은 서 있었던 것이다.
"어차피 이쪽으로 올 사람들입니다. 전 승부를 여기서 내려고 합니다."
"그래서 강유수주 지한은 놔둔 것이냐? 아직은 쓸 만한 사람일 터인데?"
 왠지 추궁 같으면서도 초호의 기분은 그리 나쁘지 않아 보였다. 그냥 빙글거리는 것이 옥화진의 반응을 보며 즐기는 것 같았는데 옥화진은 그저 입 꽉 다물 뿐이었다.
"흐음… 그래, 다 보내는 것도 좋겠지. 그들도 어차피 이용당하는 것뿐이니까 말이다. 이젠 너 혼자 정면 승부를 보는 것도 나쁘진 않아. 그렇지?"

"……."

"무슨 생각을 하고 있나, 옥화진. 정말 날 떠나기로 결심이라도 한 것이냐? 이미 네 이름이 강호에 어찌 났는지 알면서도 말이야?"

초호의 목소리는 부드러웠다. 어찌 보면 잘 아는 할아버지라도 되는 듯 조곤한 목소리였지만 옥화진은 그 말을 그냥 흘려버릴 수 없었다. 이 사람의 성정을 너무나 잘 알기 때문이었다.

이렇게 조용하면서도 타이르는 것은 그가 참 많이 화가 났다는 뜻이었다. 그리고 이럴 때의 해결책 역시 옥화진은 잘 알고 있었다. 그냥 아무런 말도 안 하면 그만이었던 것이다.

"옥화진, 마지막으로 이야기하마. 현백을 막아라. 그것이 네가 할 일이고 그렇게 해야 네가 원하는 것이 이루어진다. 알겠느냐?"

초호는 마지막 결단을 내리는 듯 확실한 목소리로 이야기한 후 신형을 돌렸다. 바로 이 계곡에서 벗어나려는 듯 보였는데 바로 가지는 못했다. 이어진 옥화진의 목소리 때문이었다.

"대인께 묻겠습니다. 정말 이 길이 제 염원을 이루는 길 맞습니까?"

"……."

초호의 신형이 멈추었다. 그는 고개도 돌리지 않은 채 그냥 서 있을 뿐이었는데 이어 옥화진의 목소리가 들려왔다.

"전 이 길이 제 염원을 이루는 길이라 생각했었고 대인께서도 그리 말씀하셨습니다. 한데 전 다시 한 번 묻고 싶습니다. 진정 이 길이 제 염원을 이루는 길입니까?"

"옥화진……."

역시 초호는 고개조차 돌리지 않았다. 그저 목소리만 낼 뿐이었는데 그 목소리엔 어떤 감정도 실려 있지 않았다.

"분명히 이야기하마, 옥화진. 맞다, 내 말을 듣는다면 얼마 있지 않아 너의 염원이 이루어진다. 낭인들도 업신여겨지지 않는 그런 세상 속에 너희들은 살게 된다."

"……."

확실한 발언이었다. 이 정도라면 정말 그를 믿고 일해도 될 수 있을 정도로 확실히 말해주고 있는 것이다.

그 말을 남기고 초호는 움직이고 있었다. 어느새 옥화진의 오감에 그의 기운이 느껴지지 않았다. 올 때처럼 갈 때도 귀신같이 그는 사라지고 있었다.

"이루어진다… 큭, 그렇습니까?"

왠지 자조적인 목소리가 허공에 울리고 있었다. 옥화진은 등 뒤에서 거부를 빼어 들며 다시금 입을 열었다.

"틀렸습니다, 대인. 내가 염원하는 세상은 오지 않습니다. 그 세상엔 한 가지가 결여되어 있습니다. 그러니 절대 올 수가 없지요."

부우웅—

거부를 휘두르며 그는 호흡을 가다듬었다. 어차피 싸우기로 한 것, 최선을 다하는 것이 옳은 일이니…….

"그 세상에 각아가 없습니다. 밀천사 양각이 말이지요. 그가 없으면 내 염원은 없는 것이나 마찬가지인 것을 모르시다니……."

자조적인 그의 목소리가 세상에 퍼지고 있었다. 저 멀리 밝아오는 태양 아래를 향해 그는 시선을 돌렸다. 왠지 그 해를 보는 것이 그리 좋은 느낌은 들지 않고 있었다.

* * *

조금 환해진다는 느낌이 들고 있었다. 사람들이라 보이는 기운들… 그 기운들이 밝아지고 있었다.

아마도 해가 뜨고 있는 듯했다. 현백은 가슴을 크게 열며 심호흡을 했다.

"후우……."

긴 숨소리와 함께 폐부 가득 새벽의 공기가 들어오니 정신이 번쩍 드는 기분이었다. 현백은 품어낸 기운을 다시 밖으로 빼며 시선을 돌렸다.

"……."

어제의 일이 끝나고 일행은 오래 움직일 수는 없었다. 이미 날은 저물었고 어느 정도는 쉬어야 했기에 그런 것인데 그런 고로 약 두 시진 정도 쉰 후에 다시 움직이려 하고 있었다.

"후우… 다들 일어났나?"

"일어났다기보다는 그냥 조식만 한 것이겠지. 잘 만한 시간은 안 되니."

이도의 목소리에 오유가 입을 열었다. 과연 그 말처럼 이 중에서 잔 사람은 아무도 없었다. 그냥 운기조식한 후에 아침이나 먹을 생각이었던 것이다.

"아저씨는 괜찮아요?"

"응, 그럭저럭."

옆구리의 상처가 도진 지충표는 오유의 말에 고개를 끄덕이며 입을 열었다. 사실 현백이 움직이지 않기로 결정한 것은 바로 지충표 때문이었다. 지충표는 제대로 움직이기 힘든 상황이었던 것이다.

그래도 두어 시진 정도 쉬어서 그런지 그의 혈색은 상당히 좋은 편이었다. 이 정도의 혈색이라면 다시 움직여도 별 상관이 없을 것 같았는데 지충표는 자신의 옆구리를 한번 슬쩍 본 후 자리에서 일어나고 있었다.

"끄응……."

"아저씨, 어디 가요?"

이도가 지충표에게 물어봤지만 지충표는 아무런 말도 하지 않은 채 조금은 버거운 표정을 지으며 자리에서 일어났다. 그리곤 앞으로 향했는데 그곳은 바로 현백이 있는 곳이었다.

"현백… 할 말이 있다."

"……."

지충표의 목소리에 현백은 고개를 돌렸다. 저쪽 태양이 떠오르는 곳을 멍하니 바라보고 있던 그였는데 그의 귓가에 지충표의 목소리가 계속 들려왔다.

"현백… 너 꼭 그렇게 혈로를 열어야겠냐?"

"무슨 뜻이냐, 충표."

현백은 되물었다. 잠시 그가 무슨 말을 하는 것인지 알 수가 없었는데 지충표는 고개를 끄덕이며 말을 이었다.

"말 그대로다, 현백. 네 앞을 막아서는 사람들이라고 해봤자 내가 보기엔 강호의 낭인들, 너보다도 한참 하수다. 굳이 그런 그들을 죽일 필요가 있을까?"

낭인들에 대한 이야기였다. 현백의 앞을 막아섰던 사람들. 그들을 말하고 있었던 것이다.

"움직이지 못하게 하면 그만 아닌가? 너라면 그 정도의 실력은 충분하……."

"목숨을 걸고 덤볐다. 돈을 위해 덤비는 녀석들이 아니었어."

"……."

지충표의 말을 자르며 현백이 입을 열었다. 그러자 그는 의외라는 듯 눈을 살짝 크게 떴는데 현백의 목소리는 계속되었다.

"낭인이라는 것. 돈을 위해 싸우는 사람으로 알고 있다. 그런 그들에게 막장이란 없지. 너도 그들과 같이 생활해 본 적이 있으니 알 것이다. 목숨 하나만은 모질게 챙기는 사람들이 바로 그들이라는 것……."

"……."

지충표는 자신도 모르게 고개를 끄덕였다. 현백이 말하는 것이 어떤 것인지 그는 잘 알고 있었다. 이들 낭인들에게 목숨이라는 것이 어떤 의미인지 말이다.

돈보다도 더 귀한 것이 목숨임을 그들은 너무나 잘 알고 있었다. 따라서 일의 성패는 둘째 치더라도 어떤 경우에서라도 목숨에 그 최대의 가치를 둔다.

즉 쓸모없는 일은 철저히 가려 하지 않는다는 것이다. 이 말은 바로 현백에게 덤비는 것 자체가 무모한 일이니 애당초 덤비지 말았어야 한다는 뜻이었다.

물론 그 점에 관해서는 지충표 역시 같은 생각이었다. 그들은 현백을 보는 순간 이미 도망쳤어야 했다. 무모하게 목숨을 버리면서까지 덤벼선 진정한 낭인이라 할 수는 없었던 것이다.

"그들은 낭인이라 하지만 그건 그저 이름만 그럴 뿐이었다. 그들은 더 이상 낭인으로 볼 수 없었어. 그들의 눈엔 신념이 보였었다."

"……."

이어진 현백의 말에 지충표는 아무런 말을 할 수가 없었다. 현백은 그들을 낭인으로 보지 않은 것이었다. 그저 한 사람의 무림인으로 대우를 해준 것이다.

무림인으로의 대우… 언뜻 들으면 좋은 것 같지만 지충표는 잘 알고 있었다. 그건 그저 핑계라는 것을 말이다. 남만에서 현백은 이런 사람이 아니었다. 함부로 누굴 죽이는 사람이 아니었던 것이다.

현백은 변한 것이다. 그 변함이 어떤 것 때문인지는 모르지만 살인에 대해 이토록 무감각한 사람이 아니었다. 무언가 그를 변화하게 만든 것이 있는 게 분명했다.

참 이상한 일이었다. 분명 현백은 그와 같이 강호를 움직였다. 그 안에 뭔가 이상한 점이 있었다면 그가 알 것인데 전혀 알 수가 없었다. 대관절 무엇이 현백을 이리 만들었는지…….

눈부터가 변했다. 날카롭기는 해도 심유하고 맑았던 이전의 눈빛이 아니었다. 분위기는 그대로라도 뭔가 이상했다. 이전에 알고 있던 현백의 눈빛이 아니었던 것이다.

"……."

그러고 보니 그 눈빛이 기이했다. 이상하다는 생각이 들 정도였는데 뭔지 모르지만 그 눈빛은 이미 이전에 알고 있는 눈빛이 아니었다. 지충표는 조금 더 그의 눈을 바라보았다.

알 것 같았다. 왼쪽 눈이 조금 이상해져 있었다. 현백의 눈은 지금 양 눈이 완전히 달랐다. 왼쪽 눈은 핏빛 기운을 담고 있었던 것이다.

"이봐, 현백. 너 눈이……."

지충표는 조금 놀라 입을 열었지만 현백은 아무런 말이 없었다. 대신 그는 고개를 옆으로 살짝 기울이고 있었다.

"현백?"

도무지 현백의 눈이 지금 어디를 보고 있는지 알 턱이 없었는데 아무래도 지충표의 뒤편을 바라보는 것 같았다. 그리고 그 추측은 이내 맞아떨어졌다.

슷…….

현백의 왼손이 허공으로 올라가고 있었다. 일행의 뒤편을 가리키고 있었는데 문득 그의 중지 손가락이 말리더니 엄지손가락으로 살짝 눌렀다.

우웅…….

아주 단순한 동작이지만 그 동작에 힘이 서리는 것이 확연히 느껴지고 있었다. 대관절 언제 현백이 이 정도의 무위를 가지고 있었는지 모르지만 지충표는 자신도 모르게 뒤로 물러서는 자신을 볼 수 있었다.

현백의 팔이 살짝 떨린다 싶은 순간 엄지손가락이 허공으로 들렸다. 그러자 강렬한 내력이 실린 일격이 허공을 갈랐다.

파아아앙! 파가가각!

"탄격!"

주비의 입에서 탄성이 흘러나왔다. 물경 십여 장을 격하고 나간 일격이었다. 이 정도의 일격이라면 현 강호에서 손꼽힐 만한 수준으로 지법의 일인자로 불리는 일지신개 양평산과도 어깨를 견줄 만한 실력인 것이다.

게다가 그 위력도 대단했다. 지금 나무 하나가 반으로 꺾여 쓰러지고 있었다. 그리고 그 쓰러진 나무 옆엔 한 사람이 서 있었다.

"엉? 당신은……."

이도는 새로 나타난 사람을 보며 놀라워했다. 나타난 사람은 가슴을 천으로 꽉 묶어 맨 사내였다. 현백 쪽으로 걸어오고 있었는데 그가 누군지 여기서 모르는 사람은 없었다.

특히나 놀란 사람은 바로 창룡이었다. 창룡은 앞으로 걸어 나가며 놀라 소리를 질렀다.

"제… 제룡?"

오룡일제 중의 한 명, 바로 제룡이었다. 그는 피로 물든 가슴을 부여잡은 채 창백한 얼굴을 하며 현백에게 다가오고 있었던 것이다.

2

지금 보이는 제룡의 모습을 사람의 모습이라고 할 수 있을까? 물론 사람이라면 의당 달려야 할 것이 다 있으니 사람이라고 볼 수 있었다. 그러나 정확히 말하자면 곧 죽어가는 사람이라고 하는 것이 옳았다.

가슴의 상처는 치명적이었다. 언제 이런 상처를 입었는지 모르지만 얼마 안 된 상처가 아니었다. 조금 된 듯한 느낌이 들고 있었다.

굳이 이야기하지 않아도 이 사람의 목숨이 얼마 남지 않았다는 것은 너무도 쉽게 알 수 있었다. 파리한 안색에 떨리는 손, 움직이는 것 자체가 불가능할 정도로 보였던 사내가 어떻게 이곳에 나타났는지 불가사의하게 느껴질 정도였다.

"쿨럭… 컥… 결국 이렇게 보게 되는군요."

"……."

현백의 일행이 해줄 수 있는 것은 그저 작은 기를 불어넣어 주는 것뿐, 하지만 그 작은 행동으로도 그는 만족하는 듯 보였다.

"한번… 꼭 한번 다시 보고 싶었습니다. 적이 아닌 그냥 사람 대 사람으로서……."

떨리는 가슴과는 달리 그의 음성은 상당히 안정되어 있었다. 마치 다친 사람 같지 않은 모습이지만 여기 있는 사람들 그 누구도 그 모습이 진짜라고는 생각지 않았다.

내력을 쥐어짜 내고 있었다. 그 내력의 힘으로 그는 아무렇지도 않은 척 이야기하고 있지만 그것도 오래가진 않을 터였다. 현백은 그런 제룡을 향해 입을 열었다.

"그저 사람 대 사람으로 보기 위해 우리의 뒤를 따라왔다는 것인가? 하고 싶은 말이 있는 것이 아니라?"

"우리 뒤를 따라왔다구요?"

현백의 말에 이도가 의아한 목소리를 내었다. 그렇다면 이 사람이 주변에 계속 있었다는 뜻인데 전혀 그런 기척이 없었다. 좀체 믿을 수 없는 사실이지만 이어진 제룡의 목소리에 아연할 수밖에 없었다.

"정확히는 삼 일째지요. 여러분의 소식을 듣고 움직였지만 따라잡기가 쉽지 않았습니다. 이 몸이 이래 놔서……."

슬쩍 웃으며 이야기하지만 왠지 처연한 느낌이 들고 있었다. 사람들은 이 몸을 해가면서도 치료보다 왜 자신들을 찾아온 것인지 궁금해지고 있었다.

"제가 여기 온 것은 당신 때문이오, 창룡. 꼭 묻고 싶은 것이 있었소이다."

"……"

창룡의 눈썹이 꿈틀거렸다. 그는 지금 이 자리에서 이 사람을 만난 것도 의아한 상황이었다. 한데 거기에 자신을 보러 왔다니…….

"무엇을 묻고자 함이오?"

주비는 앞으로 한 걸음 나서며 입을 열었다. 제룡은 누워서 고개만 돌린 채 창룡을 보고 있었는데 참으로 그 눈동자가 복잡했다. 한마디로 이야기하기 힘든 감정들이 배어 나오고 있었던 것이다.

원망도 있었고 아쉬움도 있었다. 게다가 어울리지 않는 연민의 감정까지 보이자 창룡으로선 조금 난감한 느낌이었다. 도무지 제룡의 생각을 알 수가 없었던 것이다.

"누가 당신을 이렇게 만들었지?"

화제를 돌리려는 듯 창룡은 다시금 입을 열었다. 제룡의 왼쪽 가슴엔 상당한 상처가 있었고 그건 검으로 깊게 찔린 상처였다. 보통 사람이면 이미 죽었어야 할 상처인데 어떻게 살아남았는지 의문스러울 정도였던 것이다.

"당신도 잘 아는 사람이오, 창룡. 바로 우리를 중원에 내보낸… 초호란 사람이지요."

"……!"

창룡의 눈이 살짝 커졌다. 어쩐지 그는 심상치 않은 생각이 들고 있었는데 이어 제룡의 목소리가 계속 들려왔다.

"당신의 짐작대로요, 창룡… 소룡은 죽었소. 나와 함께 이젠 쓸모없다는 판정을 받고 말이오. 난 천운으로 살아났지만……."

"예?"

이도는 이해가 가지 않는다는 듯 두 눈을 껌뻑이며 입을 열었다. 쓸모없어 죽었다는 그 말이 이해가 가질 않았고 죽인 자가 초호란 사람이라는 것도 이해가 가질 않았다.

"무슨 말을 하는 거야? 지금 여기서 초호라는 사람이 왜 튀어나와? 그 사람은 낭인왕 옥화진하고 같이 있던 사람 아니야?"

이도는 이해가 가지 않는다는 듯 입을 열었는데 사실 그건 다른 사람들 모두 마찬가지였다. 분명 초호는 이들과 직접적인 연관이 없는 사람이었던 것이다.

"훗… 그래, 나도 그렇게 생각했었소. 그저 강호에 사는 사람들 중 하나일 것이라고 말이야. 한데……."

제룡은 살짝 웃었다. 모든 것을 다 초월한 자의 웃음. 죽음마저도 담담히 받아들일 수 있는 그런 웃음이 보여지고 있었다.

"우리 오룡을 세상에 보낸 사람이 바로 그였소이다. 세상의 바람을 대신 맞아 자신을 가려주는 것, 그것을 우리에게 원한 사람이 바로 그였소이다."

"뭐, 뭐라구요!"

이도는 놀라 소리쳤다. 모두의 마음속에 초호라는 인물이 각인되는 순간이었는데 그럴 수밖에 없었다. 전혀 의외의 상황이 전개되려 하고 있으니 말이다.

이도가 보기에 초호라는 자는 그리 중요한 인물이 아니었다. 그저 하수인으로만 생각했던 것이 그가 생각하는 초호라는 인물의 평가였다. 그런데 지금 들어보면 그게 아닌 것이다.

그저 하수인이라 생각할 사람이 아니었다. 어쩌면 그가 우두머리 급일 수도 있었다. 그럼 지금까지 생각해 왔던 것을 수정해야만 했다.

지금까지 그의 머릿속에선 두 가지만 생각하고 있었다. 흑월의 우두머리와 솔사림의 우두머리. 이 두 사람을 본다면 무슨 방법이 나올 것이라 생각했었다. 그리고 실제로 이 두 사람을 보기 위해 그들은 움직이고 있었다. 현백이 확실히 말을 하지 않아도 언뜻언뜻 그런 의도를 내비쳤으니 말이다.

그런데 여기에 지금 초호라는 인물이 새로 추가되었다. 그럼 이 사람을 어디다 둬야 할지 도무지 감이 잡히지 않고 있었다. 솔사림으로 봐야 할지, 아니면 흑월로 봐야 할지… 그것도 아니라면 새로운 독자 세력으로 봐야 할지를 말이다.

"그리고 내가 묻고 싶은 것은 이것이오, 창룡."

문득 그의 귓가에 제룡의 목소리가 다시금 들려왔다. 제룡은 창룡을 향해 시선을 고정시키고 있었다. 마지막 힘을 다해서 이야기하듯 그는 그 어느 때보다도 맑은 눈을 하고 있었다.

"창룡 당신은… 우리 오룡이 결성될 때부터 알고 있었소? 우리를 만들어낸 사람이 초호란 것을?"

"……!"

사람들의 눈이 커지고 있었다. 제룡의 질문에 그들은 아무런 말도 하지 않은 채 창룡을 바라보고 있었다. 창룡은 표정 변화 한 번 없이 제룡을 바라보고만 있을 뿐이었다.

"그것을 묻기 위해 여기까지 온 것이오?"

이윽고 창룡의 입이 열렸다. 이 질문에 제룡은 굳이 대답할 필요도 없었는데 누가 봐도 질문의 의도는 명백했다. 그저 확인하는 것 외에 별다른 의도는 없는 것이다.

"맞소이다, 제룡. 난 알고 있었소, 처음부터……."

"뭐, 뭐라구요!"

이도는 멍한 기분이 들었다. 그와 함께 그에 관한 생각들이 하나둘씩 떠오르고 있었다. 창룡 주비라는 사람에 대한 것들이 말이다.

그리고 그 생각들 속에 떠오르는 것이 하나 있었다. 아니, 깨달았다고 해야 하나? 창룡 주비에 관해 이도가 알고 있는 것은 단 두 가지뿐이었다. 그의 이름과 삼황자라는 신분뿐이라는 것을 말이다.

*　　　*　　　*

"이사자님, 정말 실행하실 건가요?"

"큭. 이봐, 삼사자. 내가 지금 여기 놀러 온 줄 아나?"

몽오린은 귀찮다는 듯 심드렁한 표정으로 말을 이었다. 그러자 삼사자는 의미심장한 웃음을 흘리고 있었는데 그녀는 몽오린의 옆에 착 달라붙으며 입을 열었다.

"설마 이사자께서 그럴 리가 있겠습니까? 한데 이곳으로 오신 건 조금 의외라서 그렇지요."

"의외라… 큭. 나도 의외긴 하지. 푸하하하!"

몽오린은 웃었다. 오랜만에 정말 원없이 웃고 있는 그였다. 이제 조금 후부터 시작될 이 즐거운 유희에 기분 좋아진 것이다.

"한데 이곳은 어찌 아셨습니까? 전 이곳 솔사림에 이런 곳이 있는지 몰랐습니다."

삼사자는 주위를 둘러보며 몽오린에게 입을 열었다. 몽오린은 아무런 말도 없이 그저 웃기만 하고 있었는데 확실히 이 장소는 의외였다.

이곳은 숙소 아래였다. 강호의 여러 문파들이 묵고 있는 장소였는데 이곳 아래에 이렇게 통로가 있다는 것은 놀라운 일이었다.

"모르는 것이 당연하겠지. 우린 이곳에 사는 사람들이 아니지 않나?"

"에?"

몽오린의 말에 삼사자는 눈을 동그랗게 떴다. 확실히 그 말은 맞는 말이었다. 그들은 이곳에 거의 처음 오는 사람들, 이런 길이 있음을 알 리가 없었다.

그렇다면 방법은 한 가지, 이들을 도와주는 사람이 있다는 뜻이었다. 그리고 그 사람이 누군지 모르지만 분명 솔사림의 사람이고 말이다.

"호호호, 관립 그 사람이 이 정도로 우리를 친밀하게 생각하는지는 몰랐습니다. 이런 길까지 가르쳐 주다니……."

"큭, 그 콩알만 한 담으로 이런 길을 가르쳐 줄 것 같으냐? 그놈은 절대 그렇게 못할걸?"

"……."

몽오린의 목소리에 삼사자는 살짝 눈을 빛내었다. 여태껏 몽오린이 관립과 좋은 관계를 유지하고 있다는 것을 잘 알고 있었다. 그런데 지금 그 사람이 아니라 이야기하고 있었다.

다른 사람이라……. 뭔가 짙은 음모의 내음이 스멀스멀 올라오는 것을 느끼며 삼사자는 입을 닫았다. 이 이상 입을 열면 몽오린은 그걸 대답할 사내가 아니었으니 말이다.

"한데, 여기서 대체 뭘 하겠다는 것입니까? 도움을 달라 하셔서 오긴 했지만 어떤 도움을 드려야 할지……."

"간단하다, 삼사자. 내 수하들과 함께 이 위를 좀 쓸어줘야겠어. 진정한 네 실력을 한번 보자는 것이지."

"예……?"

삼사자의 얼굴이 확 굳었다. 이 위를 쓸어버린다는 것은 강호의 무인들을 죽인다는 뜻이었다. 그리고 그건 강호의 무인들과 전면전을 하겠다는 뜻이고 말이다.

"하나, 이사자님… 월성님과 일사자님께선 함부로 나서지 말라 하셨습니다. 그러한데 저희가 움직인다면……."

"이봐, 삼사자."

삼사자의 말을 자르며 몽오린은 눈을 흘겼다. 그의 눈엔 왠지 모를 기운이 담겨 있었다. 흡사 자신의 말을 듣지 않으면 그냥 두지 않겠다는 듯이 말이다.

"언제까지나 삼사자로 남아 있을 건가?"

"예?"

몽오린의 말에 삼사자는 눈을 동그랗게 떴다. 지금 이 사람이 말한 뜻을 모른다면 그게 바보였다. 지금 몽오린은 윗선을 쳐버리겠다는 뜻이었다.

"분명히 이야기하마, 삼사자. 난 이번 기회에 흑월을 접수할 것이다. 내 실력으로 말이다."

"……."

"내가 가진 수하들과 네가 가진 능력이면 충분하다. 그것이 내가 널 이리 데려온 이유야."

몽오린의 얼굴엔 진심이 흐르고 있었다. 삼사자는 그의 얼굴을 보며 거절해신 안 된다는 생각을 하고 있었다. 지금 그녀가 거절을 하게 되면 저 몽오린은 어떻게 변할지 너무나 뻔한 상황이었다.

"좋습니다. 내가 도와드리지요. 이사자님께서 이토록 이야기하시는데 당연히 나서야지요."

 삼사자의 말에 몽오린의 얼굴에선 미소가 피어오르고 있었다. 이제 모든 준비는 다 된 것이나 다름없었다. 사실 가장 쉽지 않은 것이 여기 있는 삼사자를 같은 편으로 만드는 것이었다.

 삼사자에겐 능력이 있었다. 자신의 수하들로 하여금 더욱더 큰 힘을 내게 하는 힘이 그녀에겐 있었다. 그것이야말로 자신이나 일사자 마송 모두 탐내는 능력이었다.

 삼사자의 무공은 기본적으로 미혼공이었다. 모두들 알다시피 미혼공이란 사람의 눈을 현혹시키는 무공이었다. 그래서 무공 자체의 힘은 별로 없었다. 기껏 해봤자 엉뚱한 곳을 공격하거나 혹은 공격을 못하게 만드는 것이 전부였다.

 즉 싸움을 할 때 그 주체적 역할보다는 보조의 역할을 하는 것이 미혼공인 것이다. 그러한 관계로 미혼공은 많은 사람들이 하고 있지 않지만 반드시 필요한 것이긴 했다.

 특히나 삼사자는 음정이라는 기물도 가지고 있었다. 그 음정으로 인해 더욱더 전투에서 쓸모있는 인물이었다. 그러니 당연하게 자신의 편으로 만들어야 하는 사람이었던 것이다.

 "하나 한 가지만 약조해 주시지요. 그럼 이 삼사자… 목숨을 바쳐 이사자님께 충성을 하겠습니다."

 "음? 무엇이지?"

 조금은 거만한 표정을 지으며 그는 입을 열었다. 그러자 삼사자는 노골적인 웃음을 흘리며 입을 열었다.

"모든 것이 다 완성되었을 때 이 사람의 위치는 어떻게 됩니까? 목숨을 걸고자 하면 그 정도는 약조해 주서야 하는 것 아닙니까?"

"훗, 일리가 있군."

몽오린은 웃었다. 고개를 끄덕이면서 아주 만족한 웃음을 짓고 있었는데 확실히 일리가 있는 소리였다. 물론 그녀를 위한 것도 준비를 해왔고 말이다.

"내가 월성이 될 것이다. 그 외에는 관심이 없지. 나머지 어떤 것을 취하든지 그건 네 마음이다. 무슨 말인지 알겠지?"

"잘 알겠습니다. 그럼 계약은 성립된 것으로 알고 있겠습니다."

몽오린의 확답에 그녀는 웃었다. 그 정도면 충분한 것이라는 듯 만족한 미소를 보며 몽오린은 신형을 돌렸다. 이제 준비는 끝났으니 말이다.

"자, 두 시진 후면 지옥이 시작될 것이야. 그리고 그 지옥에 바로 네가 서 있겠구나. 부탁한다, 삼사자……."

"걱정 마세요, 차기 월성님."

"크하하하하! 역시 너는 세상을 볼 줄 아는구나. 아하하하!"

커다란 웃음을 지으며 몽오린은 신형을 돌렸다. 그리곤 주위에 펼쳐져 있는 어둠 속으로 사라지러 했는데 그때였다. 무언가 생각이 난 듯 그는 고개를 돌려 입을 열었다.

"한데 삼사자, 이제 본명 정도는 알려주어도 되지 않을까? 큭. 일사자도 마송이라는 이름을 가지고 있는데 말이야."

확인된 진실 227

"아……."

몽오린의 목소리에 삼사자는 짧은 감탄사를 내었다. 하긴 자신은 언제나 삼사자였다. 그 누구도 자신의 이름을 불러준 적이 없었으니…….

아니, 사실을 말하자면 그녀는 이름이 없었다. 그녀뿐만이 아니라 일사자 마송, 이사자 몽오린 모두 다 이름이 없었던 것이다.

마송이나 몽오린이란 이름은 모두 자신들이 갖다 붙인 것이었다. 애당초 이들은 강한 자가 일사자가 되고 더 강한 자가 월성이 되는 사람들. 이름 따윈 무의미했던 것이다.

"어차피 없는 이름. 추월(秋月)… 추월이라 불러주시길……."

"오, 추월! 좋은 이름이구나. 핫핫."

추월이란 이름을 들으며 몽오린은 신형을 돌렸다. 그의 신형은 이제 사라졌고 남은 것은 스스로를 추월이라 부른 삼사자뿐이었다.

"후… 몽오린."

문득 그녀의 입술이 열렸다. 더 이상 주위에 사람의 기척이 느껴지지 않자 입을 연 것인데 그녀는 살풋한 미소를 지으며 말을 이었다.

"네놈이 미쳤구나, 드디어. 월성을 죽이겠다고?"

추월은 코웃음을 쳤다. 더 신경 쓸 것도 없다는 듯 그녀는 바로 빙글 신형을 돌려 발걸음을 옮겼다.

"그래, 네 말대로 해주긴 하겠다마는… 성공할 것이라곤 생각지 마라. 넌 일사자도 못 이겨."

 차가운 그녀의 음성이 두 사람이 있던 자리에 휘돌 뿐이었다.

*   *   *

 어떻게 받아들여야 할지 도무지 이해가 안 되는 상황이었다. 생각하면 할수록 이 창룡이란 사람이 무슨 생각을 가진 것인지 추측조차 되고 있지 않았던 것이다.
 어쩐지 지금 움직이는 일행의 행사엔 이 창룡이란 사람이 깊숙하게 관여되어 있는 것 같았다. 하긴 처음 만날 때부터 지금 같이 다니게 될 때까지 사연이 많은 사람이었다.
 그런데 이젠 그 사연을 좀 들어봐야 할 것 같았다. 그간 현백은 그리 신경 쓰지 않은 듯하여 굳이 듣고자 하지 않았지만 상황이 이렇게 된 이상 어쩔 수 없었던 것이다.
 "분명 주 형님이 이전에 그 초호라는 사람에 대해 이야기한 적이 있는 것 같군요. 제 기억이 맞다면 그 초호라는 사람, 적도 아군도 아니라고 이야기한 것 같군요."
 "……."
 조금은 추궁 같은 느낌이 드는 이야기였다. 이도의 목소리는 약간 높아져 있었는데 그것이야 충분히 이해할 수 있는 감정이었다. 어쨌든 여태껏 입을 꽉 닫고 있었으니 말이다.
 지금 상황은 주비가 뭔가 해명을 해야 할 필요가 있는 듯했으나 주비는 아직 입을 열지 않고 있었다. 그 대신 들린 것은 제룡의 목소리였다.

"다른 것은 그렇다 치고 이것 하나만 이야기해 주시오, 창룡."

"……."

창룡의 눈이 움직였다. 제룡은 입술을 떨고 있었는데 이제 생이 얼마 남지 않은 것처럼 보이고 있었다.

"당신은 우리를… 초호라는 자와 같이 생각하고… 있었… 소……?"

원망이나 아쉬움 따위가 아니었다. 일의 흑막 따윈 그의 생각에서 멀어진 지 오래였다. 오직 그가 살아왔던 길을 이야기해 달라는 것이었다.

초호와 같이 생각한다는 것은 소모품이란 이야기였다. 창룡에게도 자신들이 그렇게 느껴졌는지 그것을 알고 싶어하는 것이다.

함부로 이야기할 수는 없었다. 그렇다고 거짓을 이야기할 수도 없었기에 창룡은 조금 주저했다. 그러나 이런 사내의 앞에서 결국 그가 할 수 있는 것이라곤 본심을 이야기하는 것뿐이었다.

"절대로… 현백을 만나지 못했다면 난 아직도 그대들과 같이 있었을 것이오. 그것이 내 이상을 실현하는 가장 빠른 길이었으니……."

"훗."

제룡은 웃었다. 그렇다면 그의 인생, 그리 헛산 것은 아니었다. 최소한 이들과 함께 있을 때 이들은 서로에게 진심이었다는 뜻이니…….

"초호 그자……. 쿨럭!"

제룡은 피를 토했다. 더 이상 그의 몸은 버틸 수 없을 것처럼 보였다. 창룡은 반사적으로 현백에게 고개를 돌렸다.

현백이 고개를 좌우로 젓고 있었다. 지금 현백은 이곳에서 가장 고수, 제룡의 몸 상태가 어떨지는 가장 잘 알 수 있었다. 그런 현백이 고개를 좌우로 젓고 있었던 것이다.

불쌍한 사람이었다. 일생을 다른 사람의 손에 의해 인형처럼 산 사람. 그러면서도 자신을 위해서는 아무것도 하지 못했던 사람이 바로 그였다. 한데 그런 그가 마지막을 맞고 있었다. 그러나 그 마지막 가는 길에 한 말은 여기 있는 사람들의 귀를 의심하게 할 정도로 충격적인 것이었다.

"그자… 솔… 사림… 소속… 이다."

"뭐, 뭐라구요!"

이도는 소리 질렀고 오유는 눈을 동그랗게 떴다. 지충표는 도저히 믿지 못한다는 표정을 지은 채 입만 뻐끔거릴 뿐이었다. 너무나 의외의 상황이었던 것이다.

솔사림이 어떤 연관이 있다는 것은 어느 정도 예상했던 일이었다. 강호에 흑월이라는 단체가 나타나고 그 단체를 도와준 것이 초호라는 사람이라고 알고만 있었다. 그런데 그것이 아니었다.

"솔… 사… 림… 이 우리… 를 만들었……."

턱이 떨리고 있었다. 순식간에 그의 눈에서 생기가 빠져나가고 있었다. 이제 생의 마지막 순간이 다가온 듯했던 것이다.

"한 번… 만…… 오룡… 보고… 시… 싶……."

"…제룡!"

창룡의 입에서 다급한 외침이 흘러나왔지만 이미 제룡의 눈은 꽉 감겨 있었다. 그는 더 이상 살아 있는 사람이 아니었다. 창룡은 아랫입술을 꽉 깨물며 제룡의 머리 위에 손을 올렸다.

"……."

무슨 말을 할 수 있을까. 창룡은 그저 가슴이 답답할 뿐이었다. 사실 이들의 운명을 창룡은 바꿀 수 있었다.

제룡이 죽음과 바꾸어 알아낸 사실들, 그건 창룡이 진작부터 아는 일이었다. 오룡이란 명호 속에 자신이 들어갈 때부터 말이다.

그러나 창룡은 그렇게 하지 않았다. 그저 아무런 이야기도 하지 않은 채 모른 척했을 뿐이었다. 그리고 그 결과가 이렇게 되어버렸다. 창룡 자신은 이들에게 너무나도 잔인한 존재가 되어버린 것이다.

"누가 지금 이 일을 좀 정리해 줄 수 있을까? 뭐가 뭔지 정말 정신이 없어."

문득 들려오는 지충표의 목소리에 창룡은 정신을 차렸다. 이제 모든 것을 다 들려주어야 할 상황이었다. 이들에게 숨기는 것 없이 모두 말이다.

그것이 최소한 여기 누워 있는 제룡을 위하는 길이 될 터였다. 어쩌면 오룡처럼 또다시 이들을 잃을 수도 있었다. 똑같은 실수를 저지를 수도 있었던 것이다.

두 번 다시 그런 일은 있어선 안 될 것이었다. 두 번 다시는 그렇게 만들기 위해선 우선 모든 것을 알려야 한다. 우선 초호가 누군지부터 말이다.

"초호는……."

"달라진 것은 없다. 이제야 모든 것이 확연해졌을 뿐이다, 충표."

작심하고 입을 열려던 창룡은 다시금 입을 닫았다. 자신의 말을 자르며 이야기하는 현백 때문이었다.

"강호의 암운에 솔사림이 연관된 것이 아니라 솔사림 그 자체가 암운이다. 이것으로 오히려 우리가 해야 할 일은 확실해진 것이지."

현백의 목소리에는 신념이 깃들어 있었다. 이도와 오유, 지충표는 현백을 향해 시선을 돌렸다. 현백은 잠시 제룡을 바라보다 이내 시선을 돌려 창룡을 바라보았다. 그리곤 그의 어깨에 손을 올려놓았다.

턱.

아무런 말도 없이 그냥 손만 올려놓는 동작이지만 그것이 무엇을 의미하는지 모를 수는 없었다. 언젠가 현백이 말했듯 말할 필요가 없다는 것이었다.

누구나 비밀은 있다. 그리고 그 비밀을 굳이 알 필요는 없다. 그것이 일행의 앞날에 해가 되지 않는다면 말이다. 분명 현백은 그렇게 이야기했었다.

그리고 그 결정은 지금도 유효한 듯 보였다. 현백은 시선을 돌리며 다시금 입을 열었다.

"솔사림을 친다. 그뿐이야."

"……!"

현백의 결정에 모두의 눈이 커졌다. 설마하니 현백의 입에서 그러한 결정이 나올지 몰랐는데 현백은 너무도 당연하다는 듯 태연하게 움직이고 있었다. 그는 도를 꺼내 들어 땅을 파고 있었다.

"그래… 그렇군. 이미 예정되어 있었던 것이었군. 내가 왜 이리 둔해졌는지……."

창룡은 고개를 흔들며 현백에게 다가갔다. 잊고 있었다. 현백이 솔사림을 어찌 생각하는지, 무당의 장연호에게 솔사림의 정체를 밝혀달라고 이야기할 만큼 이미 불신하고 있는 상황이었다.

스릉… 콱…….

현백의 옆에서 창대를 땅에 박아 넣으며 창룡은 다시 한 번 생각을 고쳐먹었다. 어쩌면 이번 일행의 운명은 그의 생각과는 완전히 다르게 변할 것 같은 예감이 들고 있었다.

이유은 굳이 말하지 않아도 알 수 있으리라. 눈앞에 서 있는 사내, 현백이란 이름을 가진 사내 때문이라는 것을…….

第七章

애단곡

1

"……."

투명한 하늘이었다. 구름 한 점 없다는 말이 이토록 실감되는 날은 정말 오랜만이었다. 아니, 그것보다는 그동안 하늘을 제대로 본 적이 없다는 말이 옳으리라.

그간 참 머리가 아픈 하루하루의 연속이었다. 문파의 문제도 문제이지만 현백과의 약속을 생각하면 더욱더 머리가 아파왔다. 어서 빨리 여기 솔사림의 검은 모습을 드러내야 하는데 그러지 못하고 있으니 말이다.

탈명천검사 장연호. 이름만 그럴듯할 뿐 그 이름에 걸맞는 활약은 아직도 요원했다. 그것이 그로 하여금 하늘 한 번 제대로 보지 못하게 하는 요인인 것이다.

마음이 급해지고 있었다. 조급함이야말로 가장 조심해야 할 덕목임에도 불구하고 그는 조급해지는 마음을 어찌할 도리가 없었다.
"마음이 어지러우신가요?"
"……."
문득 들려오는 소리에 그는 신형을 돌렸다. 항상 들어왔던 소리지만 오늘따라 더욱더 조심스럽게 느껴지는 그 목소리는 바로 예소수였다.
"진정이 되질 않는구려. 아직까지 마음 하나 잡지 못하다니… 부끄럽소이다."
담담한 신색으로 그는 입을 열었고 예소수는 빙긋 웃었다. 스스로 그러한 마음을 지니게 된 것만으로도 최악의 상황은 아니었다. 아직은 스스로를 돌아볼 여유가 있다는 것이니 말이다.
"그냥 모든 것을 다 버리고 홀로 싸우고 싶소이다. 규앙 도장님을 죽인 놈들을 처단하고 싶기도 하고. 하지만 그럴 수가 없으니……."
"아직 모든 것이 백일하에 드러난 것이 아니니까요. 일단은 두고 보심이 옳을 것입니다."
차분한 목소리로 그녀는 입을 열었고 장연호는 고개를 끄덕였다. 그녀의 말이 틀림없었다. 지금은 그 수밖에 없었던 것이다.
슷…….

"……."

갑자기 그의 손에 따스한 느낌이 느껴지자 그는 살풋이 미소를 지었다. 이 따스한 온기는 그녀의 손이었다. 왠지 조급한 마음속에서 한줄기 조용한 미소가 머물기 시작하는 것을 느끼며 장연호는 시선을 돌렸다.

그녀가 있었다. 그리고 보니 언제나 예소수는 자신의 곁에 있었다. 무슨 일이 있든지 항상 자신의 곁에 있었던 것이다.

"……."

한데 오늘따라 그녀의 얼굴이 조금 이상해 보였다. 아니, 이상한 것이 아니라 분위기가 조금 달라진 것인데 한참을 살펴보던 장연호는 그 이유를 알 수 있었다.

화장. 그녀의 얼굴에 바른 화장이 상당히 진해져 있었다. 그러고 보니 예소수의 맨얼굴을 본 적이 상당히 오래되었다는 생각이 들고 있었는데 그 이유는 바로 알 수 있었다.

병이 점점 깊어져 가고 있었던 것이다. 그간 그녀의 병세를 애써 모른 척하던 그는 갑자기 가슴이 아려오는 것을 느꼈다.

"당신… 그리고 보니 많이 야위었구려."

"훗……."

예소수는 웃었다. 어차피 고칠 수 없는 병이라면 신경 쓰지 않는 것이 좋았다. 그리고 실제로도 그렇게 살아왔었고 말이다.

그렇지만 그건 자신에 대한 문제일 뿐이었다. 문제는 자신을 보는 사람들이었다. 하루하루 병색이 완연해져 가는 그녀의 얼굴을 감추기 위해 무던히 애를 써왔던 것이다.

"이 일이 끝나면 정말 떠납시다. 진작에 떠났어야 할 것을 아직도 이렇게 미루다니······."

"상공, 상공답지 않은 말씀입니다. 이 사람 상공의 발목을 붙잡고 싶지는 않습니다. 절대 그런 생각 하지 마시길······."

장연호의 목소리에 예소수는 정색을 하고 말했다. 그녀가 가장 두려워하는 것이 바로 이러한 점이었다. 행여나 그녀가 그의 짐이 되는 것 같은 상황을 맞이하기 싫었던 것이다.

그런데 점점 그러한 상황이 연출되어 가고 있었다. 예소수는 갑자기 자신의 앞날이 두려워지고 있었다. 이대로 간다면 자신은 어찌 될지 그 끝이 두려워졌던 것이다.

물론 그 끝은 죽음이다. 하지만 아직 그녀는 죽음에 의연하지 않았다. 그리고 그 의연함을 잃게 만드는 가장 큰 이유가 바로 그녀의 앞에 있었다. 장연호였던 것이다.

"미안하오, 소수. 내 당신의 마음을 헤아리지 못했구려. 언젠가······ 누구냐?"

장연호는 그녀의 손을 잡은 채 뭔가 이야기하려다 이내 입을 닫았다. 갑자기 느껴지는 다른 기운 때문인데 적의가 있는 기운은 아니었다.

오히려 조금은 친숙한 기운이기에 그런 것인데 고개를 돌린 그의 눈에 한 사람의 모습이 보였다. 그건 바로 경호였다.

"경호로구나. 어인 일이더냐?"

"경 공자··· 어서 오세요."

장연호와 예소수 모두 밝은 얼굴로 그를 맞이했다. 경호는 고개를 푹 숙이며 조금은 죄스러운 얼굴을 하며 입을 열었다.

"죄송합니다, 사숙님… 전 상황이 이렇게 될 줄은……."

경호의 입에선 기어들어 가는 목소리가 흘러나오고 있었다. 장연호는 그런 경호를 보며 씨익 웃었는데 이어 그의 입이 열렸다.

"…뭐가 죄송하다는 것이지?"

"예?"

경호는 놀라 되물었다. 그는 지금쯤 장연호가 엄청 화가 나 있을 줄 알고 있었던 듯했다. 입장을 바꾸어놔도 충분히 그렇게 생각할 만했던 것이다.

"오히려 내가 미안하구나. 너무나 큰 그림을 그리기 위해 작은 것을 소홀히 했다. 네 생각을 조금이라도 했다면 내가 그래선 안 되었어. 최소한 널 불러서 그런 일이 생기지 않도록 막았어야 했어."

"사… 사숙님… 전……."

장연호의 목소리에 경호는 어깨를 살짝 떨었다. 모든 것은 장연호가 예측한 대로였다. 이들 무당의 수뇌부는 지금 다른 생각을 하고 있었다. 이미 벌어진 일은 다시 돌이킬 수 없다는 생각을 가지고 여기 솔사림에 무슨 조건을 제시하느냐로 분주한 입씨름을 하고 있었던 것이다.

이것이야말로 경호가 가장 싫어하는 것이었다. 장문인의 귀에 들어가면 무엇이든 다 해결될 줄 알았건만 상황은 그렇지가 않았다.

 오히려 문파의 추악한 일면만 보게 된 것이다. 그 점이 화가 나 견딜 수가 없었다. 그리고 이제 얽힌 실타래를 스스로 풀려 나타난 것이었다. 그 최초의 과정이 여기 장연호에게 사과를 하는 것이고 말이다.

 "널 이해한다, 경호야. 그러니 그리 기죽을 것 없다. 위쪽에서 무슨 생각을 하고 있든 간에 난 나대로 움직일 것이다. 솔사림이 규앙 도장님의 목숨을 해하는 데 일조를 했다면 그 사실 하나만으로 난 솔사림과 일전을 겨룰 것이다."

 "감사… 합니다, 사… 숙님… 큽……!"

 울 수밖에 없었다. 장연호는 고개를 떨군 채 양 주먹만 불끈 쥐었다. 싸우고 싶어도 걸리는 것이 너무나 많으니…….

 "조금만 기다리거라. 내 보기엔 그 시간이 오래 남지 않았다. 곧 너의 원한……!"

 장연호의 얼굴이 확 굳어졌다. 그는 신형을 뒤로 돌리며 오른손을 자신의 검파 위에 올려놓았다. 주위를 노려보며 뭔가를 찾는 듯한 그의 표정에서 예소수는 불안한 감정을 느끼고 있었다.

 "상공, 무슨 일이 있나요?"

 "……."

 예소수가 물어오지만 장연호는 아무런 말을 할 수가 없었다. 조심하라고 이야기하고 싶어도 그 이야기를 한 순간 당할 것만 같은 그런 느낌이 들고 있었던 것이다.

누군가 있었다. 어두운 밤하늘도 아니고 훤한 대낮에 보이지 않는다는 것이 이상할 정도로 강대한 상대들이 숨어 있다는 것이 믿기지 않을 정도였지만 이건 엄연한 현실이었다.

"사숙님!"

"조용히… 내 뒤로 오거라."

뭔가 심상치 않다는 것을 경호도 느낀 듯 수중의 장검 손잡이에 손을 올리고 있었다. 장연호는 왼손을 뻗어 가까이 오려는 그를 자제시킨 후 다시 입을 열었다.

"경호야, 부탁 하나만 하자."

"예, 사숙님. 말씀만 하십시오."

긴장의 끈을 늦추지 않은 채 경호는 입을 열었다. 그러자 장연호는 다시금 입을 열었다.

"소수를… 부탁한다."

"……!"

경호의 눈이 부릅떠졌다. 전에도 이렇게 예소수를 부탁한다고 이야기한 적이 있었지만 경우가 달랐다. 그땐 예소수가 의식을 잃었을 때 업으란 이야기였다.

한데 이렇게 예소수가 멀쩡한데도 부탁한다는 것은 상황이 그만큼 좋지 않다는 뜻이었다. 경호는 두 눈을 부라리며 한껏 소리쳤다.

"물론입니다, 사숙님! 제 목숨을 걸겠습니다!"

"고맙구나……."

경호의 목소리에 장연호는 조용히 입을 열며 고개를 끄덕였다. 그리곤 허리춤에서 검을 빼내어 들었다.

스르르릉…….

너무나도 부드러운 동작. 만일 적이 있다면 멀거니 보고 말 정도로 부드러운 동작이었다. 그러나 이어 그의 몸에서 일어나는 기운은 그 부드러운 동작과는 너무도 달랐다.

고오오오오…….

한순간에 온몸의 기운을 끌어올리자 바람도 잔잔한데 그의 머리칼이 미친 듯이 허공에 휘날리고 있었다. 일순 그는 휘도는 내력을 모아 오른손의 검에 집중하기 시작했다.

지이이이…….

"……!"

바라보던 경호는 두 눈을 의심했다. 검날에 푸르스름한 기가 확연하게 맺히고 있었는데 그건 바로 검기였다.

이 정도로 선명한 검기는 정말 그도 태어나 처음 보는 것이었다. 장문인도 이 정도의 검기를 보여주지는 못한 것으로 기억하는데 마냥 좋아할 만한 일은 아니었다. 그만큼 주위에 있는 위험이 대단하다는 뜻이었다.

그리고 경호가 검기를 보며 감탄하고 있을 때 한순간 살기가 허공 가득 퍼지는 것을 느낄 수 있었다. 그 살기 속에 장연호의 신형이 움직였다.

쩌저저정!

"크윽!"

장연호의 비명이 아니었다. 그렇다고 장연호를 공격한 자들의 비명은 더더욱 아니었다. 그건 바로 경호 자신의 비명이었다. 근 이 장여를 떨어져 있건만 부서진 내력의 편린들이 자신에게 바로 전해져 왔던 것이다. 뒤쪽에 있는 예소수를 몸으로 밀며 경호는 더더욱 뒤로 떨어졌다.

삼 장여를 물러났을 때 비로소 적들의 정체를 알 수가 있었다. 흑의를 입은 사내 셋이 장연호를 둘러싸고 있었다. 모두 손에 박도 하나씩을 든 채 말이다.

"경호야!"

"…예, 사숙님!"

잠시 적을 둘러보던 경호의 입에서 커다란 소리가 흘러나왔다. 장연호의 목소리에 그리된 것인데 장연호는 장검을 머리 위로 치켜들고 있었다.

"떠나라! 이곳이 아니라 솔사림 자체를 떠나! 어서!"

"……!"

경호의 두 눈이 부릅떠졌다. 솔사림 자체를 떠나라는 그 말이 무슨 의미인지 아직 잘 모르지만 한 가지는 확실했다. 자리를 뜨라고 이야기할 정도로 상황은 심각하다는 것이었다.

경호는 장연호에게 다시금 물어보려 했다. 대관절 그것이 무슨 뜻이냐고 말이다. 그러나 그는 질문 대신 입술을 꽉 깨물며 신형을 돌렸다.

"사… 상공!"

"사숙모님! 어서 떠나야 합니다. 어서요!"

하얗게 질린 얼굴로 입을 여는 예소수를 안아 올리며 경호는 바로 발걸음을 옮겼다. 더 이상 장연호에게 상황을 물어볼 것도 없었다.

경호가 마지막에 본 광경… 그건 흑의인들의 모습이었다. 장연호와 대치하고 있는 세 명 외에 새로이 나타난 사람들, 물경 십여 명이 넘는 사람들이 장연호의 머리 위로 날아오르고 있었던 것이다.

*   *   *

"음……."

강상서는 작은 신음성을 흘렸다. 아무리 생각해도 그는 알 수가 없었다. 어째서 오위경이 그리 침착한지 말이다.

그가 아는 오위경은 그리 강대한 이상을 가진 자가 아니었다. 오히려 편협한 쪽에 가까운 인성을 가진 그였다. 그런 그가 앞으로 어찌 될지 뻔히 알면서 이렇듯 정인군자처럼 굴고 있을 수는 없었던 것이다.

"그만 생각하시지요, 둘째 형님. 그냥 대사형이 미친것이라 생각하면 그뿐입니다."

"이봐, 관립. 그 인간이 미쳤다고? 미친 자가 또 미칠 수가 있다고 생각하나?"

"하하하핫. 재미있는 말씀이십니다. 하긴 대사형은 평상시에도 미친 사람 같기는 했지요."

강상서의 목소리에 관립은 낭랑한 웃음을 지으며 입을 열었다. 두 사람은 지금 관립의 방에서 이야기를 나누는 중이었다.

"넷째와 다섯째는 다른 곳에 있나?"

"왠지 모르게 그 녀석들 불안한 눈치입니다. 뭐, 대사형이란 작자가 한 짓이 워낙 유별나니… 사실 저도 불안하긴 한데요 뭐."

씨익 웃으며 관립은 말을 이었고 강상서는 그 말에 손을 올렸다. 그리곤 좌우로 휘휘 저으며 소리쳤다.

"불안하긴 무슨! 괜찮을 거야. 암, 그렇고말고. 제아무리 날뛴들 부처님 손바닥 안의 손오공이야. 뭐가 그리 대단하겠어?"

"큭… 어째 형님하고 저하고 생각이 반대로 된 것 같습니다."

"그런가? 푸하하하하."

아무것도 아닐 것이라는 생각을 한 채 강상서는 웃었다. 뭔가 가슴속에 불안한 것이 남아 있기는 하지만 그저 기분 탓이라고 생각했다. 그저 기분 탓이라고 말이다.

그런데 그게 영 개운치가 않는다. 가슴 한구석에서 뭔가 불안한 감정이 스멀거리며 피어올라 오는 것이 진정되질 않는 것이다.

"쯧… 차라리 막내 말처럼 사부님께 이야기할 것을 그랬나요?"

"가뜩이나 무능하다는 눈초리를 받은 우리가 더욱더 눈총을 받길 원하느냐? 쓸데없는 소리 말… 응?"

관립의 말을 무시한 채 강상서는 입을 열다 고개를 홱 돌렸다. 그는 문 쪽을 바라보고 있었는데 뭔가 기이한 느낌을 받은 듯 보였다.

"무슨 일입니까, 사형?"

"뭔가 이상하다. 따라와!"

타타탓… 콰아앙!

방문을 부술 듯 발로 차며 강상서는 밖으로 신형을 옮겼다. 관립은 그런 강상서를 보며 왜 이러나 싶었다. 한데 그 순간이었다.

"응?"

이상한 내음이 느껴졌다. 왠지 모를 비릿한 내음… 기분이 좋지는 않지만 아주 익숙한 내음이었다.

그리고 그 내음이 어떤 것인지는 바로 알 수 있었다. 이건 틀림없는 피비린내였던 것이다.

"대관절 이게 무슨……."

"이쪽으로!"

강상서는 바로 방향을 잡고 움직이기 시작했다. 그들이 있는 곳은 솔사림 중에서도 상당히 안쪽이었다. 그런데 그런 곳에서 피비린내라니…….

"어째서 이곳에 피 냄새가……."

관립은 도저히 이해할 수 없다는 듯 소리쳤고 이내 힘을 내어 움직이기 시작했다. 그렇게 채 일각도 가지 않아서였다.

"……!"

연무장에 도착한 그들의 눈이 커졌다. 이미 대지는 붉은색을 가득 머금은 후였다. 누군지 모르지만 상당한 수의 사람들이 다 피를 쏟으며 죽어 있었던 것이다.

"대체 누가 이런 짓을!"

강상서는 이해할 수 없다는 표정을 지었다. 천하의 솔사림 안에서 이렇듯 사람을 죽인다는 것은 있을 수 없는 일이었다. 특히나 자신들이 두 눈을 시퍼렇게 뜨고 있는데 말이다.

"누군지는 몰라도 상황이 좋지 않게 돌아가고 있습니다. 이들을 보세요, 사형."

"……젠장!"

쓰러진 이들은 이곳에 손님으로 온 사람들이었다. 이름까지야 알 수 없지만 옷으로 볼 때 무당과 소림의 사람들이 분명했다.

관립은 눈으로 보면서도 믿을 수가 없었다. 아니, 그는 이들이 죽어 있는 것 자체가 이해가 안 되었다. 아무리 무명의 무림인들이라 해도 이들은 지금 솔사림에 자파의 이름을 걸고 나온 사람들이었다.

그런 사람들이니만큼 아무리 무명이라도 상당한 무예를 가지고 있었다. 한데 시신을 살펴보니 별다른 저항의 흔적조차 볼 수 없었던 것이다.

"믿을 수가 없군. 어떻게 우리도 모르게 이런 상황이… 놈!"

파아아앙! …꽈아아앙!

강상서의 장력에 한쪽 구석의 아름드리 기둥이 통째로 부서지며 누군가 허공으로 뛰어오르고 있었다. 숨어서 지켜보고 있었던 듯했는데 허공에 오른 그는 오르자마자 오른손을 빠르게 휘두르고 있었다.

피잇… 시아아아아아…….

그저 손을 휘두른 것뿐인데 왠지 모를 중압감에 두 사람은 휩싸이고 있었다. 강상서는 감히 경시하지 못하고 양손 가득 내력을 끌어올렸다.

그냥 느낌이 좋지 않아서 그런 것일 뿐이었다. 이렇게 양손으로 뭔가를 막겠다는 뜻은 아니었다. 그런데 그 결정이 정말 훌륭했음은 곧 증명되었다.

"……!"

까카라랑!

"헛!"

강상서는 헛바람을 들이켰다. 그는 양손을 들어 올렸고 그것으로 겨우 상대의 공격을 막을 수가 있었다. 문득 그의 눈이 자신이 섰던 대지로 향하자 그 놀람은 더욱더 커졌다.

"……."

자신의 양옆으로 근 이 장여에 달하는 긴 선이 그어져 있었다. 검기라고 볼 수는 없지만 이 정도의 검압이라면 충분히 그렇게 생각할 수도 있었다. 그의 눈이 이번엔 앞으로 향했다.

자신에게 검압으로 위협을 한 사내는 어느새 땅에 내려와 자신과 관립을 바라보고 있었다. 온몸을 흑의로 둘러싼 채 얼굴마저 눈만 빠끔히 내민 사내였다.

처음 보는 사내였지만 한 가지는 확실했다. 두려울 정도의 무공이었다. 게다가 무기도 그냥 철검, 강호에 나와도 일류고수를 훨씬 넘어서는 무공의 소유자였던 것이다.

"네놈의 짓이었구나. 감히 이곳 솔사림에서 살인을 하다니, 간이 배 밖으로……."

"아아악!"

"……!"

강상서는 노기를 돋우며 소리치려다 입을 꽉 다물었다. 갑자기 들려오는 비명, 그것은 눈앞에서 일어난 것이 아니었다. 저 멀리 어디선가 들려오고 있던 것이었는데 그건 한 가지를 의미했다. 이러한 일을 만드는 자가 한둘이 아니라는 것이었다.

"둘째 형님, 아무래도 뭔가 알 듯합니다."

"…무슨 말이냐, 셋째야?"

갑자기 들려오는 관립의 목소리에 강상서가 되물었다. 물론 그의 신경은 온통 눈앞의 철검을 든 사내에게 쏠려 있었다. 하나 그런 그의 집중력도 이어진 관립의 목소리에 여지없이 깨졌다.

"연합입니다, 형님! 대사형이 흑월과 연합했군요. 이놈 몽오린의 수하입니다."

"뭣!"

강상서는 눈앞이 하얗게 변하는 느낌이었다. 그러고 보니 확연히 알 수 있었다. 이렇듯 아무도 모르게 솔사림의 구석구

애단곡 251

석에서 나타날 정도라면 그 방법은 한 가지였다. 솔사림 지하의 비밀통로였던 것이다.

그 비밀통로를 아는 사람은 단 여섯이었다. 자신들 다섯과 솔사림주뿐. 그렇다면 이야기는 하나로 귀결되었다.

오위경이 길을 알려주었을 터였다. 그리고 몽오린은 사람을 빌려주었을 터이고 말이다.

"대사형, 당신 정말로 미치긴 미쳤구려……."

시링…….

수중의 검을 뽑아 올리며 강상서는 중얼거렸다. 그의 중얼거림은 그것으로 끝이 아니었다.

"분명 이것이 당신 짓이라면 당신은 정말 바보요. 아직도 모르겠소?"

찌잉…….

한순간 강상서의 검끝에서 검명이 울었다. 적당한 내력을 올린 채 강상서는 상대를 노려보고 있었다. 그러면서도 그의 입은 계속 열리고 있었다.

"우리 사부님이란 자… 그리 호락한 사람이 아님을 말이오… 차앗."

파아아아…….

창공 높이 나는 독수리가 부럽지 않다는 듯 강상서는 흑의인에게 돌진했다. 그리고 그를 따라 관립도 움직이고 있었다. 두 사람은 그렇게 한 덩어리가 되어 살기를 흩뿌리고 있었다.

2

"……."

 이상한 일이었다. 대수롭지 않게 여겼건만 점점 증상이 심해지고 있었다. 이젠 사람의 형상 자체가 거의 보이지 않을 정도였던 것이다.

 그 사람의 몸에 일어나는 기운들, 그리고 그 사람의 주변에 부는 풍도들이 눈에 너무도 쉽게 들어오고 있었다. 이것은 그가 내력을 끌어올린 것도 아니었다. 그냥 보이고 있었던 것이다.

 솔직히 이젠 조금 당황스러울 정도의 변화였다. 더욱이 그 변화라는 것이 너무도 급작스럽게 다가와 현백으로선 받아들이기 어려웠다.

 지금 현백은 사물의 외곽선과 그 사물의 기운, 그리고 풍도가 모두 한눈에 겹쳐 보이고 있었다. 대관절 무슨 조화로 이런 것이 생기는지는 알 수 없지만 분명한 것은 양 눈 다 이렇게 보이는 것은 아니었다.

 왼쪽 눈… 한 눈을 가려보면 그런 것은 확실하게 느껴지고 있었다. 왼쪽 눈에서 보이는 세상은 완전히 다른 세상이었던 것이다.

 왼쪽과 오른쪽이 서로 다른 것을 보기에 사물이 겹쳐 보였던 것이다. 그 자신이 생각해 봐도 정말 알 수가 없는 상황이 전개되고 있었다.

"애단곡(愛斷谷)이군. 다 왔다, 현백."

"……."

문득 들려오는 목소리에 현백은 상념을 접고 눈을 들었다. 일행의 눈앞에 계곡 하나가 크게 펼쳐져 있었는데 그 계곡 너머에 뭔가 보이고 있었다.

장원… 거대한 수목으로 둘러싼 높은 산 위에 커다란 장원 하나가 어렴풋이 보이고 있었다. 마치 황궁이나 되는 듯한 건물이 사람들의 눈에 들어왔던 것이다.

이렇게 맑은 정오의 하늘 아래서도 어렴풋이 보이는 그 모습, 왠지 괴물처럼 보이는 그 건물을 향해 창룡의 오른손이 들리고 있었다. 그리고 이어 그의 낭랑한 목소리가 중인들의 귓가에 들려왔다.

"그리고 저게… 솔사림이다."

그 한마디에 모두의 눈이 허공으로 향했다. 그의 손끝이 향하는 곳에 솔사림이 있었다. 저곳에 가면 모든 일정이 다 끝나게 되는 것이다.

"왠지 괴물 같아……."

"그래, 동감이야……."

이도와 오유는 솔사림을 보며 입을 열었다. 그들의 말처럼 저건 괴물이었다. 이 강호라는 곳에 사는 괴물이었던 것이다.

그 괴물이 강호를 뒤흔들고 있었다. 어떤 희생이 따르든 얼마간의 노력이 필요하든 간에 이젠 그들과 싸워야 했다. 그래서 이 강호를 다시 원상태로 돌려놓아야 했다.

이 애단곡은 그 첫발이 될 것이었다. 그리고 그 첫발이 그리 간단하지 않다는 것은 이미 잘 알고 있는 사실이었고 말이다.

"모두 멈춰라."

"응? 왜 그래요, 현 대형?"

현백의 목소리에 일행은 모두 그 자리에 멈추었다. 현백은 앞으로 한 발 나서며 오른손을 움직였다.

스르르르릉…….

어느새 그의 도집에서 기형도가 빠져나오고 있었다. 다른 사람들은 모르겠지만 현백에겐 지금 너무나 잘 보이고 있었다. 좌우로 포진한 사람들, 그 숨은 사람들이 말이다.

이들이 누군지는 대강 알 듯했다. 어제저녁까지만 해도 싸웠던 사람들이니 알지 못한다면 그것이 더 이상했다. 이들은 강유수주 지한이 데리고 왔던 그 낭인들이었다.

슷… 파아아앙…….

현백이 한 걸음 더 앞으로 가자 그들이 덤벼들기 시작했다. 좌우에서 숨어 있다가 빠르게 다가오면서 현백의 목을 노리고 있었다.

모두 두 사람으로, 한 사람은 창, 또 한 사람은 도를 들고 있었다. 뒤에서 지켜보던 사람들이 놀랄 정도로 빠른 일격이었지만 현백에게는 전혀 위협이 되질 않았다. 이미 그들의 모습이 왼쪽 눈에 보였으니 말이다.

슷… 콰가가각!

슬쩍 몸을 옆으로 흔들자 창날과 도는 하염없이 허공을 갈

랐고 현백의 오른손은 사정없이 움직였다. 단 한 수에 두 개의 병기는 반으로 잘려 허공에 솟구치고 있었다.

현백은 이어 오른손을 재차 움직였다. 두 사람 사이에 있는 풍도에 도를 찔러 넣은 채 빠르게 휘돌렸다. 그러자 한순간에 빛이 허공에 번뜩였다.

파팡……!

두 사람의 신형이 허공으로 높이 솟구쳤다. 근 일 장여나 뜬 두 사람의 몸은 허리를 뒤로 한껏 젖히고 있었는데 그들의 입에선 피화살이 솟구치고 있었다.

현백은 더 볼 것도 없다는 듯 앞으로 움직였고, 두 사람은 현백이 있던 자리에 떨어져 내렸다. 떨어져 내리는 두 사람은 모두 옆구리를 움켜쥐고 있었다.

쿠쿵…….

"컥!"

"쿨럭!"

짧은 비명이지만 그 비명이 가져다주는 이야기는 컸다. 두 사람 다 이미 상당한 상처를 입은 상황이었다. 그러나 죽지는 않았다.

현백은 지충표의 말을 들어준 것이다. 상대가 되지 않는 이 두 사람의 옆구리를 칼등으로 후려친 것이다. 그래서 이들이 살아날 수 있었던 것이다.

"고맙다… 현백……."

뒤쪽에 있던 지충표의 입에서 작은 음성이 흘러나왔다. 그의 부탁을 들어준 현백에게 인사를 하는 것이리라… 벌써 저만치 앞으로 가 매복해 있는 낭인들을 해치우는 그가 지충표의 말을 들을 수는 없었다. 하지만 이렇게라도 그는 이야기하고 싶었던 것이다.

그러나 정작 앞에서 싸우고 있는 현백은 그러한 지충표의 마음을 헤아릴 수가 없었다. 그저 움직일 뿐이었다. 이들을 살려주고 죽이고는 부차적인 문제가 되고 있었다.

고통… 그의 왼쪽 눈에서부터 서서히 고통이 시작되고 있었다. 아니, 아직까지 고통이라 불릴 만한 것은 느껴지지 않았지만 왠지 그렇게 될 것 같은 생각이 들고 있었다. 그의 왼쪽 눈이 점점 뜨거워지고 있었던 것이다.

* * *

탁탁탁…….

초호는 달렸다. 힘껏 달렸다. 그는 구불구불한 계단을 끝도 없이 달리고 있었는데 한 번도 그는 이 계단을 이렇듯 빨리 달린 적이 없었다. 아니, 그럴 필요가 없었다.

그런데 오늘은 이렇게 달려야 했다. 그가 알고 있는 소식을 빨리 전해야겠기에 말이다. 바로 그의 주군에게 말이다.

타타타탁……!

워낙에 계단이 길어서 경공을 쓸 엄두조차 내지 못했던 곳이었다. 이 탑은 지상에서부터 사십여 장 정도 높이 세워져 있었다.

간만에 숨이 턱에 닿게 달린 초호는 결국 신형을 멈추었다. 마지막 계단을 올라온 그의 앞엔 하나의 문이 있었다.

자단목으로 된 커다란 문이었다. 그 문의 양옆엔 아무도 없었지만 문은 자동으로 열리고 있었다.

끼이이이이.

육중한 소리가 들리고 문이 열리자 초호는 단번에 신형을 날렸다. 아직 완전히 열리지도 않았건만 그만큼 마음이 급하다는 뜻이었다.

그 급한 마음을 가지고 방문을 들어섰건만 그 안에 있는 사내는 언제나처럼 할 일만 하고 있었다. 초호는 그 사내의 앞에 한쪽 무릎을 꿇었다.

"주군!"

급한 마음에 먼저 불렀지만 막상 이야기하려니 초호는 입이 떨어지지 않았다. 아니, 급한 마음이 아니라 왠지 자신의 무능을 스스로 알려주고 있는 듯한 느낌이 들고 있었던 것이다.

"무슨 일이냐, 초호. 너답지 않게 호들갑이구나."

사내는 되려 차분한 소리로 입을 열었다. 그의 주군이자 솔사림의 림주인 그는 오늘도 조용히 난을 닦고 있었던 것이다.

"일이 생겼습니다, 주군. 흑월이 이젠 우리를 다음 목표로 삼은 것 같습니다."

"음? 흑월이?"

조금 의외라는 듯 목소리가 조금 높아졌지만 사내는 그것이

전부였다. 그의 손길은 여전히 난에서 떨어지지 않았는데 초호는 다시금 입을 열었다.

"그들이 지금 강호의 인물들에게 살수를 쓰고 있습니다. 이대로 두고 봐야 할지 판단이 서질 않습니다. 아니, 그것보다 이미 흑월이 저희를 배신했다는 것이 더 중요합니다, 주군!"

초호의 음성은 단호했다. 사내가 허락하지 않는다면 혼자서라도 그들을 막겠다는 심정이 말속에서 절절히 우러나고 있었다. 그러나 사내는 여전히 변화가 없었다.

"흠… 이대로 두고 보지 않겠다면 어찌할 셈이냐, 초호?"

뭔가 재미있는 것이라도 있다는 듯 사내의 음성엔 장난기마저 배어 있었다. 초호는 두 눈을 찌푸렸는데 아무래도 사내의 반응이 너무나 이상했던 것이다.

"애단곡에 있는 옥화진과 그 수하들을 빼오겠습니다. 그래서 이들을 막아야……."

"그들은 이미 늦었다. 현백과 부딪치고 있을 것이다."

"……."

확신에 찬 사내의 목소리에 초호는 눈을 동그랗게 떴다. 말하는 것으로 보아 이미 그는 애단곡의 사정을 잘 알고 있다는 뜻이었다.

이곳에 조용히 있으면서도 애단곡의 사정을 안다는 것은 어러 가지 의미가 있었다. 그가 독자적으로 정보를 얻는 곳이 있다는 뜻이었다.

그 말은 곧 자신 이외에 또 다른 수하들이 있다는 말일 수도

애단곡 259

있는데 그것이야 그가 알 바 아니었다. 다만 자신이 모르고 있다는 것이 조금 섭섭할 뿐이었다.

"그리고 흑월 놈들이 배신을 했다고 했더냐?"

"그렇습니다. 이 안에서 사람들을 죽인다는 것은 곧 저희들에 대한 도전입니다. 배신이라 생각할 수밖에 없지 않겠습니까?"

사내의 목소리에 초호는 고개를 끄덕이며 입을 열었다. 분명 그렇게밖에 생각할 수 없었다. 여태껏 사내의 제자들과 같이 움직이며 강호에서 활동했으니 말이다.

"그렇지 않다, 초호. 그들은 배신한 적이 없어."

"예?"

초호는 조금 멍한 기분이었다. 배신한 것이 아니다. 그건 이 모든 것이 다 그의 계산 속에 있다는 뜻이었다. 즉 이 모든 것이 다 그의 의도대로 흐르고 있다는 뜻이었다.

"이들이 이렇게 나올 줄 알고 계셨습니까?"

조금은 놀란 얼굴로 초호는 물었다. 이렇게 나올 줄 알았다면 이미 대책을 세웠을 것이니 그것이야말로 호들갑 떤 셈이었다. 그러나 이어 들린 사내의 목소리는 그를 아연실색하게 만들었다.

"아니, 그럴 리가 있더냐? 그놈들이 내 수하들도 아닌데 내 어찌 알까?"

"……"

점점 이해 못할 소리만 하는 사내였다. 초호는 이럴 땐 조용히 있어야 한다는 것을 알고 있었다. 그러면 사내가 이야기해 줄 테니 말이다.

"애당초 그놈들과 우리는 손잡은 적이 없었다. 한데 어찌 배신이란 말을 쓰는가?"

"……!"

사내의 말에 초호는 입을 살짝 벌렸다. 지금 이 순간 말장난하자는 소리밖에 되질 않았던 것이다. 사내의 목소리는 계속되었다.

"분명히 난 전에 이야기했었다. 그 다섯 녀석이 쓸데없는 짓을 한다고 말이야. 그들의 행동을 용인한다고 해서 내가 그들과 손잡았을 것이라고는 생각하지 말게나."

"……."

"이렇게까지 이야기하는 데도 자네는 잘 이해가 안 가는 모양이군. 그럼 이렇게 하는 것이 좋겠네. 자네가 직접 물어보게나."

"예?"

점점 이해하기 힘든 이야기만 하는 사내였다. 그러나 그 의문은 곧 풀렸다. 갑작스럽게 느껴지는 한 사람의 기운에 의해서 말이다.

"누구냐!"

과아…….

한순간 초호의 몸에서 금색의 기운이 치솟아오르고 있었다. 그리고 그 금색의 기운은 한쪽 구석으로 향했다. 초호가 보기에 오른쪽 끝 구석을 향해서였다.

이 정도의 기운이라면 팔성의 공력, 웬만한 자들은 가루가 될 정도의 공격이었다. 그러나 구석에 서 있던 정체불명의 사내에겐 별것 아닌 것 같았다.

쩌어어엉!

"……!"

초호의 눈이 커졌다. 그가 보낸 기운들이 모두 사그라져 버린 것이다. 이 정도의 공격을 쉽게 막아낸 것도 놀라운 일이지만 그보다 더 놀라운 것이 있었다.

막아낸 사람의 몸에서 보인 것은 금색의 기운이었다. 초호와 같은 금색의 기운이 초호의 무공을 막아낸 것이다.

"당, 당신은……."

조금은 놀란 초호는 사내의 모습을 살폈다. 사내는 전신을 다 흑의로 둘러싼 채 얼굴에 가면을 쓰고 있었다. 그러나 그는 사내를 알고 있었다. 그 누구보다도 자세히 말이다. 무공은 속일 수 없는 법이니…….

"오랜만이군, 초호. 반갑지도 않나? 인사도 없는 것을 보니."

한쪽 구석에서 초호를 향해 다가오는 것은 다름 아닌 월성이었다. 월성과 그의 주군이 같이 있었던 것이다.

"저의 주군은 한 분이십니다. 다른 사람에게 예를 다해야 할 이유는 없습니다."

"하하하. 역시 초호…… 그래, 그래야 당신답지."

월성은 기분 좋은 웃음을 지었다. 그러나 그 웃음은 가면으로 막혀 기이한 울림을 보이고 있었다. 초호는 그런 월성을 향해 입을 열었다.

"대관절 지금 이 상황이 어찌 되는 것인지 좀 알고 싶습니다. 월성님, 이것이 무슨 뜻입니까?"

내력을 거두지 않으며 초호는 월성을 향해 입을 열었다. 그러자 월성은 어깨를 살짝 떨며 바로 대답했다.

"무슨 뜻이긴… 내 밑의 놈들이 날 배반한 것이지. 내 명령도 없이 움직인 것이거든."

"뭐… 뭐라구요!"

이런저런 대답을 생각하던 초호는 놀랄 수밖에 없었다. 설마 이런 대답이 나올 줄은 정말 상상도 못했는데 어쩌면 눈 가리고 아웅 하는 수작일 수도 있었다.

명령을 내려놓고 자신은 아니니 알아서 하라는 것. 제일 웃기는 수작이었다. 그러나 한편으론 그 말이 거짓이 아닐 수도 있었다. 초호 자신도 이들의 체계를 잘 알고 있었던 것이다.

언제든 들고일어나도 상관없다. 잠을 잘 때든 혹 밥을 먹을 때든 월성을 죽일 수만 있다면 죽인 자가 월성이 되는 것, 그뿐이었다.

아니면 월성까지는 아니더라도 서열을 새로이 매기기 위해 이렇게 할 수도 있지만 장소의 중대함을 볼 때 이건 월성까지 같이 범주에 들어간다고 봐야 했다.

"하면 그들을 죽여도 상관없다는 말씀이신지요? 제가 할 수 있는 일은 선택권이 별로 없어서 말입니다."

애단곡

"물론이다, 초호. 마음대로 하라."

"……."

초호는 잠시 월성을 바라보았다. 월성은 전혀 흔들림이 없어서 저 말이 진실인지 거짓인지 알 수가 없었다.

"하면 주군, 이만 가보겠습니다. 림 내의 일은 제가 알아서 처리하겠습니다."

"그리하도록 하게."

사내의 목소리에 초호는 신형을 돌렸다. 그리고는 빠른 걸음을 놀려 움직였다. 그의 신형은 곧 사람들의 눈에서 사라졌다. 그러자 사내의 목소리가 다시금 들려왔다.

"이게 네가 가진 노림수였나? 너답지 않구나."

"그럴 리가 있겠습니까? 이번 일은 정말 사고입니다. 저도 모르는 일이라 이거지요."

사내의 말에 월성은 조용히 입을 열었다. 고저가 거의 없는 그 음성에서 어떤 감정을 찾아내기란 정말 어려운 일이었다.

"명색이 림주인 내가 지금 돌아가는 상황을 모를 것 같으냐? 아니, 그렇다고 쳐두지. 좋아, 네가 운이 좋구나. 이번 일격은 조금 아팠다."

"……."

사내, 솔사림주는 고개를 돌렸다. 초호가 말할 때도 아무런 반응이 없었던 그가 월성을 향해 노골적인 적의를 드러내고 있었다. 이어 그의 목소리가 들려왔다.

"오히려 네게 감사해야겠구나. 모든 것을 정리하려는 시점에 죽여야 할 놈과 그렇지 않은 놈을 잘 구분할 수 있겠어. 훗……."

자박.

작은 웃음과 함께 솔사림주는 신형을 돌렸다. 그리곤 한쪽 구석 깊이 뻗어 있는 어둠 속으로 사라지기 시작했다. 여태껏 조심히 다루어왔던 난들은 갑자기 그의 관심 밖의 것이 된 듯 그는 뒤도 돌아보지 않고 있었다.

"내게 감사한다라……."

조용히 남아 있던 월성은 툭 뱉듯이 입을 열었다. 그리곤 그 역시 신형을 돌리고 있었다. 다 떠난 이곳에 혼자 있을 필요가 없다는 듯이 말이다.

"아직 감사는 이르지요. 내 마지막 수는 지금 시작된 게 아니니…… 곧 보게 될 것이오."

가면을 쓴 월성의 고개가 좌측으로 돌아가고 있었다. 그의 가면이 향하는 곳엔 큰 창문이 있었다. 그리고 그 창문 너머를 그는 응시하고 있었다.

지금 현재 오고 있을 것이다. 어느 정도의 힘을 찾게 되었는지 모르지만 충분히 쓸 만해지고 있을 터였다. 그만큼 충분히 계산을 해봤으니 말이다.

그가 할 일은 이제 그저 기다리는 것뿐이었다. 다른 것은 신경 쓸 필요도 없었다. 그의 수하인 몽오린의 배신이든 뭐든 간에 말이다.

　　　　　＊　　　＊　　　＊

　빠각… 파아앙…….
　한 사람을 땅바닥에 뉘고 또 한 사람을 허공으로 날려 버린 채 현백은 거침없이 앞으로 나갔다. 어느새 시간은 이 애단곡에서 한 시진 이상이 흘러갔다.
　그 한 시진 동안 현백은 반 이상 움직이고 있었다. 현백이 제일 앞에 있었고 일행은 그 뒤를 따르는 형국이었다. 현백의 활약으로 인해 지금 나머지 네 사람은 아주 편하게 이동하고 있었다.
　"후… 이것 참, 현 대형이 너무 우리를 생각해 주는 건가? 정말 할 일이 하나도 없는데요?"
　이도는 입술을 삐죽 내밀며 말했다. 그의 말처럼 현백은 단 한 명도 자신의 뒤로 빠져나가지 못하도록 하고 있었다. 근거리에 있든 아니면 원거리에 있든지 간에 모든 사람들을 다 쓰러뜨리고 있었던 것이다.
　"정말 무섭도록 현 대형의 무공이 높아졌어요. 그렇게 생각하지 않아요?"
　"그래, 정말 높아졌어. 이젠 나도 감히 덤비기 힘들 정도야."
　주비의 솔직한 목소리가 들려오자 사람들의 눈이 살짝 커졌다. 아무리 강해도 설마 이 정도일 줄은 몰랐다. 천하의 창룡 주비가 이런 말을 하다니…….

그만큼 현백이 강해졌다는 것이었다. 그 강함에는 아무도 이의가 있을 수 없었다. 이제 현백은 그 누가 봐도 고수의 반열에 들어섰던 것이다.

이전의 그 거칠던 무공이 아니었다. 최소한의 힘으로 최대한의 효과를 내고 있었다. 특히 그 초식에 있어서도 이젠 누가 봐도 화산무공의 특징을 잘 나타내고 있었다.

화려한 듯하면서도 강한 위력, 그러면서도 빠른 손놀림, 진정한 화산의 특징은 바로 이러한 것이었다. 이 세 가지가 적절히 조화된 무공이 바로 화산의 무공인 것이다.

"화산에 적을 두기를 거절했지만 정말 화산무공을 하고 있어. 헛 참……."

주비는 고개를 흔들며 입을 열었다. 그야말로 희한한 상황이었다. 기억하기 싫은 기억들을 몸이 기억하다니…….

"……"

하지만 현백을 바라보는 눈 중에는 걱정스러운 눈도 있었다. 그건 바로 지충표의 눈이었다. 아직 부상당한 옆구리를 손으로 쥔 채 일행의 뒤를 따르고 있었는데 그는 지금 바닥에 쓰러져 있는 한 낭인을 바라보고 있었다.

잔경련을 쉼없이 보여주는 그는 물론 목숨은 붙어 있었다. 현백은 아직도 그의 부탁대로 사람들의 목숨을 뺏지는 않고 있었다.

그러나 이건 뭔가 이상했다. 이건 목숨 이상의 고통이었다. 그리고 이대로 놔두면 이들은 죽을 정도의 부상을 입고 있었다.

"컥… 쿨럭……."

입에서 피를 토하는 한 낭인을 보다 지충표는 고개를 돌렸다. 아무리 생각해도 좋지 않은 기분이 들고 있었던 것이다.

뭔가 잘못되고 있는 것이… 분명했다.

뜨거움이 가시질 않고 있었다. 이유는 모르겠지만 점점 왼쪽 눈은 뜨거워져만 가고 있었다.

아니, 왼쪽 눈만 그런 것이 아니었다. 서서히 그 뜨거움은 목을 통해 왼쪽 가슴까지 전달되고 있었다.

한데 그 뜨거운 느낌과 함께 양손에 힘이 점점 강해지고 있었다. 현백 자신도 당황스러울 정도의 강렬한 힘이 느껴지는 가운데 현백은 겨우겨우 힘을 줄여가고 있었다.

그러나 그 힘만으로도 사람들이 죽을 정도가 되고 있었다. 웬만하면 현백은 지충표의 말처럼 죽이고 싶지 않았지만 이래서야 별 도리가 없었다. 한데 그 순간이었다.

"……!"

현백의 눈이 빛나기 시작했다. 갑작스럽게 사람들의 모습이 사라지고 있었다. 애단곡의 끝부분으로 썰물 빠지듯이 이동하고 있었던 것이다.

물론 눈으로 본 것은 아니었다. 아니, 왼쪽 눈에는 보이고 있었다. 썰물 빠지듯 움직이는 기운들이 말이다. 그 외에는 모두 느낌으로 알 수 있었는데 현백은 마음속으로 다행이라 여기고 있었다.

조금 더 몸을 움직이면 어떻게 될지 몰랐던 것이다. 잘은 모르겠지만 아마 다시 폭주하는 것은 아닌가 하는 생각을 해본 적이 있었다. 과거에 했던 것처럼 또다시 폭주한다면 이번엔 그 누구도 자신을 막을 수 있을 것 같지 않아 보였으니 말이다.

"……!"

잠시 마음을 놓았던 현백은 오른손을 가슴께로 끌어 올렸다. 어디선가 강렬한 기운이 자신을 향하고 있었다. 부지불식간에 현백의 몸에선 강렬한 기운이 뿜어 나오기 시작했다.

현백의 눈에 한 사람의 신형이 보이고 있었다. 아니, 사람의 모습이라 보기는 힘들었다. 마치 쐐기 모양의 내력이 하나로 뭉쳐 자신에게 날아오고 있었던 것이다.

한순간 그 쐐기의 끝이 움직이고 있었다. 위로 크게 치달아 오르더니 바로 현백의 머리를 향해 떨어지고 있었다. 현백은 그에 대항하는 내력을 오른손에 전달하며 자신의 기형도를 들어 올렸다.

쩌어어엉!

강렬한 일합이 생기고 현백은 오른팔이 살짝 떨리는 것을 느낄 수 있었다. 이 정도로 강렬한 내력을 사용하는 사람이 누군지는 잘 모르지만 상당한 실력이었다. 게다가 이 정도로 쩌릿한 오른팔의 감각을 전해주려면 상대의 병기가 중병기라는 뜻이었다.

그러나 상대가 누구인지 생각해 보기도 전에 그의 공격은 계속되고 있었다. 하지만 현백의 눈엔 다 보이고 있었다.

 깡! 까랑!

 둔중한 무기를 양옆으로 밀어낸 후 현백은 한 걸음 앞으로 움직였다. 그리곤 허리를 틀며 상대의 상체에 자신의 어깨를 밀착했다.

 슷…….

 상대의 키는 현백보다도 컸다. 현백은 이어 오른 어깨를 뒤로 젖혔다. 그리고는 바로 튕기며 어깨를 꽂아 넣었다.

 파아아앙! 좌아아아앗!

 현백의 공격에 상대는 허를 찔린 듯 뒤로 미끄러지고 있었다. 근 이 장여를 물러난 암습자는 더 이상 공격해 오지는 않았고 그냥 현백을 바라만 보고 있었다. 현백은 그를 향해 눈을 돌렸다.

 "……."

 현백의 입술이 꽉 다물려지고 있었다. 이자… 아는 사람이었다. 언젠가 어둠 속에서 한 번 봤던 자, 낭인왕 옥화진이었던 것이다.

第八章

피의 각성

1

"헉… 헉……."

경호는 가쁜 숨을 몰아쉬었다. 숨이 목까지 올라오는 상황이기에 다른 것에 신경 쓰기 힘들지만 그래도 그의 눈은 쉴없이 움직이고 있었다.

"경 공자! 괜찮아요?"

예소수는 얼굴을 하얗게 만든 채 경호에게 물었다. 경호의 가슴은 온통 피로 물들어 있었는데 사실 가슴뿐만이 아니었다. 양팔부터 다리까지 그의 전신에서 피가 흐르지 않은 곳은 한군데도 없었다.

"괘… 괜찮아… 요……."

힘겹게 이야기하지만 괜찮지 않다는 것은 아주 쉽게 알 수 있는 상황이었다. 하지만 여기서 쓰러질 수는 없었다. 경호는 어떻게든 예소수를 보호해 움직여야 하는 것이다.

사실 여기까지 오는 것도 기적이었다. 이제 이십여 장 정도만 가면 이 솔사림의 정문으로 가게 되었다. 그럼 조금이나마 마음을 놓게 되는 것이다.

"쿨럭……!"

"경 공자!"

다행스럽게 여기까지 예소수의 신형은 살릴 수 있었다. 아니, 살릴 수 있었다기보다 흑의를 입은 자들이 신경도 안 썼다는 표현이 옳을 터였다. 더욱이 자신 역시 그리 대단한 무공을 가진 것 같지 않아 보여 그런 것 같았다.

그래도 이젠 한계였다. 비틀거리면서도 경호는 앞으로 움직였다. 더 이상 쏟을 피도 없을 줄 알았건만 그의 입에선 또 한 번 피가 흘러나와 차가운 땅에 쏟아졌다.

"제길……."

죽을 각오를 한 상태에서도 그는 앞으로 움직였다. 옆에서 예소수가 신형을 부축해 주니 그나마 걸을 수 있었다. 그렇지 않으면 걷기는커녕 서 있기도 힘든 것이 현실이었다.

그러나 그 현실도 이젠 마지막인 듯 보였다. 그의 눈앞에 갑자기 흑의인들의 모습이 보였기 때문이었다.

"사숙모님, 뒤로……."

"그만두세요! 이젠 무리예요!"

다시금 검을 잡고 앞으로 나가려는 경호를 보며 예소수는 소리쳤다. 비록 힘은 없지만 차라리 그녀가 싸우는 것이 낫지 않겠냐는 생각이 들 정도로 경호는 위험했기 때문이었다.

하지만 경호는 굽히지 않고 앞으로 달려나갔다. 오른손에 든 검을 우측으로 길게 내린 채 정면에 보이는 흑의인을 향해 달려나갔던 것이다.

타탓… 파아앙.

별다른 대책도 없었다. 지금껏 경호는 단 한 번도 이들을 이겨본 적이 없었다. 난전이 벌어진 곳을 빠져나왔기에 그가 이들을 죽였는지도 알 수가 없는 상황이었다.

아니, 그럴 리가 없었다. 덤볐다가 죽을 뻔한 적이 한두 번이 아니었다. 처음부터 이들과 싸워 이길 수는 없는 상황인 것이다.

그러니 이번에도 이길 턱이 없었다. 하지만 그냥 죽을 수는 없으니 이렇게 덤벼들 수밖에…….

"이야아아아!"

커다란 소리를 지르며 그는 앞으로 달려나갔다. 그리곤 힘차게 검을 휘둘렀다. 아무리 막 휘두르는 것이라고 해도 그는 나름대로 최선을 다해 검을 휘둘렀다. 최대한 빠른 검격을 날린 것이다.

피이이잉!

그러나 예상대로 너무 허무하게 빗나가 버렸다. 흑의인들은 몸 한번 비트는 것으로 그의 공격을 피해내고 있었다. 그리고 그들의 손에 들린 검은 바로 반격에 나서고 있었다.

피이잇…….

"흡!"

자신도 모르게 비명이 나오는 것을 꽉 참으며 경호는 두 다리로 버티고자 했다. 이미 등과 배에 또 한 번의 깊은 자상을 입어버린 것이다.

콰각…….

한 자루의 송문고검을 땅에 박으며 그는 겨우 신형을 세울 수 있었다. 이젠 일어서는 것조차 힘겨운 순간인 것이다.

쉬잇…….

물론 공격은 멈추지 않았고 경호는 그저 웃을 수밖에 별다른 도리가 없었다. 이젠 끝인 것이다.

"겨, 경 공자!"

뒤쪽에서 예소수의 목소리가 들려오지만 이젠 그 소리마저 애써 무시했다. 그렇게 두 눈을 감으며 죽음을 맞이하려 할 때였다.

쩌저정……!

"……!"

강렬한 소리와 함께 그의 목 어림에 느껴졌던 살기가 사라지고 있었다. 경호는 두 눈을 부릅뜨며 상황을 살펴보고자 했다.

"아니, 넌 무당의 경호가 아니냐?"

"토… 토현 어르신!"

긴 장포를 허공에 펄럭이며 내력을 뿜어내고 있는 그는 바로 토현이었다. 오호십장절 토현이 나타난 것이다.

그리고 그만이 아니었다. 그의 뒤에 개방의 여러 사람들이 한꺼번에 보이고 있었다. 그중에는 그도 아는 사람이 한 명 있었다.

"자, 장 방주님!"

제걸신권 장명산. 그도 지금 도착한 것이다. 그가 도착했다는 것은 바로 개방의 본 세력이 도착했음을 의미하는 것이었다.

"이게 어떻게 된……! …예 부인!"

한쪽에 서 있는 예소수를 보자 토현은 바로 한달음에 달려왔다. 이미 두 명의 흑의인은 개방의 사람들에게 둘러싸여 위기를 맞고 있었다. 토현은 그 두 사람은 신경도 쓰지 않은 채 예소수에게 달려왔다.

"토현 장로님! 큰일입니다! 어서 다른 사람들을 도와주세요!"

"다른 사람들이라니요? 설마 무당과 소림도 당했단 말입니까?"

토현은 놀라 소리쳤다. 들어서자마자 변고가 있는 것은 알겠지만 여기는 솔사림이었다. 이 솔사림 안에서 이토록 방자하게 굴 수 있는 자가 있으리라곤 생각지 못했던 것이다.

"제 생각이 옳다면 이들은 흑월의 사람들일 것입니다. 이들이 바로 소림을 친 사람들일 것입니다."

"크악."

"우욱!"

예소수의 말에 토현은 흠칫했다. 상황이 그렇다면 이들의 무공은 보통이 아닐 터였다. 그리고 아니나 다를까? 비명성이 터져 나오기 시작했다.

그 비명은 개방 사람들의 것이었다. 흑의인 두 사람의 무공이 상당히 강해서인지 되려 당하고 있었던 것이다.

"이놈들! 물렷거라!"

파아앙…….

노기에 가득 찬 토현의 목소리가 허공에 울리자 경호는 그 자리에 몸을 뉘었다. 이젠 더 이상 버틸 힘도 남아 있지 않은 것이다.

"경 공자!"

예소수가 그의 이름을 부르지만 그는 더 이상 아무것도 듣고 싶지 않았다. 서서히 그의 의식은 저 먼 곳을 향해 움직이고 있었다.

* * *

"놀랍다고 할 수밖에 없군. 그때 내가 본 그 사람이 맞는 것인가? 정말 당신이 그 현백인가?"

"……."

옥화진의 목소리에는 놀란 기색이 고스란히 깃들어 있었다. 그의 오른손은 약간 떨리고 있었는데 모든 것은 단 한 수 때문이었다.

전광석화 같은 한 수. 아니, 그보다 마치 자신이 취할 방법을 다 알고 있는 듯한 움직임이 인상적이었다. 정말 환상 같은 한 수였던 것이다.

"역시 강호는 넓군 그래. 강호는 넓어."

시잉…….

거부를 한번 휘두르며 옥화진은 웃었다. 그런데 그 웃음이 그리 좋아 보이진 않았다. 왠지 처연한 웃음이라고나 할까?

"쓸데없는 소리가 너무 길었군. 시작해 볼까?"

"아니, 아직 할 말이 많을 텐데, 옥 형."

"……."

전의를 불사르는 옥화진의 목소리에 한 사람이 입을 열었다. 그는 바로 지충표, 어느새 앞으로 나와 옥화진을 똑바로 바라보고 있었다.

"그만 하시죠, 옥 형. 더 이상 해봤자 서로에게 득될 것이 없소이다."

지충표는 진심이었다. 한 사람은 그가 이전에 존경했던 사람이고 또 한 사람은 지금 그가 가장 좋아하는 친구였다. 난감한 상황인 것이다.

그러나 정말 그가 득될 것이 없다는 것은 옥화진에게 하는 이야기였다. 지금 현백과 싸운다면 반드시 옥화진이 지게 될 터였다. 아니, 그 이전에 옥화진의 마음 상태가 문제였다.

옥화진의 마음은 이미 상당히 닫혀 있었다. 아마도 그 닫힌 마음이 지금 그에게 거부를 쥐도록 만들고 있을 터였다.

"새로운 세상을 만들고자 하는 옥 형의 마음은 알겠으나 그 새로운 세상을 열기 위해 희생할 필요는 없지 않소이까? 옥 형, 부탁이니 앞을 열어주시오."

다시금 진심 어린 지충표의 목소리가 허공에 울렸다. 분명 여기 눈앞에 있는 사람은 저들 솔사림과는 전혀 상관이 없는 이들이었다. 지충표는 그냥 못 이기는 척하고 비켜주었으면 하는 간절한 바람이 있었다.

그러나 그건 지충표의 생각. 그는 전혀 다른 생각을 하는 듯 보였다. 여전히 길을 비키지 않은 채 입을 열었다.

"새로운 세상? 새로운 세상이라 했나, 충표?"

"……."

자조적인 그의 목소리가 흘러나왔다. 그 목소리를 듣는 순간 지충표는 아찔한 기분이 들고 있었다. 낭인들의 입에서 이런 목소리가 흘러나온다는 것은 한 가지를 의미하고 있었던 것이다.

이미 죽음을 생각하고 있을 때나 나오는 목소리였던 것이다.

"……."

입을 벌릴 수가 없었다. 그만두자고, 쓸데없는 짓 하지 말고 옆으로 물러나라고 현백은 이야기하고 싶었다.

그런데 그것이 되질 않았다. 이 눈과 가슴의 뜨거운 기운이 그것조차 용인하지 않았다. 입을 열면 강렬한 기운을 토해내야만 할 것 같았다. 그럼 그 순간 다시금 강렬한 힘이 솟구칠 것만 같았던 것이다.

그때와 같았다. 언젠가 자신이 폭주했을 때, 그때와도 같은 느낌이 다시금 들고 있었다. 다만 차이라면 그땐 자신이 폭주할 만한 내력을 끌어올렸다는 점이었다. 지금 그는 오히려 내력을 억제하려고 노력 중이었던 것이다.

의도하지 않음에도 불구하고 그의 몸 안에 있는 내력은 점점 커져만 가고 있었다. 가만히 서 있는데도 대주천을 하고 있었던 것이다.

이건 완전히 그의 의도와는 다른 이야기였다. 의도적으로 이렇게 움직이고자 해도 힘든 상황이었다. 어떤 것이 그를 이토록 힘들게 만드는 요인인지 도무지 알 수가 없었던 것이다.

"으드득……."

지금 그가 할 수 있는 일이라곤 이렇게 어금니를 꽉 깨문 채 버티는 수밖에 없었다. 제발 조금이라도 그 힘이 누그러지기를 바라면서 말이다.

"난 그런 세상 따윈 이제 잊었다, 충표. 네 말대로 난 이용만 당하는 존재가 되었지. 게다가 내 의제마저 이 세상에 없다, 충표."

"……."

"솔직하게 말하마. 난 지금 현백에게 볼일이 있어 이 자리에 있는 것이 아니다. 거기 있는 창룡, 당신에게 볼일이 있소이다."

옥화진의 목소리에 창룡의 눈썹이 꿈틀거렸다. 상황을 보아 하니 그는 지금 복수를 원하고 있었다. 그의 의제 밀천사 양각의 복수를 원하고 있었던 것이다.

아니, 복수를 원하는 것인지 아니면 같은 창 아래 죽는 것을 원하는 것인지 모르겠지만 확실한 것은 한 가지 있었다. 이젠 말로 해결될 상황이 지나 버린 것이다.

"확실히 당신의 마음은 이해하오, 옥화진."

조용히 뒤쪽에 있던 창룡은 고개를 끄덕이며 앞으로 나왔다. 상대가 자신을 지목한 이상 맞상대를 해주어야 했다. 그것이 강호를 사는 무인의 숙명이니 말이다.

그러나 그 숙명을 거스르려는 사람이 한 명 있었다. 그건 바로 현백이었다. 현백은 어느새 앞으로 나가려는 창룡을 막고 그 앞에 나와 있었다.

"이봐, 현백. 내 말을 듣지 못했나? 난 지금 저 창룡과……!"

쩌어어엉!

"크윽……!"

옥화진의 입에서 다시금 짧은 소리가 흘러나왔다. 쩌렁하게 울리는 손목을 쥐며 그는 눈을 들었는데 그러자 현백의 얼굴이 눈에 들어왔다.

"이봐, 현백. 내 말을 듣지……!"

쉬이이잇… 콰아아앙~!

말도 없었다. 그냥 다가와 기형도를 휘두르는 현백의 서슬에 그는 허공으로 몸을 띄웠다. 이대로 있다가는 바로 죽을 목숨 같았기 때문이었다.

"현백! 대체 왜……!"

화가 나 현백에게 소리치던 옥화진의 얼굴이 굳었다. 그는 지금 현백의 모습을 정면으로 보고 있었다.

현백의 왼쪽 눈, 그 눈에서 기이한 빛이 흘러나오고 있었다. 물론 두 눈 다 흘러나오고 있었지만 특히나 왼쪽에선 핏빛 혈광이 솟아나고 있었던 것이다.

그 혈광을 보는 순간 옥화진은 뭔가 느낄 수 있었다. 상황이 이상하게 변해가는 것을 말이다.

* * *

백양 대사는 몸을 뒤집었다. 뒤집는 순간 허리를 틀며 양발을 차올리자 그는 한 마리의 은어가 되어 허공에 떠올랐다.

"합!"

파파팡!

그의 양발이 허공을 가르며 두 사람의 흑의인을 향하고 있었다. 그의 유려한 동작은 모두 성공하여 두 사람의 흑의인, 각기 오른 어깨를 동시에 가격하고 있었다.

따랑!

그러나 부딪치는 소리가 영 이상했는데 그 소리가 무엇인지 그는 잘 알고 있었다. 상대를 제대로 타격한 소리가 아니었다. 최후의 순간 흑의인들이 검날을 어깨에 대고 백양 대사의 공격을 막아낸 것이었다.

시시시싯!

게다가 한술 더 떠 백양 대사에게 덤벼들고 있었다. 이 어이없는 상황에 백양 대사는 어떻게 할지 감을 잡지 못했는데 상대의 무공은 정말 상상 이상이었다.

뭐라고 해야 할까? 한마디로 야수들을 상대하는 듯한 느낌이었다. 정형화된 무공을 상대하는 것이 아닌 야성에 길들여진 야수들… 도무지 그 진행 방향을 예측할 수가 없었던 것이다.

문제는 왜 이들이 여기 솔사림에서 나타난 것인지 그것이 의문스러웠다. 그리고 그 의문은 곧 솔사림이란 곳이 그리 좋지 않은 곳이란 생각으로 이어졌다. 그만큼 허술한 곳이라는 건 말이 안 되니 말이다.

그럼 결론은 하나였다. 이들은 솔사림과 한통속이란 이야기밖에 안 되는 것이었다. 솔사림이 이런 일을 벌이는 의도는 모르지만 말이다.

스슷… 파아앙!

근접하여 결국 주먹을 날리고서야 한 사람이 저 뒤로 튕겨 서고 있었다. 이들을 이겨내려면 이 방법뿐이었다. 월등한 내력으로 날려 버릴 수밖에 없었던 것이다.

"아미타불……."

불호를 외면서도 그는 노기를 떨쳐 버릴 수가 없었다. 이미 상당한 수의 무림인들이 땅에 쓰러져 있었다. 이젠 문파의 일이 아니었던 것이다.

지금 이곳엔 각파의 사람들이 모두 모여 있었다. 아니, 아직까지 살아 있는 사람들이 모두 모여 있다고 해야 하나? 그런 사람들이 난전을 거듭하는 상황이었다. 누가 죽게 될지 아무도 몰랐던 것이다.

쩌러러렁!

한쪽에서 개방의 토현이 허공에 피를 뿌리고 있었다. 그리고 또 한쪽에서는 어느새 나타났는지 화산의 사람들도 보이고 있었다. 지금 자신들이 모인 장소는 바로 대문이 있는 곳이었다.

모두가 숙소에 있다가 하나둘씩 이곳으로 모이기 시작한 것이었다. 이제 모인 사람들은 근 칠십여 명 정도? 그냥 대회를 구경하기 위해 온 사람들까지 물경 백여 명 정도 있던 사람들의 수가 상당히 줄어 있었다.

흑의인들은 눈에 보이는 것만 백여 명 가까이 되는 상황이었다. 절망적인 상황일 수도 있지만 왠지 사람들은 도망치지 않고 있었다.

사람들이 이곳으로 모인 것은 단 하나, 그들 모두 도망치기 위해서였다. 그렇기 위해 이곳 정문으로 모인 것이었다. 그런데 이들이 모이니 서로 뭉치기 시작했다. 거기다 각파의 장문급과 장로급도 있으니 이젠 도망이 문제가 아니었다.

반격이 시작되려 하고 있었다. 그 반격의 정점엔 각파의 장문급이 나서고 있었다. 소림의 방장인 한천불수 백무를 비롯하여 각파의 장문들이 전면에 나서고 있었다.

 그 모습을 보면서 그는 다른 생각을 하기 시작했다. 언제나 무림대회를 열면서 서로가 조금이라도 이득을 보려는 사람들, 그 사람들이 하나로 뭉치고 있었다. 이러한 일을 그는 일찍이 본 적이 없었다.

 아니, 본 적이 없는 것이 문제가 아니라 생각조차 해본 적이 없었다. 다른 문파들과 같이 힘을 연합하여 문제를 해결한다라…….

 갑자기 현백의 생각이 나고 있었다. 현백이 자신에게 처음 그 존재를 알린 날 그가 한 이야기가 생각난다. 스스로 해결할 수 있는 일을 현백에게 맡겼었다. 현백은 그때 자신에게 한소리 했었다.

 그런 자신이 부끄러워지는 순간이었다. 그 부끄러움을 털어내기라도 하듯 백양 대사는 신형을 날렸다. 그의 주먹이 다시금 허공에 쏟아지고 있었다.

 "후욱… 후욱……."
 가쁜 숨을 몰아쉬지만 장연호는 절대 뒤로 물러서고 싶은 생각이 없었다. 상대는 약 십여 명. 그러나 그의 주변엔 거의 이십여 명이 넘는 사람들이 죽어 있었다.

 그야말로 최선을 다한 것이었다. 장연호는 태어나서 이렇게 힘든 악전고투를 겪어본 적이 없었다. 상대는 지독하다는 말로는 표현이 불가능한 자들이었다.

게다가 무공이 비정상적으로 높았다. 다행이라면 이들의 움직임이 조금은 낯이 익다는 것, 현백의 움직임과 같은 것이라는 것뿐이었다.

하지만 그것도 몸이 저려오기 시작하는 그에겐 이점이 되질 않았다. 슬슬 승부를 낼 때가 된 것이다.

"과연 장연호… 대단한 위력이군요."

"……."

문득 들려오는 목소리에 장연호는 눈을 돌렸다. 그곳엔 한 여인이 서 있었다. 느낌에 무공은 그리 대단하지 않지만 왠지 그녀가 이곳에 있는 사람들의 우두머리 격이라는 것을 느낄 수 있었다.

"장 공자는 잘 모르겠지만 전 잘 알고 있습니다. 흑월의 삼사자라고 합니다. 아니, 이젠 추월이라 불리지요."

"…무슨 소리를 하는 거냐?"

장연호는 미간을 찌푸리며 입을 열었다. 흑월의 삼사자라는 말을 듣는 순간 이미 끝난 것이었다. 그녀와 그는 서로 적이 될 수밖에 없는 것이다.

"아이… 벌써부터 그리 힘하게 굴 것은 없습니다. 제가 지금 나타난 것은 한 가지 거래를 하고 싶어서입니다."

"거래?"

추월의 말에 장연호는 다시 입을 열었다. 어차피 거래라는 것을 하고 싶은 생각도 없었지만 지금의 그로선 쾌재를 부를 일이었다. 조금이라도 쉬면서 체력을 회복해야 했던 것이다.

"그렇습니다, 거래지요. 바로 이것입니다."

"……."

추월이 손에 든 것은 아주 작은 구슬이었다. 그것이 무엇을 의미하는지 몰라 아무런 이야기도 할 수 없었는데 추월의 목소리가 이어졌다.

"음정이지요. 그것도 아주 상품의 음정입니다. 그럼 관심이 있으실 텐데요?"

"음정?"

음정이라… 어째서 장연호가 그 음정에 관심을 두어야 하는지 몰랐기에 그는 아무런 행동도 취하지 못했다. 그러자 추월의 입이 열렸다.

"오호호. 바보같이 구시는군요. 이 음정이 있어야 부인을 살리실 텐데요? 부인의 병에서 가장 중요한 것이 음정의 존재임을 모르십니까?"

"……!"

장연호의 눈이 커졌다. 음정이라……. 그러고 보니 그녀의 병이 어떤 것인지 생각나고 있었다. 음의 기운이 사라지는 것이 가장 큰 이유였다.

그러니 음정이 있다면 그녀의 병은 나을 수도 있었다. 아니, 낫지는 못해도 최소한 그녀의 병이 호전될 수도 있었다. 그러나 그녀의 의사는 아직 물어보지 않았다.

"분명히 말씀드리지요. 저와 뜻을 같이하신다면 이 음정을 드리지요. 몇 개라도 상관없습니다. 어떻습니까?"

추월은 이야기한 후 웃었다. 그녀는 절대 이 사람이 그것을 거절하지 못할 것을 알고 있었다. 부인에 대한 사랑이 각별한 사람이니 말이다.

그녀가 원하는 것은 단 하나, 자신을 일사자의 반열에 올려놓을 수 있도록 해달라는 것뿐이었다. 솔직히 그녀가 월성을 이길 수 있을 것이라곤 생각지도 않았다.

일사자가 되기 위해 도우라는 몽오린의 말은 이미 저만치 흘러버린 후였다. 그의 수하들이 아무리 대단하고 많다고 해도 오늘 그 전부가 다 죽게 될 터였다. 그녀는 강호의 힘을 알고 있기 때문이었다.

물론 이곳 솔사림에서 힘을 보탠 자가 있는 것을 알지만 그거야 상황이 허락하면 자신과 거래를 하면 그뿐이었다. 그런 것은 문제가 될 게 없었던 것이다.

"아름다운 부인을 위한 일입니다. 탈명천검사 장연호 대협이라면 망설여서는 안 되지요."

살풋이 웃으며 그녀는 다시금 채근했다. 장연호의 얼굴을 봤을 때 거의 확실하다고 여겨졌다. 갈등은 곧 끝나고 자신에게 말을 할 것이었다. 이 음정을 달라고 말이다.

"이제야 기억이 났다."

"……?"

한데 그의 말은 그녀의 생각과 다른 것이었다. 장연호는 아랫입술을 지그시 깨물며 입을 열고 있었다.

"그 음정… 그때 굴속에 있던 아이들의 것이었군. 그랬었어."

장연호의 고개가 아래위로 살짝 끄덕이고 있었다. 왠지 그녀의 눈에 그의 모습이 점점 커지는 것처럼 느껴지고 있었는데 그건 한 가지 경우였다. 장연호의 몸에 흐르는 내력이 점점 커지고 있었던 것이다.

"만일 내가 그 광경을 보지 못했다면 당신과 거래를 했을지도 모르겠군."

"당신……."

이어지는 장연호의 목소리에 추월은 눈을 좁혔다. 아무래도 좋지 않은 기분이 들고 있었던 것이다.

"그런데 어쩌지… 난 그 지옥을 보았다. 그리고 그때 죽어간 아이들도 보았다. 그런데 그런 아이들의 목숨으로 나의 내자가 연명해야 한다고……?"

"……."

"네년은 날 정말 모르는구나!"

"……!"

더 볼 것도 없다는 듯 그는 허공에 몸을 띄웠다. 그와 함께 검은 무복을 입은 사내들이 모두 그를 향해 덤벼들었다. 장연호는 공중에서 신형을 회전시키며 검날에 기운을 주입하기 시작했다.

'미안하오… 소수. 난 어쩔 수 없는… 바보 같은 놈이오…….'

스스로를 책망하는 그의 두 눈에선 붉은 액체가 고이고 있었다.

2

쩌어엉… 쩡… 저쩡!

"크윽!"

입을 닫고 꾹 참아내고 싶어도 그럴 수가 없었다. 현백의 기세는 그냥 참아낸다고 될 일이 아니었다. 자신의 거부가 부서지려 할 정도로 현백의 힘은 넘쳐 나고 있었다.

육체의 힘과 내력, 모두가 다 믿어지지 않을 만큼 강대한 힘이었다. 이대로 있다간 죽는다는 생각만 들 정도로 현백과 그의 차이는 크게 나고 있었다.

"야압!"

부우우웅…….

거부를 휘돌리며 옥화진은 현백의 신형을 뒤로 떼어내려 했다. 그러자 현백은 오른손의 기형도를 옆으로 쭉 밀었는데 옥화진은 나아가는 거부를 다시 잡아당기며 왼발을 뒤로 크게 빼내었다.

타탓… 쾅…….

조금이라도 거리를 벌리려는 그의 생각이었다. 그리고 그의 생각대로 근 반 장여의 공간이 생겨나고 있었다. 여기서 한 걸음만 더 나가면 일 장여의 공간이 생길 것 같았다.

이 정도의 공간이라면 그가 맘껏 도끼를 휘두를 수 있었다. 그의 진공부(眞空斧)를 말이다.

파아앙······.

또다시 한 걸음 뒤로 물러서면서 옥화진은 도끼를 한껏 뒤로 당겼다. 아무래도 지금 현백을 떨구려면 보통의 수 가지고는 될 것이 아니었다.

사실 그의 부법은 그리 대단한 것이 아니었다. 뭔가 대단한 초식이라도 배웠다면 모르지만 옥화진은 그런 부법을 배운 적도 없었다. 그는 태어나서부터 계속 낭인 생활만 한 것이었다.

그런 사람이 몸으로 터득한 부법이었다. 그러나 그 몸으로 터득한 실전적인 부법이 오늘날의 그를 만들 정도로 대단한 위력이 있었다. 옥화진이 아는 부법이란 세 개만 조심하면 되는 것이었다.

빠르고, 힘을 실어야 하고, 그러면서도 정확한 것, 이 세 가지만이 그가 생각하는 부법의 전부였다. 그런데 그것은 무공의 원리와도 상통하는 것이었다.

코흘리개 시절부터 그는 작은 도끼를 매만졌다. 또래 아이들이 부모님에게 어리광을 피울 때 그는 구리 동전 몇 푼을 위해 도끼를 휘둘렀다. 그렇게 살아온 세월이 이렇게나 흘렀던 것이다.

그리고 그 세월 동안 그에게 있어 무공이랄 것이 하나 생겼다. 역시나 누가 가르쳐 준 것이 아니라 천부적인 감각과 힘으로 인해 탄생한 것, 그것이 바로 진공부였던 것이다.

 진공부의 원리는 간단했다. 빠름의 극을 쫓아가는 것이다. 이는 곧 그의 거부를 눈에 보이지 않는 속도로 휘두르는 것을 의미했다.

 문제는 그렇게 하는 방법이었다. 그냥 도끼만 휘두른다고 그게 되는 것이 아닌 것이다.

 슷… 콰아아악!

 뒤로 물러나는 발을 땅에 박으며 그는 도약할 준비를 마쳤다. 딱 한 수, 그 한 수에 모든 것을 걸어놓은 상태였다. 어차피 현백을 이길 것이라는 생각은 하지 않으니 말이다.

 "차압!"

 파아아앙!

 흙먼지를 일으키며 그는 앞으로 쏜살같이 뛰어나갔다. 이 정도면 충분히 도약력은 얻은 셈이었다. 그는 온 힘을 다해 거부에 내력을 주입했다.

 고오오오오…….

 무슨 검기 따위는 할 줄도 몰랐다. 할 줄 아는 것은 오로지 이렇게 휘두르는 것… 내력을 주입하는 것도 안 지 얼마 되질 않았었다.

 파아아이앗…….

 도저히 도끼로 휘두르는 속도라고는 믿을 수가 없었다. 깨끗한 직선이 공중에 그어지는 가운데 그는 현백의 모습을 찾았다. 그는 앞에 있었고, 거부는 이미 그 회전이 눈앞으로 보이고 있었다.

　상식대로라면 엄청나게 빠른 공격이었다. 너무 빨라서 상대가 오기도 전에 치는 상황이 생기게 되는 것이지만 그는 멈추지 않았다. 현백 역시 오른손을 살짝 들며 자신에게 다가오는 중이었다.

　부우우우우…….

　당연한 이야기지만 도끼는 벌써 휘둘러지고 있었고 현백의 오른손은 그대로 앞으로 밀려왔다. 이젠 당하는 것만 남은 어처구니없는 상황이 벌어지고 있었다.

　하지만 그 상황이야말로 옥화진이 노리던 바였다. 옥화진은 허리를 한껏 틀며 다시금 힘을 가했다.

　"이야압!"

　파아아아아…….

　또 하나의 빛살이 허공에 그어지고 있었다. 도끼는 먼저 움직인 궤적을 다시 한 번 쫓아 그리고 있었다. 그리고 이번엔 그 속도가 세 배 이상 불어나 있었다.

　진공부란 그런 것이었다. 먼저 가른 궤적을 쫓아 다시 가는 것, 이미 가른 공기의 흐름을 다시 한 번 타는 것이었다. 그러면서 도끼의 위력 역시 세 배 이상 불어나는 셈이었다.

　슷…….

　현백도 경시하지 못하는지 오른손의 도가 현란하게 움직이고 있었다. 하나 이미 늦은 감이 있었다. 진공부는 이미 발동되었고 그것을 피할 수는 없었다. 그리고 이윽고 그의 도끼와 현백의 도가 부딪쳤다. 한데…

키링…….

"……!"

옥화진의 눈이 커졌다. 정면으로 부딪친 것이 아니었다. 현백은 정면 충돌이 아니라 다른 방법을 택한 것이다.

그 한순간 그는 도를 돌려 옥화진의 거부 뒤쪽을 쳐낸 것이다. 그래서 거부의 속도를 더욱더 빨리 만들어놓자 옥화진은 더 이상 거부를 잡고 있을 수가 없었다.

콰아아아악!

그의 거부가 땅에 박혔다. 도끼의 날 부분이 깊숙이 박힐 정도로 강렬한 힘이 담겨 있었는데 일순 옥화진은 멍한 기분이 들었다.

그저 눈길을 돌려 자신의 손을 바라보고 있을 뿐이었다. 손이 상당히 붉어져 있었는데 그만큼 거부에 실린 힘이 막강했다는 뜻이었다.

"졌군……."

그의 입에서 흘러나온 소리였다. 왠지 옥화진은 웃음이 흘러나왔다. 그는 씨익 웃으며 다시 고개를 돌렸다. 그의 눈앞에 현백의 신형이 보이고 있었다.

두 눈꼬리에서 긴 기운을 흘리며 그는 도를 내밀고 있었다. 정확히 자신의 목을 노리고 있었는데 왠지 그는 피하고 싶지가 않았다.

그리고 그렇게 마음을 정했을 때 참으로 편한 마음이 드는 것을 느낄 수 있었다. 그렇게 피할 생각도 없이 옥화진이 그냥 목을 들이대고 있을 때였다.
 까라랑! 피이잇!
 "……."
 옥화진의 목에서 핏줄기가 피어오르고 있었다. 그러나 그 핏줄기는 생각보다 그리 크게 튀어 오르지 않고 있었다. 그건 현백의 도가 목을 스치고 지나갔기 때문이었다.
 하지만 그것은 현백의 의지가 아니었다. 현백은 정확히 그의 목줄을 노렸었다. 그런데 다른 것이 그를 방해한 것이었다.
 창… 창 하나가 그의 눈앞에 보이고 있었다. 현백의 도는 바로 이 창에 의해 밀려났던 것이다.
 "그만 하자, 현백. 너답지 않다."
 나타난 이는 바로 창룡이었다. 창룡은 왠지 조금 무서운 얼굴을 하고 있었다. 그 얼굴이 향하는 곳은 바로 현백이었다.

 "이상해……."
 지충표는 조용히 입을 열었다. 아무리 봐도 지금 현백은 정상이 아니었다. 뭔가 잘못되어도 한참 잘못된 것처럼 보이고 있었던 것이다.
 "왜요, 아저씨? 뭐가 잘못되었어요?"
 지충표의 말에 오유가 입을 열었다. 그러나 지충표는 아무런 말도 하지 않은 채 그저 현백만을 바라보고 있었다.
 그런데 그렇게 느끼는 것은 그만이 아니었다. 그 옆에 있는 이도 역시 뭔가 느끼고 있는 것처럼 보이고 있었던 것이다.

"그래요, 아저씨. 뭔가 이상하긴 이상해요. 평소의 현 대형이 아닌 것 같아요."

이도까지 그런 말을 하자 오유는 다시금 현백을 바라보았다. 현백은 지금 아무런 행동도 취하지 않고 있었다. 그저 오른손의 기형도를 조금 떨고 있을 뿐인 것이다.

그런데도 이상하다니 그것이야말로 더 이상한 일이었다. 오유는 이도에게 뭔가를 더 물으려 했다.

"참고 있어. 뭔지 모르지만 현 대형은 지금 참고 있어. 상황이 참아야 할 상황인가?"

"참는다고?"

물을 필요가 없이 이도가 먼저 이야기하고 있었다. 오유는 그 말이 무슨 뜻인지 아직도 이해할 수가 없었다.

"그래… 참고 있어. 그래서 창룡도 지금 가만히 있는 거야. 뭔가 이상해."

지충표의 확신에 찬 소리가 흘러나오자 오유는 더욱더 알 수 없다는 표정을 짓기 시작했다. 한데 그때였다.

두두두두…….

"응?"

갑작스럽게 말발굽 소리가 들리자 오유는 고개를 돌렸다. 그러자 저쪽 곡구에서 누군가 말을 타고 달려오는 것이 보이고 있었다.

누구인지는 알 수 없었는데 시간이 흐르자 그들이 누구인지 확인할 수가 있었다. 바로 모인과 호지신개 명사찬이었던 것이다.

"모인 장로님!"

반가움에 이도는 소리치며 양손을 하늘로 뻗었다. 그러자 두 필의 말은 더욱더 속력을 올렸고 이윽고 가까이 오자 두 사람은 공중으로 신형을 날렸다.

타탓…….

두 사람은 멋들어지게 대지에 내려섰다. 이도는 반가움에 모인에게 달려나갔지만 모인은 심각한 얼굴로 이도에게 물었다.

"현백은? 현백은 어디 있느냐!"

"예?"

심각한 얼굴로 물어오는 그의 목소리에 이도는 흠칫했다. 흡사 무슨 일이라도 있는 것처럼 이야기하고 있었는데 이도는 반사적으로 손가락을 펴 가리켰다.

"…창룡, 안 된다! 어서 물러나! 현백에게 더 이상 무공을 하게 만들면 안 된다!"

"……."

저 멀리서 창룡의 의아해하는 얼굴이 보이고 있었다. 모인은 더 설명하고 싶어도 이젠 설명할 시간이 없었다. 그는 급한 마음에 다시금 소리치려 할 때였다.

"…피해라, 창룡! 어서!"

창룡은 모인의 고함 소리에 놀라 눈을 크게 떴다. 그러다가 한순간 자신의 장창을 가슴께로 끌어 올렸다. 그러자 그곳에 도 하나가 내려쳐지고 있었다.

쩌어어엉!

"움……!"

놀란 창룡은 고개를 돌려 자신을 공격한 사람을 바라보았나. 그는 바로 현백이었다. 오른손의 도를 치켜든 채 그는 창룡을 공격해 오고 있었다.

이건 절대로 폭주가 아니었다. 폭주라면 이렇게 의식이 있을 수는 없었다. 분명 자신의 의식은 지금 살아 있었다. 그런데 그 의식이 아무런 역할을 수행하지 못하고 있었다.

본능이 움직이고 있었다. 그 본능이 지금 현백의 몸을 움직이고 있었던 것이다.

따라라라랑!

"현백! 무슨 짓이냐!"

창룡은 현백의 도를 막아서면서 소리쳤다. 그러나 현백은 말조차 제대로 할 수 없었다. 몸 안에 휘도는 힘은 입조차 벌리는 것을 허용하지 않고 있었다.

우우우우…….

현백의 도에서는 기의 회오리가 걸려 있었다. 창룡은 감히 맞설 생각을 하지 못하고 뒤로 물러섰는데 현백은 그런 창룡의 신형을 바짝 쫓고 있었다.

스슷… 파아아앗…….

"……!"

 창룡의 눈이 커졌다. 한순간 휘두른 현백의 도에서 강렬한 기운이 쏟아지고 있었다. 예비 동작도 없이 이렇게 바로 내력을 휘두를 수 있다는 것이 놀라울 뿐이었다.

"합~!"

 그러나 마냥 놀라고만 있을 수는 없는 노릇이었다. 상황이 어떻게 돌아가는 것인지 알 수는 없지만 일단 현백의 공격을 막고 봐야만 했다.

 피링…….

 힘차게 오른손을 흔들며 그는 창대를 쫙 폈다. 그리곤 현백의 오른 어깨를 향해 힘차게 밀어내었다.

 쩌어어엉!

 내력으로 따진다면 거의 백중세. 일합에서 보여지는 느낌은 적어도 그렇게 느껴지고 있었다. 그렇다면 이젠 빠르기의 승부였다. 창룡은 바로 다음 연격을 준비했다.

 성… 파아앙!

 앞으로 몸을 날리며 양손으로 창대를 잡은 후 창룡은 오른손을 빠르게 움직였다. 순식간에 현백의 몸에 십여 개의 창날이 휘몰아쳤고, 현백은 바로 수세로 돌아섰다.

 카라라라랑!

 불꽃이 튀고 있었다. 창룡은 한 번 길게 밀어내고 다시금 내력을 끌어올려 싸울 생각이었다. 그런데…

 슷… 파아아앗!

"……."

멍한 기분이 들고 있었다. 그의 왼쪽 어깨에서 시큰한 느낌이 들고 있었다. 아니, 살짝 뜨겁다고 해야 하나?

파아앗…….

피가 허공으로 솟구치고 있었다. 언제인지 모르지만 현백의 도가 그의 어깨를 할퀴고 지나간 것인데 아픈 것보다 창룡은 다른 사실에 주목하고 있었다.

"보이지… 않아?"

느낌조차 없었다. 현백의 도가 언제 휘둘러졌는지 보이지도 않았던 것이다. 그러나 사실 창룡은 그렇게 멍하고 있을 때가 아니었다.

파아앗… 피릿…….

또 한 번 작은 소리가 들리고 이번엔 옆구리 어림에서 뜨끔한 감각이 느껴지고 있었다. 창룡은 그야말로 머리가 서는 느낌이었다. 진정한 현백의 실력은 바로 이 정도였던 것이다.

갑자기 머릿속이 하얗게 변하는 기분이 들었고 창룡은 어떤 것도 할 수 없을 것만 같았다. 문득 창룡의 눈에 현백의 오른손이 보였다.

휘둘러지고 있었다. 거리는 약 일 장여… 이 정도의 거리라면 현백이 들고 있는 도가 아니라 자신이 들고 있는 장창의 사정거리였다.

도무지 이해할 수가 없는 상황이었다. 부지불식간에 그는 장창을 끌어당겨 가슴을 막았다. 그러자…

쩌어엉!

"흡!"

강렬한 일격이었다. 이 정도의 공격을 이렇게 수월하게 하다니… 게다가 내력의 공격도 아니었다. 그저 검으로 따지면 검풍 정도밖에 안 되는 것이 이 정도의 위력을 내보이고 있던 것이다.

이어 그의 눈에 다시 현백이 움직이는 것이 보였다. 이번엔 머리 위에서 아래로 일직선을 그리고 있었다. 역시나 기운은 느낄 수 없었지만 본능적으로 알 수 있었다. 이 한 수로 죽을 수도 있다는 것을 말이다.

막고자 했지만 조금은 늦은 상황, 머릿속에 잡념이 드니 당연한 노릇이었다. 한데 그때였다.

쩌릉…….

"……!"

그의 눈앞에 작은 신형 하나가 나타나 있었다. 거대한 기운으로 현백이 날린 기운을 흩어버린 사내는 창룡의 앞을 버티고 서 있으면서 비켜서지 않고 있었다.

자신보다 훨씬 강한 내력을 지닌 것처럼 보이는 사내, 그가 누군지는 너무도 잘 알고 있었다. 붕천벽수사 모인이었던 것이다.

"이거 뭐가… 어떻게 된 거야!"

이도는 턱을 떨며 입을 열었다. 도저히 믿어지지 않는 상황이었다. 현백이 미쳐 날뛰고 있었다. 적아(敵我)의 구분 없이 도를 휘두르고 있었던 것이다.

"당연한 거야. 이래서 빨리 왔어야 하는데… 제길!"

명사찬은 이를 갈며 소리쳤다. 그러자 이도와 오유, 지충표는 무슨 뜻이냐는 듯한 표정을 지었다.

"천의종무록이 원래 저런 거였어. 아무리 봐도 현백은 당한 거야!"

"네?"

두 눈을 껌뻑이며 이도는 명사찬을 바라보았다. 명사찬은 그가 들은 이야기를 생각하며 입을 열었다.

"천의종무록은 무공서이면서 또 한편 그렇지가 않아. 강한 무공은 얻지만 결국 그 자신도 해치게 돼. 지금의 현백이라면 너무도 당연한 결과야."

"이봐, 명사찬. 말을 하려면 알아듣게 이야기해 줘야 할 거 아냐. 무공서면서 또 한편으로 그렇지가 않다는 것이 무슨 말이야?"

지충표는 명사찬을 향해 소리쳤다. 그의 말처럼 지금 명사찬이 하는 말을 알아들은 사람은 아무도 없었다. 하긴 명사찬도 처음엔 이해를 하지 못할 정도였으니 당연한 반응이었다.

"천의종무록. 그것이 환연교의 호교무공인 것은 알고 있지?"

"예, 그거야 알고 있지요. 호교무공이면서 환연교의 역사를 담는 기록서의 역할도 같이 하고 있다면서요?"

이도가 입을 열자 명사찬은 고개를 끄덕였다. 그는 잠시 고개를 돌려 현백을 바라보다 말을 이었다.

"환연교의 역사를 담기는 하나 여러 가지 무공이 망라되어 있지. 그건 세대를 이어오면서 환연교의 교주가 다시 무공을 집대성해서 넣은 것이기에 그래. 따라서 천의종무록엔 한 가지의 무공만 있는 것이 아니야. 여러 교주의 무공이 복합되어 기술된 것이지."

"……."

"그런데 그런 천의종무록상에 기록된 제일 첫 번째 무공. 그저 경전의 구절 같기도 한 무공이 전해 내려온다고 한다. 그것은 문자의 형식으로 된 것도 아니고 구전되어 내려오는 것. 현백은 토루가 교주가 정리한 것을 익혔다더군."

명사찬의 말에 세 사람은 눈을 살짝 좁혔다. 토루가 교주가 정리한 것이라니… 그럼 그 정확성이 의심되는 것이었다.

"그런데 그건 그냥 무공일 수도 있지만 또 한편으로 불리는 이름이 있다고 하더군. 그건 하나의 저주라고도 불린다. 시전자 스스로를 파괴할 정도로 말이야."

"뭐, 뭐요?"

이도는 도무지 믿을 수 없는 이야기에 입만 벌릴 뿐이었다. 무공이자 저주라니, 이런 황당한 소리가 있을 수가 있는가?

"그럼 지금 현백은 그 저주인가 뭔가 때문에 저렇게 변한 건가? 정말로?"

믿기지 않기는 지충표 역시 마찬가지였다. 고대의 저주 따위를 믿을 나이는 이미 한참 전에 지난 사람들이었다. 이러한 반응은 당연한 것이었다.

"물론 내 말이 믿기지는 않을 거야. 나도 처음엔 믿지 않았으니까."

"……."

명사찬의 말에 오유는 눈을 좁혔다. 그럼 이에 대한 믿을 만한 근거가 있다는 뜻이었으니 말이다. 명사찬의 말은 계속 들려왔다.

"하지만 십여 년 전 떠났던 충무대원 모두가 그렇게 죽었단다. 믿지 않을 수가 없어."

"……!"

사람들의 눈이 커졌다. 충무대원들의 죽음… 그들의 죽음이 이런 것이었다니…….

그렇다면 이도와 오유의 사부인 홍명 역시 저기 있는 현백처럼 날뛰다 죽었다는 뜻이었다. 싸우다 죽은 것이 아니란 것이다.

"저들 남만은 외세의 침략에 시달려 왔었다. 그런 그들에게 있어 환연교는 믿음 그 자체만으로도 힘이 되는 것이었지. 그러나 믿음만으로는 그들이 살아날 수가 없었겠지."

명사찬은 심각한 표정으로 이야기하고 있었고 그런 그의 얼굴에서 거짓의 감정이란 찾아볼 수가 없었다. 그가 이야기하고 있는 것은 거의 진실이었던 것이다.

"그래서 천의종무록이 탄생한 것이야. 아마도 처음에 전해지는 구결은 원래 제대로 된 구결이었을지도 몰라. 그러나 후세에 이르러 그 구결 자체가 함정이 돼버린 것이지. 천의종무록 하나만으로 환연교는 여기저기서 침략을 받아왔었던 것이니까."

"무공이… 침략자들을 죽이는 셈인가요? 그 혼자뿐만이 아니라 다른 사람 모두 죽이면서?"

오유는 이제야 조금 이해가 가고 있었다. 넘겨준 무공이 함정이 되어 침략자를 죽인다. 참으로 교묘하면서도 무서운 일이었다.

누구든 천의종무록을 손에 넣으면 익힐 수밖에 없었다. 물론 돌아가서 말이다. 소중한 것은 가장 안전한 곳에 두면서 익힐 테니.

결국 그는 미치게 되고 그 힘으로 인해 자신들의 부족을 해치게 되는 것, 그것이 천의종무록의 진짜 목적인 것이다. 두려울 만치 치밀한 한 수인 것이다.

"그럼 현 대형은요? 만일 이미 발동되었다면 얼마나 움직일 수 있는 것이지요?"

"그거야 나도 아직 모른다, 오유. 그렇지만……."

명사찬은 어금니를 꽉 깨물며 말을 했다. 그는 토루가에게 이미 말을 들은 상황이었다. 앞으로 현백이 얼마나 버틸지를 말이다.

"그의 생이 다할 때까지 멈추지 않는다고 했다. 만일 현백이 이겨내질 못한다면 말이야."

"이겨내요?"

이도의 눈이 번쩍였다. 그렇다면 뭔가 방법이 있다는 뜻이었다. 그러나 막상 그 말을 한 명사찬의 얼굴엔 그리 좋은 빛이 서려 있지 않았다.

"이겨낼 수도 있다고 하더군. 그래서 그는 현백에게 기대를 걸고 있다는 것이야. 현백은 다른 사람과 달랐다고… 그래서 지금 그 끝을 보고 싶다고 말이야."

"……."

그냥 막연한 믿음이라는 말이 더 어울릴 듯한 상황이었다. 이도와 오유, 지충표는 신형을 돌렸다. 이젠 어떻게 해야 할지 답조차 떠오르지 않고 있었던 것이다.

"흡!"

쩌어어엉!

강렬한 일격이었다. 모인조차 힘겨워할 정도로 현백의 내력은 대단했다. 조금 전의 모습은 주비에게 맞추어 일부러 약하게 한 것처럼 보였던 것이다.

내력으로 말하자면 그는 현재 강호에서 수위를 다투었다. 그런데 그런 자신이 힘겨워할 정도라면 말 다한 것이다. 대관절 어디서 나오는 힘인지 모르지만 두려울 정도의 강한 힘이었던 것이다.

게다가 그냥 일반적인 공격이 아니었다. 온몸의 감각을 모두 일깨워야 겨우 알아낼 수 있는 공격이었다. 지금처럼 말이다.

쩡. 쩌정!

좌우로 기형도를 흔들며 현백은 모인에게 덤벼들고 있었다. 모인은 예의 신법을 사용하여 현백에게 바짝 다가붙었다. 접근전이 위주인 그였기에 당연한 노릇이었다.

그리고는 장을 쳐내려 손을 들었다. 하지만 현백은 그리 간단하게 거리를 주지 않았다.

고오오오…….

"기벽(氣壁)!"

다가서는 그의 신형이 눈에 띄게 느려지고 있었다. 이건 현백이 내력을 뿜어내어 하나의 공간을 형성한 것이었다. 탄의 구결을 응용한 공격이었다.

이건 정말 책에서나 봤지 실제로 본 적도 없는 무공이었다. 아니, 가능하다는 것도 이제야 알 수 있을 정도였다.

우웅…….

그 기벽이 울리고 있었다. 모인은 왠지 모를 불안감을 느끼기 시작했다. 그리고 그 불안감은 현실이 되고 있었다.

파아앗… 쫘앗!

기벽을 반으로 가르며 현백의 공격이 시작되고 있었다. 모인은 경시하지 못하고 모든 힘을 한꺼번에 끌어올렸다.

기이이이잉…….

이 한 번의 부딪침으로 현백의 기를 꺾을 심산이니 거의 모든 내력을 끌어올린 것이나 마찬가지였다. 주위의 대기가 요동치지만 그는 멈추지 않았다.

그러나 그는 그 힘을 함부로 쓸 수가 없었다. 이어 보여진 현백의 얼굴 때문이었던 것이다.

"……!"

현백의 눈, 붉게 물들어 있는 왼쪽 눈은 더욱더 혈광을 뿜어내고 있었다. 그러나 오른쪽은 달랐다.

하얀 기운을 담아 긴꼬리를 남긴 그 오른쪽 눈에선 눈물이 흐르고 있었다. 그냥 투명한 눈물이 아닌 붉은 피눈물이 말이다.

"현… 백……."

싸우고 있는 것이다. 현백 스스로도 싸우고 있었던 것이다. 아직 현백이 끝나 버린 것은 아니었던 것이다.

"차앗……."

파아아앙!

모든 힘을 다시 몸 안으로 돌린 뒤 모인은 신형을 돌려 허공에 도약했다. 그러자 뒤쪽에서 공격하려던 현백은 모인을 따라 신형을 날리고 있었다.

두 사람이 향한 곳은 바로 곡의 끝부분이었다. 그 끝을 넘어서 보이는 솔사림을 향해 달리고 있었다.

피의 각성

第九章

솔사림

1

"흠……."

몽오린은 만족했다. 이 넓은 솔사림에서 피어오르는 연기… 이 정도면 훌륭했다.

곳곳에 자신의 수하들이 보이고 있었다. 최선을 다해 싸우고 있지만 하나둘씩 죽어가고 있었다. 이렇게 가다간 곧 전멸할지도 모르는 상황이었다.

그러나 그런 것 따윈 신경 쓰지 않았다. 어차피 이들은 또 키우면 그만이었다. 요는 자신만 살아나면 그만인 것이다.

아니, 그전에 해야 할 일이 있었다. 그동안 갈고닦았던 실력을 오늘 보여주어야 했다. 바로 이 주변에서 얼쩡거리는 사내를 없애야 하는 것이다.

"그만 나오시지요, 일사자님. 아니, 마송이라 불러줄까?"

"훗… 간이 배 밖으로 나왔구나, 몽오린."

그가 있는 곳은 솔사림의 밖. 수풀이 우거진 이곳에서 그는 솔사림을 바라보고 있는 중이었다. 문득 그의 주변에 일단의 인물들이 나타나 있었다.

잘 알고 있는 사람들이었다. 마송을 비롯한 그의 수하들이었다. 물론 그가 보기엔 다 허수아비들이지만 말이다.

"하긴 미친 것이 아니라면 이런 짓을 하진 않겠지. 성공하리라 보느냐?"

"큭. 성공할 수밖에 없지. 날 바보로 아나?"

이미 모든 것을 다 해놓았다는 듯 그는 웃었다. 그냥 웃는 것이 아니라 마송을 비웃고 있었지만 마송은 입술만 실룩일 뿐이었다.

"바보지… 바보야. 미련하기 그지없는 바보일 뿐이다."

"뭐라?"

몽오린의 눈썹 꼬리가 하늘로 치켜 올라가고 있었다. 뭐, 놀림당하고 그냥 있을 사람은 없으니 당연한 반응이긴 한데 그 당연한 반응을 보는 마송의 눈은 차갑기만 했다.

"설마 이런 일로 솔사림주가 눈 하나 깜짝할 것 같으냐? 게다가 손잡은 놈이 기껏 오위경? 사람을 골라도 너무 잘못 골랐다, 이 멍청아."

"뭣!"

막 발작하려던 몽오린은 왠지 섬뜩함을 느끼고 있었다. 그가 오위경과 손잡은 것은 아무도 모르는 일이었다. 한데 마송은 알고 있는 것이다.

"제길, 꼬리가 있었나? 훗. 어차피 상관없지만… 왠지 너답지 않구나, 마송. 날 경계해서 꼬리를 붙이다니. 역시 내가 올라설 때가 되었어."

"…푸하하하하하."

몽오린의 말에 마송은 웃었다. 꽤나 한참을 웃었는데 그 웃음에 몽오린의 얼굴은 붉으락푸르락 변하고 있었다. 노골적인 조롱인 것이다.

"나참, 어이가 없어서……."

한참을 웃어서 그런지 마송은 얼굴이 붉어져 있었다. 그는 몽오린의 얼굴을 보며 어처구니없다는 표정을 지었고 이어 그 이유를 밝혔다.

"너 따위 놈에게 꼬리를 붙여? 정말 어이가 없는 놈이로구나. 내가 왜 네놈을 경계하는데?"

"뭐라?"

몽오린의 눈이 점점 험악해지고 있었다. 그는 수중의 금사검의 검파에 손을 대고 있었다. 여차하면 출수할 생각을 하는 것 같았는데 마송의 목소리는 계속되었다.

"내가 가장 멍청하게 생각하는 것이 무엇인 줄 아느냐? 네가 바로 오위경과 손을 잡았다는 것이다. 꼬리를 붙이지 않은 내가 오위경의 반란 사실을 안다는 것이 무엇을 의미하는지 아느냐?"

"……."

"무슨 계략을 그토록 뻔하게 꾸미나? 그쪽에 누가 있는지 잊었나? 초호란 인물이 그냥 둘 것 같은가?"

"……!"

몽오린의 눈이 살짝 커졌다. 그는 그냥 모든 것을 추측으로 알고 있었던 것이다. 그렇다면 저쪽도 이미 알고 있다는 뜻이 되는 셈이었다.

"그냥 죽어라, 몽오린. 어차피 이제 넌 강호와 남만 어디서도 살 수 없다. 내 말 알겠나?"

"죽긴 누가 죽어!"

파아아앙!

몽오린의 신형이 허공에 떠오르고 있었다. 그는 공중에 떠오르자마자 바로 검을 휘둘러 대고 있었다. 물경 십여 개의 검날이 보일 정도로 빠른 일격, 그러나 마송은 너무나 편안해 보였다.

"모든 것은 실력이 의미한다. 너 따위만 없으면 내가 월성이 된다!"

스파라라라!

슬슬 태양이 저물어가기 시작할 때였다. 그 해를 등지고 몽오린은 공격을 시작하고 있었다. 단 한 수에 끝내겠다는 듯 과감하면서도 대단한 수였다.

그러나 마송은 웃을 뿐이었다. 오히려 그는 검이 더욱더 가까이 오기를 바라는 것같이 보이고 있었다. 정말 가슴에 닿기

직전까지 그는 가만히 있었다. 그러다 한순간 그의 신형이 좌우로 흩어지고 있었다.

좌아아아앗!

"……!"

열 개, 아니, 스무 개 이상의 마송이 몽오린의 눈에 보이고 있었다. 뭐가 어찌 되는 상황인지 도무지 알 수 없었다. 몽오린은 문득 한기가 몸 안에 들어오는 것을 느꼈다.

추워서 그런 것이 아니라 공포였다. 스무 개의 환영은 좌우로 혹은 아래위로 이동하며 그의 눈을 현혹하고 있었다. 그러던 한순간 몽오린은 가슴이 뜨끔함을 느꼈다.

콰악…….

"……."

불로 지진 것 같은 충격… 고개를 숙인 몽오린은 가슴에 박혀 있는 철조를 볼 수 있었다.

"어떻게……."

믿을 수 없다는 듯 몽오린은 고개를 돌렸다. 그가 아는 마송의 실력은 환영 열 개가 고작이었다. 그리고 그 환영도 그리 제대로 된 것이 아니었다. 한데 지금 보여준 것은 그 이상의 실력인 것이다.

"이 정도의 실력이 왜… 일사자에……."

제일 의문이 드는 것이었다. 이 정도의 실력이라면 일사자가 아니라 월성이 돼야 정상이었다. 그런데 그는 일사자로 만족하다니…….

"내가 월성에게 무공이 달려서 그 자리를 내어준 줄 아나?"

"……."

몽오린은 이해할 수가 없었다. 모든 것은 무공으로 결정되어지는 것, 그것이 바로 흑월의 불문율이었다. 그런데 무공이 아니라니…….

"무공으로 따진다면 월성은 내 발밑에도 못 와. 그러나 중요한 것은 그가 가진 배경이지. 난 그 배경 때문에 잠시 내어주었을 뿐이다."

"그럴… 수… 가……."

떨그렁…….

몽오린의 금사검이 땅에 떨어지고 있었다. 마송은 손에 힘을 주어 가슴에 박혀 있던 철조를 빼내었다.

파아앗…….

피가 분수처럼 쏟아지는 가운데 몽오린이 쓰러지고 있었다. 땅에 두 무릎을 꿇은 채 그는 가쁜 호흡을 내쉬고 있었다.

"아참, 가는 길에 하나 더 알고 가라."

"……."

"삼사자가 네 말을 들을 것으로 알았다면 오산이다. 넌 그녀의 야심을 몰라도 너무 모르는구나. 삼사자가 음정을 네 수하들에게 풀었을 것 같아?"

"…큭!"

이를 갈고 싶을 정도로 화가 나고 있었다. 그러나 어쩔 수 없는 상황, 이젠 손가락 하나 움직이기 힘든 상황이었다. 그의 귓가에 마송의 목소리가 들려오고 있었다.

"만일 삼사자가 음정이라도 썼다면 어쩌면 저 밑에서 승리는 네 수하들이 했을지 모른다. 그런데 그녀는 그렇게 하지 않아. 그녀에게 있어 음정은 네 수하들 따윈 비교도 안 될 만큼 중요하거든… 자신의 목숨보다도 말이야."

"컥!"

피를 토하며 몽오린이 쓰러지고 있었다. 마송은 신형을 돌렸다. 더 이상 이야기를 들려줘 봤자 몽오린은 들을 수가 없었다. 하지만 그의 말은 계속되었다.

"그리고 그 욕심 때문에 그녀도 죽게 될 것이다. 후우……."

작은 한숨만이 나올 뿐이었다.

때가 되었다고 생각이 들고 있었다. 이제 앞으로 나가면서 흑의인들을 없애고 무림인들을 구하면 그만이었다. 그럼 자신은 다시금 우뚝 서게 되는 것이다. 이 강호 위에 말이다.

모든 것은 사부에게 뒤집어씌우면 그만이었다. 그 대신 오위경이라는 세 글자를 사람들의 마음속에 각인시키면 되는 것이다. 그래서 그는 몽오린과 손을 잡았다.

지금쯤 몽오린은 스스로 월성에 올랐을지도 몰랐다. 무공이 자신있다고 말하는 놈이니 알아서 할 일이었고 이젠 자신이 나설 차례였다. 일어나 방문을 열며 나가려 할 때였다.

스으읏.

"……."

먼저 방문이 열리고 있었다. 그리고 그 방문 너머에 일단의 무리들이 서 있었다.

"무슨 일이냐?"

아무렇지도 않다는 듯 오위경은 입을 열었다. 눈앞에 보이는 사람들은 모두 네 명, 그의 사제들이었던 것이다.

하나같이 악전고투를 한 듯 피투성이가 된 모습이었다. 왜 그렇게 되었는지 잘 알고 있었지만 그는 시치미를 떼며 입을 열었다.

"여기서 이렇게 있을 때가 아닙니다, 대사형."

"응?"

강상서의 말에 무슨 뜻이냐는 듯 그는 반문했다. 그러자 강상서는 말을 이었다.

"몽오린이 미쳤습니다. 감히 우리 솔사림에 자신의 병력을 풀어놓았습니다. 어서 가서 해치워야지요."

"뭐라?"

조금은 놀란 표정을 지으며 오위경은 양 주먹을 떨었다. 그리고는 허리춤에 달린 검파에 손을 얹으며 말을 이었다.

"감히 이곳이 어디라고! 당장 앞장서거라!"

문을 박차고 나갈 것처럼 박력을 보여주며 그는 나가려 하고 있었다. 그러나 문에서 네 명이 비켜서질 않고 있었다.

그 모습에 오위경은 왠지 기분이 좋질 않고 있었다. 흡사 니가 한 일을 다 알고 있다는 듯한 표정이 읽혔던 것이다.

"뭐지, 그 표정들은?"

오위경의 눈이 살짝 좁혀졌다. 여차하면 무력도 쓰겠다는 듯 작은 기운도 몸에서 피어오르고 있었는데 그 대답은 다른 사람이 하고 있었다.

"그건 네놈이 더 잘 알 텐데?"

"…당신은……."

목소리는 뒤에서 들리고 있었다. 뒤로 고개를 돌린 그의 눈에 한 사람의 모습이 보였다. 그 모습을 많이 본 적은 없으나 일면식 정도는 있는 사람이었다. 바로 초호였던 것이다.

"이 초호가 솔사림에 있음에도 잔재주를 부리다니… 네놈이 죽고 싶구나."

"뭐라?"

초호의 말에 오위경은 어금니를 꽉 깨물었다. 그는 모든 것을 다 안다는 듯한 표정이었다. 오위경은 잠시 바깥의 동향을 느껴보곤 말을 이었다.

"헛. 이런, 내가 늦었군. 벌써 정리가 되었나?"

"당연한 일이다. 넌 강호의 힘이 얼마나 큰지 벌써 잊었나?"

더 이상 부정해 봤자 꼴만 우스울 뿐이었다. 오위경은 씨익 웃으며 말을 이었다.

"훗. 이거이거 내 앞에 초호 당신이 나타날 줄이야…… 당신은 우리와 다른 세계에 사는 사람이 아니었나?"

"다른 세계?"

그의 말에 초호는 살짝 발끈했다. 다른 세계라는 것은 그들의 소속이었다. 다름 아니라 어둠의 세계인 것이다.

즉 보이지 말라는 뜻인 것이다. 초호는 살짝 웃으며 말을 이었다.

"진정 건방진 놈이로고……. 다른 세계가 아니라 네놈이 곁다리라는 생각은 해본 적이 없었나?"

"큭, 내가? 이 오위경이 곁다리? 수백여 명의 경쟁자를 제치고 이 자리에 선 내가 곁다리?"

오위경은 웃으며 소리쳤다. 그 모습에선 광기가 나타나고 있었다. 그 광기는 곧 분노로 변했다.

"내가 아니라 림주 그 늙은이가 곁다리겠지! 세상에 그렇게 자신밖에 모르는 놈이 누가 있어! 그런 놈이 날 죽이려 하는데 내가 왜 그냥 있을까!"

벽력같은 외침이었다. 오위경은 말과 함께 바로 오른손에 검을 들었다. 그리곤 초호를 향해 밀어내고 있었다.

스스슷…….

역시나 실전적인 검법이 초호에게 다가오고 있었다. 손목을 살짝 틀면서 초호의 목을 겨냥하고 있었는데 이대로 가면 초호는 목에 검을 꽂은 채 쓰러지게 될 것이었다.

피하고 싶어도 그렇게 쉽게 피할 수 있는 것이 아니었다. 손을 대는 순간 엄청난 변화가 시작되는 검이기에 그런 것이었다. 천화검(天花劍)이라는 초식 이름처럼 아주 많은 변화가 있었던 것이다.

그런데 그 변화가 순식간에 봉쇄되고 있었다. 너무도 간단한 초호의 동작 때문이었다.

콰악…….

"……!"

놀랄 수밖에 없는 일이었다. 초호의 오른손엔 금색의 기운이 흐르고 있었다. 게다가 그 기운이 흐르는 손은 오위경의 검날을 움켜쥐고 있었다. 이래 가지고는 변화고 뭐고 없었다.

"천화검은 그 변화가 대단해 일단 발동되면 막기가 어렵지. 최선의 방법은 원천 봉쇄……."

"어떻게 그걸……."

오위경은 정말 놀라고 있었다. 천화검은 정말 비장의 한 수였다. 여기 있는 사제들도 그가 천화검을 사용하는 것을 알지 못할 정도로 말이다.

"당연한 노릇이다."

따아아앙…….

초호의 손에서 검이 부서지고 있었다. 세 동강으로 부서진 검은 허공으로 튀어 올랐는데 그중 제일 앞부분은 여전히 초호의 손에 붙들려 있었다.

슷…….

초호는 그 오른손은 펴고 있었다. 그저 천천히 펴내는 것에 불과한 동작이었다. 그러나 그 손을 편 순간 손안의 검 조각이 섬전같이 나갔다.

파아앗… 콰아아악~!

"……!"

오위경의 눈이 놀람으로 물들었다. 그의 가슴을 뚫고 검날이 뒤로 나가 버린 것이다. 도무지 어떻게 할 수 없는 대단한 무공이었다.

"그 무공은 내가 만든 것이니……."

"…마, 말도 안 되는……."

놀란 눈을 감지도 못한 채 그는 자리에 쓰러지고 있었다. 초호는 신경 쓸 것은 이제 없다는 듯 앞으로 나가며 입을 열었다.

"이 모든 일은 여기 이놈이 획책한 것이다. 강호의 무인들에게 그리 전하라."

"예, 알겠습니다."

초호의 말에 강상서가 대답했다. 그는 멀어져 가는 초호를 보며 뭔가 우물거렸는데 이내 말을 하지 못하고 입을 닫았다.

"왜… 그러십니까, 사형?"

옆에서 보던 관립이 궁금한지 입을 열고 있었다. 그러자 강상서의 입이 열렸다.

"다음에 볼 때 뭐라고 불러야 될지 물어보려 했다."

"……."

별것도 아니었다. 그냥 물어보면 될 것을 왜 안 물었는지 그게 더 이상할 노릇이었다.

"한데 왠지 말이다……."

강상서가 다시금 입을 열었다. 그는 잠시 오위경의 시신에 눈을 주다가 다시 신형을 돌렸다. 초호가 사라진 방향이었다.

"다시는 못 볼 것 같구나……."

"……."

    ＊   ＊   ＊

"으음……."

 무당 장문 도학운은 어금니를 꽉 깨물었다. 이젠 별로 남은 흑의인들이 없었다. 있다면 저 앞에 있는 장연호의 주변에 세 명이 전부였다.

 아니, 그 앞에 한 여인이 있었는데 그녀까지 모두 넷이다. 그 외엔 모두 고혼이 된 상황이었다. 그는 잠시 주변을 둘러보았다.

 많은 시신이 있었다. 흑의인들의 시신도 있지만 그것보다는 무림인들의 시신이 훨씬 많은 상황이었다. 참혹한 광경이었다.

 물론 살아남은 사람들도 있었다. 그러나 그건 정말 천운이었다. 개방과 화산을 비롯한 여타의 무림인들이 오지 않았다면 아마도 죽는 것은 자신들이었을 터였다.

 그들이 왔기에 가능한 일이었다. 그리고 그들뿐만이 아니라 이름없는 무인들도 있었고 환연교주 토루가를 비롯한 남만의 사람들도 조금 전에 도착했다. 대신 남은 사람들의 인원은 초라한 지경이었다.

 무당을 예로 들자면 사십여 명이 나왔건만 남은 것은 다섯뿐이었다. 청야공 청목 도장과 자신, 경호와 저 앞에 있는 장연

솔사림 325

호, 그리고… 장연호의 내자 이렇게 다섯이었다.

그러한 상황은 다른 문파도 비슷하여 개방도 먼저 도착한 사람들은 세 명만이 살아남았을 뿐이었다. 그 외에 각파의 상황도 비슷해서 후발대로 도착한 화산만이 조금 온전한 모습일 뿐이었다.

"무량수불… 이게 대체 무슨 일인지… 무량수불."

도학운은 도호만 외울 뿐이었다.

까라라랑!

이미 발동되었다면 그를 막을 수 있는 것은 없다고 보는 것이 장연호의 생각이었다. 탈명검은 그를 포위한 세 명의 흑의인을 집요하게 둘러싸고 있었다.

검 하나가 검 셋을 둘러싼다라… 조금은 이상하게 보일지 몰라도 그것이 사실이었다. 장연호는 이미 그를 공격하는 세 사람을 능가하고 있었던 것이다.

"뭣들 하는 것이냐! 어서 죽이지 못할까!"

스스로를 추월이라 밝힌 삼사자는 뒤에서 소리를 치지만 그건 그녀만의 생각일 뿐이었다. 이미 그녀의 미혼공은 깨어진 지 오래였다.

그녀가 선기를 잡은 것은 처음의 잠깐이었다. 그 이후는 계속 장연호에게 끌려 다닐 수밖에 없었다. 장연호의 무공에 그녀의 미혼공이 효과가 있을 턱이 없었던 것이다.

그녀는 지금 한참 후회를 하고 있었다. 적어도 여기 있는 이들에게라도 음정을 주었어야 했다. 이 정도의 무공을 가지고 눈앞에 있는 장연호를 상대하기는 벅찼던 것이다.

장연호는 한 마리의 맹호처럼 보이고 있었다. 이대로 가다간 도망칠 수도 없는 상황. 게다가 주변을 둘러보면 더욱더 절망적인 상황으로 변하고 있음을 알 수 있었다.

어느새 강호의 무림인들이 주변을 둘러싸고 있었다. 그 많던 흑의인들이 다 죽었다는 뜻인데, 대관절 몽오린은 어디서 뭘 하고 있는지 알 수가 없었다.

카라각… 파아앗.

이윽고 한 사람의 목에서 피가 흐르기 시작하자 그것으로 끝이었다. 균형이 깨진 것인데 한 번 깨진 균형을 다시 찾을 도리는 없었다.

팟… 파팟!

깨끗한 두 마디 소리가 들려오고 두 사람의 신형이 굳어지고 있었다. 추월은 두 사람의 모습은 신경도 쓰지 않은 채 바로 신형을 날렸다. 다음 목표는 바로 본인이 될 테니 말이다.

파아앙…….

그녀는 허공으로 몸을 뽑아 올렸고 장연호는 바로 그녀의 신형을 쫓았다. 그러나 이미 도주를 위해 몸을 뽑아 올린 그녀를 잡기엔 조금 늦은 감이 있었다. 한데 그때였다.

"……!"

추월의 눈이 살짝 커졌다. 누군가 허공에서 내려오는 것이 느껴지고 있었는데 그건 여기 있는 사람이 아니었다. 상당히 빠른 속도로 떨어져 내리고 있었던 것이다.

타닷… 파아앙!

"아니, 모인 장로님!"

내려선 사람은 바로 개방의 모인 장로였다. 모인 장로는 내려서자마자 바로 발을 놀려 장연호에게 다가오고 있었다.

"이게 무슨… 헛!"

장연호는 돌연한 사태에 놀라 눈을 동그랗게 떴다. 자신 쪽으로 오는 모인의 얼굴을 보고 놀란 것인데 그의 이마에는 땀이 송골송골 배어 있었다.

모인의 이마에 땀이 배일 정도로 달려왔다라……. 좀처럼 믿기지가 않는 상황이었다. 그만큼 누군가 따라왔다는 뜻이니 말이다.

그리고 그런 장연호의 의문은 바로 풀렸다. 모인의 뒤를 따라 한 사람이 땅에 내려서고 있었다. 그런데 그냥 내려서는 것은 아니었다.

슛… 파아아앗!

"……!"

장연호의 눈이 부릅떠졌다. 저 앞에 서 있던 추월, 그녀의 머리 위쪽에서부터 작은 선 하나 그어지고 있었다.

카앙…….

어디까지 선이 그어지는지 모르지만 그녀의 두 발 사이에 둔중한 도 하나가 박혀 있었다. 추월은 그저 입만 벌린 채 아무런 말도 하지 못하고 있었다.

그런 추월의 몸이 앞으로 넘어지기 시작했다. 그녀의 몸이 땅에 쓰러진 순간 그녀의 머리 위에서부터 그어진 혈선에서 피가 터져 나오고 있었다.

파아아아앗!

그 피의 분수 뒤에 한 사람이 앉아 있었다. 한쪽 무릎을 꿇은 채 오른손의 도로 땅을 찍는 사내, 장연호는 그 사내가 누구인지 너무나 잘 알고 있었다.

"……"

현백… 분명히 그 모습은 현백이었지만 장연호는 아무런 말이 없었다. 오랜만에 만났기에 반가울 만도 하건만 입을 꽉 다문 채 앞으로 나갔던 것이다.

근 일 장여의 거리를 남겨둔 채 장연호는 현백의 앞에 섰다. 그는 자신의 검을 움켜쥔 채 현백을 향해 입을 열었다.

"누구냐, 넌……?"

장연호가 보는 현백은 절대로 예전의 현백이 아니었다. 지금 보이는 그의 모습은 그저 피에 굶주린 한 마리의 야수일 뿐이었다.

2

"음? 예상외의 전개인가?"

"……"

초호는 입을 꽉 닫았다. 그가 주군으로 모신 사람. 솔사림의 림주는 지금 창밖으로 시선을 던지고 있었다. 높다란 금색의 탑 위에서 그는 세상을 내려다보고 있는 중이었다.

"초호······."

"예, 주군."

"내가 분명히 현백이 이곳에 오지 못하도록 만들라 하지 않았던가?"

"···죄, 죄송합니다, 주군!"

창밖에서 움직이는 현백을 보며 솔사림주는 툭하고 말을 뱉어내었다. 하지만 그 말에 초호는 긴장할 수밖에 없었다.

분명 그는 현백을 오지 못하게 하라고 했었다. 그러나 초호는 다른 일을 해야만 했었다. 림 내의 일을 해결해야 했던 것이다.

"변명 같지만 오위경의 문제 때문에······."

"그따위 놈에게 신경 쓸 일 따윈 없었다, 초호. 그놈이 뭐라 하든 놔두어도 상관없었다."

"······."

변명의 여지가 없는 추궁이었다. 초호는 그저 고개를 떨굴 뿐이었다. 분명 사내는 현백을 막으라 했지 이곳의 일에 신경 쓰라고 한 것이 아니었다.

"널 책하려고 하는 게 아니니 긴장할 것 없다, 초호."

솔사림주는 웃으며 말을 이었다. 초호는 그 말에 고개를 들었는데 그러자 솔사림주의 목소리가 다시금 들려왔다.

"지금 즉시 애단곡으로 가라. 그곳에 네가 데려와야 할 사람들이 있다."

"…알겠습니다, 주군."

의문이 있을 법도 한데 그는 바로 신형을 돌리고 있었다. 그가 하는 일에 토를 단다는 것 자체가 말도 안 되는 일이라는 듯 그는 그렇게 사라지려 하고 있었다.

"그곳에 가면 아는 사람이 있을 것이다. 미리 언질을 주었으니 알아서 할 것이다."

"예, 주군."

역시나 군말없이 그는 움직였다. 그리고 그의 신형은 곧 어둠 속으로 사라져 갔다.

"역시 충직한 사람이군요. 누구인지 정도는 물어보고 가도 될 터인데……."

"누구와는 다르지. 그는 완전한 내 사람이니까."

문득 들려오는 소리에 그는 신형을 돌렸다. 얼굴에 가면을 쓴 사람, 바로 월성이었다. 그는 아직도 솔사림주의 옆에 있었던 것이다.

"이쯤이면 졌다는 생각이 들지 않나? 자네의 세력은 이제 전혀 없는 것 같은데?"

"하하하. 솔사림주께서는 역시 성정이 급하십니다. 아직은 아닙니다, 림주."

"…아직은 아니다?"

뭔가 의미하는 바가 있다는 듯 솔사림주는 눈을 좁혔다. 그러자 월성은 고개를 끄덕이며 그의 옆에 나란히 섰다.

솔사림 331

"이제 제가 준비한 것이 시작될 것입니다. 아니, 이미 시작했군요."

저 아래를 내려다보며 그가 이야기하자 솔사림주는 고개를 끄덕였다. 그는 이제야 뭔가 좀 보인다는 듯한 표정을 지으며 입을 열었다.

"헛… 그렇군. 애당초 데려온 아이들 따윈 그냥 버리는 패였구만."

"……"

솔사림주의 말에 월성은 아무런 이야기도 하지 않고 있었다. 가면 속에 숨겨진 그의 얼굴은 어떤 표정을 짓고 있는지 전혀 알 수가 없었다.

"현백… 바로 그였구만. 그가 자네의 무기였어……."

솔사림주의 목소리에 월성은 역시나 아무런 이야기도 하지 않고 있었다. 그러나 그 침묵이 곧 긍정을 이야기함을 두 사람은 너무나 잘 알고 있었다.

혹시나 했었다. 저 사람이라면… 저 현백이라는 사람이라면 어떻게든 할 수 있을 것 같았다. 아니, 진정한 고대의 힘을 얻을 수 있을 것만 같았다.

그런데 그건 역시 자신만의 생각일 뿐이었다. 현백은 변해 버렸다. 그 옛날 그가 봤던 사람들이랑 똑같이 말이다.

"결국… 당했나!"

토루가의 탄식이 울렸다. 그는 지금 현백의 모습을 보며 어금니를 꽉 깨물고 있었다. 지금 현백의 모습은 그가 알던 현백이 아니었다.

피와 죽음의 사신, 딱 그 모습이었던 것이다. 아마도 그는 지금 아무런 느낌도 없을 터였다. 사람을 죽인다는 것, 싸운다는 것 자체가 다 느낌이 없을 터였다.

이젠 사람의 모습이 아니었다. 그는 괴물일 뿐이었다. 스스로가 괴물이 되어 내력에 원정까지 모두 고갈된 후에나 멈출 것이었다. 그것이 이제 현백이 가야 할 길인 것이다.

그리고 그 길로 가야 한다면 옆에 서 있는 사람들이 보내주어야 했다. 조금이라도 사람의 모습일 때 그때 보내주는 것이 그를 위한 것이었다.

"각간… 아무래도 힘들 것 같네."

"……."

사다암은 아무런 말도 할 수가 없었다. 그는 지금 토루가의 옆에 있지만 그에게 신경 쓸 상황이 아니었다. 그의 신경은 온통 한군데로 가 있었다. 모조리 현백을 향해 있었던 것이다.

온 머리칼이 다 서는 느낌이었다. 팔의 감각은 날카롭게 서서 절로 몸이 떨리고 있었다. 그건 모두 저 한 사람 때문이었다. 현백이라는 이름을 가진 저 한 사람 때문에 말이다.

혼자서… 혼자서 싸우고 있었다. 그 혼자서 지금 강호의 고수들을 한꺼번에 상대하고 있었던 것이다.

개방의 모인과 토현, 무당의 청야공 청목, 탈명천검사 장연호, 소림의 백양 대사 이 다섯 명을 혼자 상대하고 있었다. 눈으로 보면서도 믿지 못할 노릇인 것이다.

"각간, 내 말 듣고 있나?"

"아… 예, 교주……."

토루가의 목소리에 그는 겨우 정신을 차렸다. 확실히 현백은 이제 완전히 미쳐 버린 것 같아 보였다. 토루가의 말처럼 어쩔 수 없는 상황이 된 것 같았다.

"아직까지 조용히 계신 여러분께 내 말을 알려주시오. 지금 즉시 현백을 죽여……."

"함부로 말하지 말아요!"

"……."

입을 열던 토루가는 흠칫하며 신형을 돌렸다. 그곳엔 한 소년, 아니, 청년이 서 있었다. 개방의 이도였다.

"자세히 알지 못하면 가만히나 있어요! 죽이긴 누굴 죽인다는 것이오!"

"……."

카랑한 목소리지만 그 목소리엔 진심이 묻어나 있었다. 아직 현백이 변한 것을 인정하지 않고 있었던 것이다.

그것이 아니라고 이야기하고 싶지만 그럴 수가 없었다. 그 눈에 서린 진지한 빛을 읽을 수 있었던 것이다.

"그건 나도 마찬가지군. 함부로 이야기하지 말도록……."

"……."

또 하나의 목소리가 들려왔다. 이도가 부축을 한 사내의 입에서 흘러나오는 소리였다. 바로 창룡 주비였다.

"정말 현백을 보고 싶다면 지금이라도 나가… 나가서 싸워 보고 이야기해. 정말 현백이 괴물인지."

"뭐요?"

주비의 말에 토루가는 의아한 목소리를 내었다. 싸워보고 이야기하란 말이 무슨 뜻인지 알 수가 없었던 것이다.

크릭…….

한숨 더 떠 창룡은 앞으로 나가고 있었다. 온몸에 붕대를 칭칭 감은 채 그는 장창을 꼬나 들고 나갔던 것이다.

"함부로 이야기하지 마시오……."

문득 주비의 목소리가 허공에 울리고 있었다. 두 눈 가득 붉은 액체를 실렁인 채 그는 앞으로 나가며 다시금 입을 열고 있었다.

"현백의 오른쪽 눈에 흐르는 눈물을 보지 않고서는……."

키링… 파아앙.

움직이기도 힘든 주비의 신형이 다시금 움직이고 있었다.

이런 기분이었을 터였다. 십여 년 전 생사를 같이했던 그들, 충무대원들의 기분이 모두 이런 것이었을 터였다.

그들은 모두 한 권의 책에 매달렸다. 천의종무록. 그 한 권의 책을 봄으로 인해 명군의 승리는 둘째 이야기가 되어버렸다.

천의종무록을 익히고 웃던 사람들의 모습을 잊을 수가 없었다. 철포삼을 대성하고 좋아하던 범평, 비연류의 신법을 연성했던 송문서, 용음십이수를 대성했던 개방의 홍명 등… 그 모든 사람들의 모습이 다 기억나고 있었다.

그리고 그들의 최후 역시 같이 기억나고 있었다. 모두가 다 미쳐 가면서 피에 굶주렸던 사람들, 그 사람들을 피해 도망 다녔던 기억들…….

현백이 끝까지 살아남았던 것, 그 남만에서 죽지 않고 이렇게 중원까지 올 수 있었던 것은 단 한 가지 이유였다. 현백은 무공에 있어 백치나 다름없었던 것이다.

이제야 알 것 같았다. 이 무공은 일정한 수위가 되면 발동되는 것 같았다. 그리고 보니 다들 어느 정도의 무공을 얻게 되면 미쳤었다. 물론 그 어느 정도라는 수위는 현백이 알 수 없었지만 말이다.

그런데 지금 왼쪽 눈으로 세상을 보니 그 수위를 조금 알 것 같았다. 수위로 따지면 대단한 수위였다. 그리고 이제야 왜 자신의 내력이 모이기만 하는지 알 수 있었다.

그렇게 모이지 않는다면 이 정도의 힘은 낼 수 없었던 것이다. 비정상적으로 내력이 모이게 하는 것, 그것이 바로 이 천의 종무록이었다. 비록 지금 그의 무공이 모인보다도 더욱더 높은 수위였지만 지금 이 순간 그는 하나도 그것이 좋지가 않았다.

그 무공이 몸을 해치고 있었다. 의지가 아닌 본능이 움직이고 있었다. 그래서 절대로 겨누지 말아야 될 상대들에게 도를 겨누고 있었다. 모인과 장연호에게 도를 겨누고 있었던 것이다.

 그런 그의 눈에 한 사람의 신형이 더 보이고 있었다. 바로 창룡 주비였다. 온몸에 천을 감은 채 그는 다시금 현백의 앞에 서 있었던 것이다.

 '제발……'

 현백은 마음속으로 외쳤다. 그의 오른쪽 눈에서는 다시금 눈물이 떨어지기 시작하고 있었다. 이제 더 이상 그가 이들에게 병기를 휘두를 수는 없었던 것이다.

 하지만 그의 몸은 벌써 반응을 시작하고 있었다. 그의 몸에선 더욱더 강한 기운이 솟구치고 있었다.

 좌아아앗!

 현백이 입고 있던 장포가 허공에 찢겨 나가고 있었다. 모인이 사주었던 그 장포는 반쪽으로 찢겨 허공으로 빠져나갔고 이어 현백은 손을 뒤춤으로 가져갔다. 그리곤 왼손에 강침을 꺼내 들고 있었다.

 스읏…….

 그저 왼발을 앞으로 내놓은 것뿐인데 앞에 있던 모인은 찌릿한 느낌을 받고 있었다. 정말 현백의 무공은 공포 그 자체였다. 어떻게 해볼 도리가 없을 정도로 강했던 것이다.

 그런 현백이 움직이고 있었다. 모인은 재빨리 양손을 들어 올리며 대응을 했다. 하나 목표는 그가 아니었다.

슛… 파아앙!

한순간에 직각으로 꺾인 현백은 장연호에게 달려가고 있었다. 장연호는 현백을 맞아나가며 그대로 검을 찔러 넣었다. 그러자 현백의 오른손이 움직이고 있었다.

쩌어어엉!

일 장이나 공간이 있는데도 그 공간을 격하고 장연호에게 검격이 닿고 있었다. 대단한 내력으로 경시할 수가 없었고 피한다는 것은 더욱더 힘든 일이기에 이렇게 부딪칠 수밖에 없었다.

"연호! 뒤로!"

"…넵!"

모인의 목소리에 장연호는 뒤로 움직였다. 그러자 현백이 따라왔고 이어 모인과 토현, 청목, 그리고 백양 대사가 그 뒤를 따르고 있었다.

그러나 현백의 신형은 기묘하게 움직이고 있었다. 그는 좌우로 잠시 떨리는 듯하더니 바로 신형을 뒤로 젖혔고 그와 함께 그의 왼손이 허공에 뻗었다.

파아아앗!

네 개의 강침이 발사되고 모인, 토현, 청목, 백양은 각기 하나씩 맡아 막아내려 하고 있었다. 특히 백양 대사는 수비 후 바로 공격으로 밀어낼 생각이었다.

휘링… 쩌엉!

철포삼을 사용하여 그는 강침을 머리 위로 띄워 올렸다. 소매를 말아 올리며 쳐낸 것인데 이어 손을 휘저으며 앞으로 나갈 순간이었다. 순간 누군가의 모습이 눈에 보이고 있었다.

"……!"

현백의 모습이었다. 어느새 나타난 현백이 도를 휘두르고 있었던 것인데 다시금 그는 철포삼을 사용하여 현백의 도를 말아 쥐려 했다. 그러나 너무 이른 판단이었다.

파아아앗!

"이, 이럴 수가!"

철포삼이 깨어졌다. 매끈하게 잘린 그의 소매는 분명 강기를 머금었음에도 불구하고 도포는 깨끗하게 잘려 나갔다. 그와 함께 현백의 도는 그의 가슴을 할퀴고 있었다.

촤아아앗!

"크윽!"

백양 대사의 몸이 허공으로 떠오르고 있었다. 현백은 그 기회를 놓치지 않고 도를 수직으로 내리그었다. 한데 누군가가 앞을 막고 있었다.

쩌어엉…….

장연호의 검이었다. 한순간에 백양 대사의 목숨을 구하면서 막아선 것인데 그러자 현백은 뒤로 한 걸음 크게 물러서며 오른손이 뒤로 가고 있었다.

고오오오오오…….

기의 구름이 허공에 피어오르고 있었다. 피어오른 구름은 한순간에 현백을 향해 빨려 들어가고 있었고 현백은 그 기운을 마냥 받아들일 뿐이었다.
 "미련한! 그만두거라, 현백~!"
 모인이 소리쳤지만 현백은 그만두지 않았다. 그는 오히려 더욱더 내력을 빠르게 빨아들이고 있었다. 이윽고 현백의 몸에서도 이상 징후가 나타나기 시작했다.
 투툭… 피핏…….
 그의 오른손에서 혈관이 불거지더니 결국 터지고 있었다. 이대로 가다간 현백은 온몸이 다 터질 것이었다. 그러나 막을 도리가 없었다.
 아니, 오히려 주위를 둘러싼 다섯 명이 그에게 빨려가고 있었다. 그의 내력은 정말 무시무시했는데 그러던 한순간이었다.
 파지지지…….
 현백의 도에서 기이한 청백색의 기운이 뻗고 있었다. 절대 검기는 아니었는데 그건 뇌전과도 같은 기운이었다. 모인은 그 모습에 놀라 소리쳤다.
 "현백, 무슨 짓이야!"
 "쿨럭!"
 현백의 입에서 피가 솟구치고 있었다. 마치 모든 것을 다 이 한 수에 걸었다는 듯 그는 내력을 다 모으고 있었다.
 "큭……."
 모인의 가슴이 떨리고 있었다. 아니, 모인뿐만이 아니라 둘러싼 네 명 모두가 다 가슴이 떨릴 정도의 위력이 지금 현백의 오른손에 모이고 있었다.

"크아아아아!"

괴성과도 같은 소리를 지르며 현백의 오른손이 허공으로 움직였다. 허리를 축으로 원을 그리듯 빠르게 휘도는 그의 궤적에 따라 오른손의 도 역시 움직이고 있었다.

꽈지지지지지지!

쩌저저정!

네 사람의 신형이 동시에 허공으로 떠오르고 있었다. 일파의 종사라도 이 네 사람의 앞에선 버티지 못할 것을 오히려 현백은 거꾸로 압도하고 있었다. 네 사람의 신형은 허공에 붕 떠 버린 채 대지로 떨어지고 있었다. 떨어지는 그들의 몸엔 기이한 뇌전이 휘감기고 있었다.

"흐으… 흐으……."

현백은 쓰러지지 않고 있었다. 그러나 쓰러진 것과 다름없었다. 그의 몸은 한순간 내력이 텅 비어버려 아무것도 쓸 수 없는 상황이 되었던 것이다.

"……."

공포… 그것은 공포였다. 강호에서도 그 빛이 찬란한 네 사람이 한꺼번에 나가떨어지는 것을 본 순간 사람들의 눈에서 공포와 살기가 동시에 퍼지고 있었다.

누가 이야기한 것도 아닌데 사람들은 조금씩 현백을 향해 다가가고 있었다. 살기를 담은 채 움직이는 그들의 의도를 모른다면 그것이 바보였다. 그들은 지금 현백을 죽이려 하고 있었다.

어쩔 수 없는 노릇이었다. 지금 누가 봐도 현백은 잠깐 충전하는 중이었다. 비록 오른팔은 강한 내력에 비틀려 있고 입에선 피가 흐르지만 언제 다시 미쳐 날뛸지 모르는 상황이었다. 죽이려면 지금이 기회였던 것이다.

하지만 최후의 양심 한가닥이 모두의 마음을 조금씩 잡고 있었다. 물론 그 양심을 저버린 사람들도 있었다. 그런 사람을 향해 명사찬이 입을 열었다.

"무슨 짓을 하려는 겁니까! 어서 물러서요!"

"……."

그의 목소리에 사람들은 퍼뜩 정신이 들었다. 그리곤 옆에 있는 사람들을 바라보았다. 서로가 서로를 보면서 의견을 확인하고 있었던 것이다.

그리고 그 의견은 하나로 뭉쳐지고 있었다. 말을 하지 않았지만 현백을 죽여야 한다는 생각은 모두의 머릿속에서 나오는 듯했다. 그러자 명사찬의 일갈이 터졌다.

"아직 희망이 있는데 왜들 이래요! 뒤로 물러나요!"

그는 현백의 앞을 막아서며 소리쳤지만 소용없었다. 사람들은 다시 앞으로 밀려 나오려 하고 있었다.

"비켜라, 사찬아. 아무래도 방법이 없을 듯하구나."

"…사부님!"

한술 더 떠 장명산이 이야기하자 명사찬은 이를 악물었다.

이건 있을 수 없는 일이었다. 어째서 현백이 이렇게 죽어야 하는지…….

"못 비킵니다. 벨 테면 저도 같이 베세요!"

"이 녀석이……."

명사찬은 그를 막아섰다. 그리고 그와 함께 현백을 막아서는 사람들이 있었다. 이도와 오유, 그리고 지충표였다.

"우리도 같이 죽어야 가능할 겁니다, 방주님."

"동감이에요."

이도와 오유의 목소리가 들려왔다. 하나 사람들의 기세는 여전히 변함없는데 그때였다. 뒤쪽에서 귀에 익은 목소리 하나가 들려왔다.

"차… 창룡……."

"현 대형!"

현백의 목소리였다. 모두의 시선이 일제히 현백을 향하는 가운데 현백의 목소리가 다시금 들려왔다.

"날… 죽……."

"……."

"날… 죽… 여……."

"……!"

현백의 앞에 있던 창룡의 두 눈이 커지고 있었다.

第十章

신념의 선택

1

"내가 이긴 것 같군요."

"……."

월성의 목소리에 솔사림주는 아무런 말도 없었다. 그냥 바라보기만 할 뿐이었다.

"애당초 우리의 약속, 잊지 않으셨지요?"

"물론이다. 어찌 잊겠나?"

솔사림주는 조금은 짜증나는 듯한 말투로 말문을 열었다. 그러나 이내 곧 평정을 되찾았는데 그의 목소리는 다시금 들려왔다.

"그나저나 정말 대단하군. 어디서 저런 무기를 찾았지? 정말 강호를 휩쓸 만한 힘을 지닌 것 같구만."

"게다가 언제든 다시 만들 수 있지요. 무공에 대한 욕심이란 다들 같은 것이니까요. 사실 저 현백이란 친구… 오히려 더 힘들었지요."

"응?"

생각 외의 말에 솔사림주는 고개를 돌렸다. 그러자 월성은 다시금 입을 열었다.

"그냥 무공에 미친 놈이었다면 죄책감이 조금 덜했을 겁니다. 한데 저놈, 진짜 우직하더군요. 아니, 그래서 더 효과가 좋은지 모르겠습니다. 정말로 무공만 정진했으니……."

"……."

솔사림주는 고개를 끄덕였다. 뭐가 어찌 되었든 이미 끝난 일이었다. 현백은 쓰러졌고 쓰러진 현백을 향해 무림인들이 움직이고 있었다. 하나의 아귀가 되어 말이다.

"아니, 솔직히 말하면 제가 승리한 것도 아닌지도 모르겠습니다. 어쨌든 강호는 또 하나가 되었으니까요. 내란을 이겨낸 것은 강호의 힘이지 않습니까?"

왠지 조금 다른 이야기가 월성의 입에서 흐르고 있었다. 그러자 솔사림주는 다시금 입을 열었다.

"그건 약속 밖의 이야기다. 어디까지나 우리의 약속은 네가 공격하고 난 막아내는 것이었다. 이 정도라면 네가 승리한 것이 확실하겠지."

"……."

솔사림주는 손을 올려 턱을 괴었다. 그리곤 오른손에 작은 나무통을 잡고 있었는데 그는 그 뚜껑을 열며 입을 열었다.

"역시 강호를 수하로 두는 것은 허튼 이야기였나? 충분히 가능할 줄 알았거늘……."

뚜껑을 열자 그 안에는 화약이 가득 들어 있었다. 아마도 신호를 보내는 것 같았다. 솔사림주가 품에서 화섭자를 꺼내 불을 붙이려 할 때였다.

"응?"

고개를 내려 아래를 보는 그의 눈에 이채가 어리고 있었다. 그는 화섭자에 불을 붙일 생각도 하지 않은 채 뚫어지게 바라보고 있었는데 이어 그는 화섭자를 땅에 던졌다.

"한 번 더 보기로 할까?"

"……."

그의 목소리에 월성도 고개를 내밀었다. 그리곤 눈에 띄게 몸을 떨었다. 그도 솔사림주가 느끼는 것을 같이 느끼는 것 같았다.

눈앞에 창룡의 창날이 있었다. 현백의 목에 댄 채 그는 이를 꽉 깨물고 있었다.

지금 밀어버리면 현백은 죽게 된다. 그럼 이 악몽은 끝나는 것이었다. 그러나 그는 그럴 수가 없었다.

현백은 그에게 죽여달라고 했다. 그건 지금 현백 자신도 스스로의 상태를 알고 있다는 뜻이었다. 그럼에도 불구하고 그는 죽여달라고 했다. 그러나 안 될 말이었다.

신념의 선택 349

스스로 싸우는 것을 알면서도 어찌 그를 죽일 수 있을까? 창룡은 이윽고 마음을 정했다.

시링…….

그의 신형이 빙글 돌려진다. 현백의 코앞에서 그는 창두를 아래로 내렸다. 그리곤 내력을 실어 외쳤다.

"누구든 이 앞을 오면 내가 가만두지 않겠다. 누구든!"

결국 그가 할 수 있는 일은 이것밖에 없었다.

'창룡……!'

마음속으로 부르짖었지만 창룡은 결국 손을 쓰지 않았다. 현백은 절망적인 마음이 들고 있었다.

몸 안의 기운이 점점 치달아 오르는 것이 느껴지고 있었다. 이대로 조금만 가면 또 한 번 폭주하게 될 것이었다. 그리고 이번엔 정말 그가 손대선 안 되는 사람들도 죽이게 될 터였다.

조금이나마 몸 안에 힘이 없을 때 죽여달라고 이야기했건만 창룡은 그렇게 하지 않았다. 현백은 절망하는 기분으로 어금니를 꽉 깨물었다.

'헛헛. 아직도 생각하지 못했더냐?'

'……'

그때였다. 어디선가 친숙한 소리 하나가 귓가에 들려왔다. 바로 그의 스승 칠군향의 목소리였다.

'녀석아, 아직도 흑인지 백인지 정하지 못했냐는 이야기다.'

'스승님! 스승님!'

반가운 마음에 그는 외쳤다. 모습은 보이지 않았지만 정말 또렷이 목소리가 들려오고 있었다.

'어이고, 이 바보 같은 녀석. 내 이런 녀석을 두고 어디를 갈꼬.'

'……'

현백은 이번엔 아무런 말도 할 수가 없었다. 그의 오른쪽 눈에선 또다시 눈물이 흐르고 있었다. 스승을 만난 반가움에 흘리는 눈물이었다.

"위험하다, 창룡! 어서 물러나게!"

스스스스……

화산 장문 화주청의 목소리가 들려오지만 창룡은 물러나지 않았다. 주변의 공기가 다시금 뒤에 있는 현백에게 빨려 들어가고 있었다. 또다시 그는 힘을 회복하고 있었던 것이다.

"어허… 이보게, 창룡! 물러나래두!"

보다 못한 제걸신권 장명산이 입을 열지만 창룡은 물러나지 않았다. 그는 미동도 없이 현백의 앞을 막아설 뿐이었다.

'어린 녀석. 눈물은 왜 흘리느냐. 선택이 우선이니라.'

'그깟 선택이 무에 중요합니까? 전 그저 옛날로 돌아가고 싶습니다, 사부님.'

어리광을 부리듯 그는 칠군향에게 말했다. 그러자 칠군향은 따뜻한 목소리로 다시 입을 열었다.

'하하하, 옛날로 돌아간다라. 그것이 불가능하다는 것을 너도 잘 알고 있을 텐데?'

당연한 말이었다. 그러나 어차피 꿈이라면 그렇게 꿈을 꾸고 싶었다. 현백은 칠군향에게 말했다.

'혹이든 백이든 무슨 상관이 있다고 그러십니까? 어차피 꿈이라면 즐겁게 꿈을 꾸고 싶습니다.'

현백은 툴툴거리며 입을 열었다. 정말 꿈이라면 그러한 꿈을 꾸고 싶었다. 하나 이어진 목소리에 그는 아연해졌다.

'이 녀석이, 누가 이게 꿈이라더냐. 어서 정하거라. 그래야 역사가 시작되는 것이다.'

'……'

"이보게, 창룡. 뒤를 보시오!"
"……"

소리친 사람은 바로 토루가였다. 그 외에 자신을 보는 사람들 모두가 다 놀라고 있었다. 그건 바로 현백의 손 때문이었다.

어느새 현백의 왼손이 허공으로 올라오고 있었다. 천천히 올라오는 손은 창룡의 목을 향하고 있었다. 이대로 가면 창룡의 목은 한번에 부러져 나갈 것이었다.

분명 창룡은 그의 목덜미에 기운을 느꼈을 터였다. 그러나 그는 움직이지 않았다. 대신 그의 입술 사이로 작은 목소리가 흘러나왔다.

"널 믿는다… 현백."

'당신 누구야!'
이건 그의 사부가 아니었다. 이 적막한 소리는 사부의 것이 아니었다. 아니, 태어나 처음으로 들어본 소리였다.
'우리가 누구인지 그것이 궁금한가?'
'대답부터 하는 게 어떨까, 친구?'
두 사람이었다. 한 사람이 아니라 두 사람이 이야기를 하고 있었다. 현백은 부지불식간에 주변을 둘러보았지만 아무도 없었다. 역시나 깜깜한 세계였던 것이다.
'선택의 시간은 그리 길지 않으이. 자네 사부가 왜 현백이라 이름 지어주었는지 아직도 모르겠나? 이 모든 운명을 꿰뚫은 사람일세.'
'……'
현백은 멍한 기분이었다. 뭐가 어떻다는 것인지 전혀 이해를 하지 못하고 있었는데 그때였다. 그중 한 사람의 목소리가 들려왔다.
'답답한 친구 같으니… 선택하라구. 환연의 뜻을 받을 것인지 아니면 흑월의 뜻을 받을 것인지를……'
'……!'
어둠 속에서 현백의 두 눈이 부릅떠졌다. 이 두 사람은 바로 환연교의 시조였다. 빛과 어둠의 두 모습을 대표하는 사람들이었던 것이다.

신념의 선택 353

창룡뿐만이 아니라 그 앞에 있던 이도와 오유, 그리고 지충표까지 모두 긴장하고 있었다. 올라오던 현백의 손은 지금 창룡의 뒷덜미에서 멈추어져 있었던 것이다.
 "쿨럭… 차… 창룡……."
 어느새 일어났는지 장연호가 다가오려 하고 있었다. 그러고 보니 싸웠던 다섯 명이 지금에서야 일어나고 있었다. 물론 그 중 백양 대사는 상처가 좀 깊어서 일어나더라도 쉽게 운신할 수가 없을 터였다.
 "현… 백……."
 문득 그의 귓가에 모인의 목소리가 들려오고 있었다. 모인은 비칠거리며 앞으로 나오고 있었다. 그는 창룡의 바로 앞에까지 오더니 이어 신형을 돌렸다.
 "후우… 나도… 여기 현백을 믿소……."
 "……."
 모인의 목소리에 모두의 얼굴이 변하고 있었다. 이젠 정말 현백을 죽일 수가 없었다. 적어도 현백이 모인을 죽이기 전까지는 말이다.
 "그럼 나도 갈까나……."
 "같이 가……."
 당연한 이야기지만 지충표를 비롯하여 이도와 오유도 다가왔고 그들 모두 현백의 앞에서 등을 보이고 있었다. 대기에 흐르는 긴장감은 극에 이르고 있었다.

'선택하라, 아이야. 너의 선택에 따라 힘이 달라진다. 난 너에게 보이는 모든 세상의 힘을 알 수 있게 해줄 것이다.'

'난 보이지 않는 모든 힘을 볼 수 있게 해줄 것이다. 나의 힘을 선택하거라……'

각기 환연의 힘과 흑월의 힘이었다. 두 목소리는 모두 매혹적으로 들려오고 있었다. 그러나 현백은 아무런 이야기도 하지 않고 있었다.

'정말로 답답하구나. 어찌……'

'다 가져가라.'

드디어 현백의 입술이 열렸다. 현백은 많은 생각을 한 후 결정을 내린 것이었다. 아니, 사실 시간은 필요가 없었다.

느껴지고 있었다. 이 따뜻한 감각. 이것은 바로 친구들의 기운이었다. 그들이 자신을 둘러싸고 있음을 느끼고 있었던 것이다.

'뭐라?'

'신중하게 생각하고 다시 이야기하거라. 어떤 힘을 원……'

'가져가라 했다. 다 필요없다.'

현백의 생각은 확고했다. 두 목소리는 조금 놀란 듯했는데 이어 한 목소리가 들려왔다.

'어째서 그런 결정을 내렸지? 이중 하나만의 무공을 가져도 넌 천하무적이다.'

'그래, 나 흑월의 힘만 가져도 세상을 오시할 수 있다. 그런

신념의 선택 355

데 왜 거절을 하는 것이냐?'

두 목소리는 정말 이해가 안 가는 듯 입을 열었다. 그러자 현백은 싱긋 웃으며 말을 이었다.

'그래, 훌륭했다. 두 무공 다 내가 꿈꾸던 것을 이루게 해주었지. 너희들 말대로 훌륭한 무공이다. 그런데 말이다……'

'……'

'그런 훌륭한 무공이라도 내가 아는 사람들을 아프게 한다면 나에겐 아무 필요 없는 무공이다. 그따위 무공을 어디다 쓰겠나?'

'뭐라고?'

목소리는 어이가 없다는 듯 입을 열었다. 그러더니 다시금 말소리가 들려왔다.

'그 무슨 나약한 소리! 세상은 어차피 혼자다. 사나이로 태어나서 만인을 누르고 세상의 끝에 서봐야 하지 않겠느냐?'

'맞는 말이지, 맞는 말이야. 그러니 선택하라는 것이지. 이 흑과 백 어떤 것을 선택할 것이냐?'

마지막 말은 또다시 그의 스승 목소리였다. 현백은 조용히 웃었다. 그리곤 입을 열었다.

'난 분명히 선택을 했을 텐데…… 아직도 내 선택이 무엇인지 모른다면 알려주마.'

현백은 왼손을 들어 올렸다. 정말 올라가는지 아닌지 알 수가 없는 가운데 그저 올라간다고 생각을 했다. 그리곤 내력을 한껏 담은 뒤 소리쳤다.

"제발… 닥쳐라!"

현백의 입에서 괴성이 터져 나오고 있었다.

"……!"

창룡의 고개가 빠르게 돌아갔다. 분명 그는 두 귀로 들었다.

닥치라는 현백의 말… 그 말이 분명히 들렸었다. 그리고 그건 환청이 아닌지 그만이 들은 것이 아니었던 것이다.

이도, 오유, 지충표, 모인에 장연호까지 모두 들었던 것이다. 동시에 다 뒤돌아봤으니 말이다. 그가 정신을 차린 것이다.

그리고 그가 정신을 차린 것에 대한 또 하나의 증거가 있었다. 그건 바로 그의 왼손. 어느새 허공으로 올라갔던 그 손에 가득 내력이 담긴 채 아래로 확 내려왔던 것이다.

퍼어어엉!

"혀, 현백!"

"현 대형!"

현백의 왼손은 그 자신의 배에 꽂혀 있었다. 정확히 단전을 친 것이다. 사람들의 얼굴이 하얗게 변해가기 시작했다. 그건 죽음과도 같은 부위였던 것이다.

'이제… 알겠나.'

'…….'

현백의 머릿속에서 울리던 목소리는 아무런 말이 없었다.

신념의 선택

배가 끊어지는 듯한 고통을 느끼며 현백은 이를 꽉 깨물었다. 아니, 배뿐만이 아니었다.

어찌 된 일인지 모르지만 어느새 몸의 감각이 정상으로 돌아와 있었다. 비틀린 오른 어깨부터 피를 토한 몸 안 구석구석 모두 다 고통이 느껴지고 있었던 것이다.

그저 이 목소리들이 싫었을 뿐이었다. 삶을 강요하는 그들의 결정이 싫어 차라리 두 사람을 다 떠나보내고 싶은 마음에 단전을 후려친 것이다.

그런데 그것이 이상한 결과를 낳았다. 무공이 사라진 것이 아니라 오히려 몸을 더 편하게 한다…….

'선택을 축하한다, 현백.'

'사, 사부님?'

목소리는 다시금 들려오고 있었다. 하지만 이번에 들리는 목소리는 예의 두 사람이 아니었다. 그의 사부의 목소리로 머리 전체를 울리고 있었다.

'흑과 백, 무엇이 그리 중요하겠느냐. 넌 네가 할 수 있는 최선의 선택을 했구나, 현백.'

'……'

'눈을 떠라, 현백. 네가 한 선택이 어떤 것인지 알게 될 것이다.'

현백은 서서히 눈을 뜨기 시작했다. 사부 칠군향의 목소리에 따라서 말이다. 조금씩 눈이 떠지며 주위의 풍광이 눈에 들어오기 시작했다.

"…창… 룡……."

"날… 날 알아보겠나, 현백!"

창룡의 모습이 제일 먼저 눈에 들어오고 있었다. 그리고 그 옆에 있는 사람들도 보였다. 얼굴 가득 울상을 만든 이도와 오유가 말이다.

"이도… 오유."

"현 대형!"

"현 대형… 흐엉~!"

바로 눈물을 떨구며 이도는 울었다. 현백은 싱긋 웃으며 고개를 돌렸다.

"연호… 모인 장로님……."

"녀석… 도… 돌아왔구나……."

가슴을 떨며 모인 장로는 이야기했고 장연호는 그저 씨익 웃었다. 현백은 자리에서 일어나려 했다. 창룡이 어깨를 빌려주자 그는 그 어깨를 딛고 일어섰다.

그는 다시 눈을 돌렸다. 이제 완전한 어둠이 세상을 감싸고 있었다. 그러나 그의 안력은 그리 힘들이지 않고 사람들을 볼 수 있었다. 자신의 모습을 보는 사람들을 그는 볼 수 있었다.

그중 눈에 띄는 사람이 한 명 있었다. 놀란 눈을 한 채 자신을 바라보는 사람. 바로 토루가였다. 그는 격동 어린 표정을 지으며 자신에게 빠른 걸음으로 다가오고 있었다.

"다… 당신… 당신, 설마……."

"……."

신념의 선택

그는 알고 있었다. 현백이 이겨낸 것을, 그 저주를 이겨낸 것을 말이다.
"미안하오, 토루가."
"……."
"이건 도저히 후세에 남길 수가 없을 것 같소이다."
"아……!"
토루가의 입에서 감탄사가 흘러나오고 있었다. 그는 현백의 말을 알아들을 수 있었다. 가르쳐 주지 않겠다는 것이 아니라 모르겠다는 뜻임을 말이다.
내력을 운용해 본 현백은 이제야 알 수 있었다. 그의 선택이란 것이 어떤 것임을. 그는 내력의 본모습을 본 것이다.
천의종무록은 기존의 모든 내력을 다 뭉뚱그릴 수 있는 무공. 그러나 분명 주가 되는 무공이 있었다. 바로 그 무공이 저주와도 같은 역할을 한 것이다.
그 내력들이 단전을 둘러싸고 있는 셈이었다. 단전을 둘러싸고 시전자의 의지를 반한 채 스스로의 의지로 내력을 운용했던 것이다.
바로 현백은 그 무공을 깬 것이다. 뇌격을 사용하여 무리한 내력의 고갈로 단 한순간 정신이 들었던 상황에서 행해진 일이었다.
정말 머릿속에서 그 목소리들이 들렸는지 모르지만 그건 아마도 이 저주 같은 내력이 그를 혼란시키려 했던 것 같았다. 그 선택이란 것을 문제로 들고 말이다. 어떤 것을 선택하든 결과는 똑같은데 말이다.

"그 모습이라도… 보고 싶소이다."

"……."

현백은 그의 말에 고개를 끄덕였다. 그리곤 신형을 돌려 왼손을 허공에 올렸다.

스스스스승!

"우웃!"

현백을 바라보던 사람들이 뒤로 황급히 물러나고 있었다. 현백은 이전처럼 대기를 끌어들이고 있었다. 그와 함께 그의 머리칼이 허공으로 치솟고 있었다.

콰아아아아아…….

강한 기의 울림이었다. 그 기의 울림은 현백의 왼팔에 집중되고 있었는데 그때였다. 현백의 왼쪽 눈이 다시금 붉게 변하고 있었다.

현백의 눈에 두 사람의 모습이 보이고 있었다. 저 이십여 장 위의 높은 전각에 있는 두 사람. 목표는 바로 그들이었다. 이윽고 현백의 왼손에서 하얀 빛이 번뜩였다.

콰아아아아앙!

"……!"

"허엇!"

엄청난 위력이었다. 허공에 폭발하듯 터진 그의 내력에 고층 누각 지붕이 완전히 박살나고 있었다.

그 박살난 건물에 두 사람이 보였다. 사람들은 그들이 누구인지 몰라 의아해했는데 한 사람은 가면을 쓰고 있었고 또 한 사람은 중후한 인상의 장년인이었다.

"넌 알고 있겠지, 주비?"

"……."

주비는 대답 대신 고개를 끄덕였다. 둘 다 모를 수가 없는 사람이었다.

"솔사림주와 월성… 아닌가?"

"…맞다, 현백."

"뭐라고!"

여기저기서 놀란 음성이 같이 흘러나오고 있었고 그 놀람은 이내 분노로 바뀌고 있었다. 월성이라면 바로 흑월의 수장이니 말이다.

자신들을 놀린 셈이었다. 성질 급한 사람들은 당장이라도 저 전각에 뛰어올라 가려 했는데 그때였다. 현백의 목소리가 허공에 울렸다.

"흑월의 일사자 마송이 왜 나에게 이곳에 오지 말라고 하는지 그것이 궁금했었다."

"……."

현백의 목소리에 창룡은 아무런 말이 없었다. 그러자 현백의 목소리가 계속되었다.

"아무리 생각해도 이해가 되질 않았어. 지금 생각해 보면 충무대원들 모두가 다 전공보다는 그 천의종무록에 더 신경 쓰는 사람들이었지."

"……."

"바보 같지만 그럼에도 불구하고 우리의 수장이란 사람은 왜 우릴 그냥 두고 보았는지 정말 이해가 안 가… 아니, 이젠 이해가 가지……."

현백의 입가에 작은 미소가 걸려 있었다. 그는 저 월성이란 사람에 대해 상당한 관심이 있는 듯 보였는데 이어 그의 목소리가 들려왔다.

"월성… 오왕야인가?"

"……."

현백의 목소리에 모두 두 눈을 크게 떴다. 오왕야라면 황족이었다. 황태자와 황위를 놓고 경쟁 관계에 있다는 왕인 것이다.

그러나 더욱더 놀랄 일은 창룡의 고개가 끄덕였다는 것이었다. 그러자 이번엔 현백의 입에서 더욱더 놀랄 만한 소리가 흘러나왔다.

"그럼 솔사림주는 황태자겠군."

"…그렇다, 현백."

"……!"

사람들은 더 이상 어떻게 놀람을 표현해야 될지 알 수가 없었다. 이렇게 날이 어두운 것이 오히려 다행일 정도로 그들은 놀라고 있었다. 문득 그들의 귓가에 현백의 목소리가 들려왔다.

"둘 사이에 무슨 일이 있었는지 모르지만… 아니, 알고 싶지

신념의 선택 363

도 않지만……."

현백의 목소리에는 은은한 노기가 서려 있었다. 그의 목소리는 계속되었다.

"아무리 황족이라고 하나… 정말… 죽이… 고 싶… 다… 쿨럭!"

"현, 현백! 현백!"

현백의 입에서 피화살이 뿜어진 것은 그때였다. 그는 그대로 차가운 바닥에 신형을 뉘었다. 그의 몸은 부들부들 떨고만 있었다.

"현백, 정신 차려라……."

창룡부터 시작해서 여러 사람들의 목소리가 한꺼번에 들려오고 있지만 현백은 아무런 반응도 할 수가 없었다. 몸이 노곤하게 변하는 것이 좀처럼 정신을 차릴 수가 없었던 것이다.

대신 그의 귓가에는 다른 소리가 들려왔다. 그의 사부 칠군향의 목소리였다.

'녀석, 너의 선택을 이제 알겠느냐?'

'예, 사부님… 알 것 같습니다. 알 것 같아요.'

현백은 작게 입을 열었다. 그는 그 누구하고도 타협하지 않았다. 스스로의 의지로 그의 길을 선택한 것이다. 힘에 이끌리는 것을 사양했던 것이다.

흑인지 백인지 따위는 신경 쓸 것도 없었다. 다 포기해 버리는데 뭘 신경 쓸 것인가? 전혀 필요없는 이야기였다.

단전이 망가져도 좋았다. 당장 필요한 것은 친구들의 목숨.

그들의 목숨을 빼앗는 무공 따윈 필요도 없었던 것이다. 그래서 그는 단전을 쳤던 것이다.

그런데 그것이 오히려 그를 살렸다. 단전을 둘러싸던 단단한 무엇인가가 그의 손에 의해 깨져 나간 것이다. 그와 함께 그의 의지가 돌아왔다. 그것이 무엇인지는 지금도 모른다.

그는 백도 되고 흑도 되는 사람이었다. 상황에 따라서 변화하는 자신의 삶을 선택한 것이다. 물론 언젠가는 또 지금처럼 될지 모르지만 말이다.

'사부님… 조금 졸리네요.'

현백은 다시금 입을 열었다. 정말 눈꺼풀이 천근만근 무거워지는 것을 느끼며 그는 눈을 감았다. 그러자 또다시 귓가에 칠군향의 목소리가 들려왔다.

'허허. 그래, 너석. 자러무나… 아주 푹 자러무나. 허허허.'

현백은 의식의 끈을 놓았다. 그렇게 그는 평온한 세계로 들어서고 있었다. 이제 그가 할 수 있는 일은… 아무것도 없었다.

終

"아이구, 젠장. 또 무림대회야? 대관절 이놈의 무림대회는 언제 끝나나?"

"낸들 알아? 예전엔 쇼사림이 그토록 난리를 치더니 이젠 화산이야?"

전혀 무림인으로 보이지 않는 두 사람이 입을 열고 있었다. 이제 삼류를 갓 벗어난 정도? 그 이상의 무공은 아닌 것 같았다.

"뭐… 화산진도 현백 대협을 기리기 위해서 열린다고 하니 한 번쯤 가봐야지 뭐. 언제 갈까?"

"으이구, 아 친구 하는 소리하고는… 지금부터 가야 될걸? 보름밖에 안 남았어."

두 사람은 서로 얼굴을 보곤 바로 자리에서 일어나고 있었다. 그들은 셈을 하고는 횅하니 움직였는데 그런 두 사람을 보는 얼굴이 있었다. 일로일소였는데 바로 이도와 모인이었다.

"후… 화산에서 꽤나 크게 벌리나 본데요? 이것 참……."

"허허허. 화산도 충분히 그럴 만하지. 현백을 기리기 위한다는 좋은 명분이 있는데 왜 안 하겠느냐?"

"나 참… 이미 삼 년이 넘은 일을 아직도 우려먹나… 에이. 장로님, 그만 가죠?"

끼이이이.

가자는 말과 함께 이도는 자리에서 일어났는데 그는 이제 청년이라고도 할 수 없었다. 두꺼운 팔뚝은 웬만한 사람의 머리만큼이나 컸고 키는 모인보다 두 배 이상 커 보이고 있었다.

"그놈 참… 천천히 일어나, 이놈아. 바람 불어."

"장로님도, 불면 얼마나 분다고 그래요?"

이도는 투덜거리며 자리에서 일어나 계산을 했고 모인은 바로 뒤를 쫓았다. 그렇게 두 노소는 객잔을 나서고 있었다.

"훗……."

"뭐가 그리 우습냐!"

따각따각…….

두 필의 말 위에서 이도와 모인은 몸을 흔들며 타고 가는 중이었다. 문득 이도가 입을 열어 웃자 모인이 물어온 것이다.

終 367

"웃기잖아요. 오유가 아이를 낳았어요. 그것도 지 형의 아이를… 대체 누굴 닮아야 하는 것인지…….."

"푸핫핫. 맞다, 맞아. 나도 그 생각만 하면 웃음이 그치질 않는구나."

모인은 호탕하게 웃었다. 오유와 지충표는 지금 같이 살고 있었다. 이젠 어엿한 엄마가 된 오유를 지금 만나러 가는 길인 것이다.

삼 년 전 현백이 쓰러진 후 지충표는 본가로 돌아가지 않았다. 본가의 일은 본가에서 하라고 하고 그는 다른 일을 했다. 그리고 그와 함께 움직인 것은 바로 낭인왕 옥화진이었다.

두 사람은 어디론가 떠났다. 물론 한 사람을 데리고 말이다. 바로 오유였는데 얼마 전 오유가 소식을 전해왔다. 자신을 닮은 딸을 낳았다고 말이다.

그래서 지금 두 사람이 길을 떠나고 있는 것이었다. 만나기로 한 곳은 바로 호남의 동정호가 보이는 곳이었다.

그리고 지금 다 온 상태였다. 그들의 눈에 한 사람의 모습이 보이고 있었다. 지는 저녁노을을 온몸으로 받으며 서 있는 그는 바로 탈명천검사 장연호였다.

"장 형, 오랜만이에요!"

"아아……."

장연호는 싱그러운 웃음과 함께 손을 흔들었다. 이도와 모인은 말을 조금 빨리 몰아 그에게로 갔다.

"오랜만에 뵙습니다, 모인 장로님."

"허허, 무슨 말을… 아니, 이젠 무당 장문이라 불러야 하나?"

삼 년 동안 가장 놀라운 일을 꼽으라 하면 바로 이 일이었다. 장연호가 무당 장문이 된 것이었다. 물론 본인은 임시라고 이야기하지만 그거야 아무도 모르는 일이었다.

"차기 장문이 지금 준비 중입니다. 전 그만두어야지요."

"에이, 장 형 같은 사람이 어디 있어서요… 아차, 장문인."

"됐다, 이 녀석아."

쓸데없는 소리는 말라는 듯 그는 바로 동정호로 눈을 돌렸다. 왠지 동정호를 보는 그의 눈은 조금 쓸쓸했는데 그 이유를 잘 알고 있었다. 이 년 전 예소수가 죽었다. 그는 이곳에 그녀의 유골가루를 뿌렸던 것이다.

그래서 이곳에서 만나기로 한 것이었다. 그녀의 기일 즈음하여 모두 만나려 하는 것이었다.

"와, 먼저 왔네?"

"오유!"

문득 들려오는 소리에 이도는 반갑게 뛰어나갔다. 거기엔 강보에 싸인 아이를 안고 있는 한 여인이 보였다. 물론 그 옆엔 산적같이 생긴 남자도 있고 말이다.

"와우, 지 형! 오랜만이에요!"

"욘석이! 지 형이 뭐야, 지 형이… 쯧."

지충표는 이도의 허리를 감아 들어 올리려 했는데 그것이 쉽지 않았다. 이젠 그를 드는 것조차 힘들어진 것이다.

"내가 앤 줄 알아요? 쓸데없는 짓 말고 애나 줘봐. 우

終

와······."

 오유의 품에서 아기를 안아 든 이도는 아이처럼 좋아했다. 물론 그 아기는 곧 모인의 품으로 들어갔다. 모인은 그때부터 모든 사람들과 벽을 쌓기 시작했다. 오로지 오유와 아이만 눈에 담기 시작했던 것이다.

 "자··· 한잔들 하지······."

 작은 정자 안에 차려진 술상. 그 술상을 사이에 두고 사람들이 앉았다. 참 오랜만에 앉는 자리지만 왠지 허전한 것은 어쩔 수 없었다.

 "쯧··· 현 대형하고 창룡 형도 있음 좋았는데······."

 아련한 눈을 하며 이도가 입을 열자 지충표는 입을 쭉 내밀었다. 그리곤 바로 쏘아붙이고 있었다.

 "이눔이··· 나도 바쁜데 온 거야. 쓸데없는 소리 말고 어서 잔이나 들어."

 "아, 예. 예······."

 이도는 바로 고개를 숙였고 이어 술 한 잔을 빠르게 들이켰다. 독한 화주가 쭉 넘어가자 정신이 번쩍 드는 것 같은 생각이 들었다.

 "한데 일은 잘되어가는 것이냐?"

 문득 장연호의 입이 열리자 지충표는 가슴을 두드리며 바로 입을 열었다.

 "그럼, 누가 같이 있는데··· 잘하면 또 한 명의 나라가 세워

질지도 몰라."

"호오… 정말이에요? 하긴 현 대형이 있으니 잘될 겁니다. 암요."

이도는 좋아라 하면서 입을 열었다. 그는 왠지 아릿한 기분이 들었는데 지난 세월이 다시금 생각나고 있었다.

현백은 죽지 않았다. 정말 여러 사람이 죽을 뻔하면서 겨우 살려놓았다.

각파의 장문인 급은 물론이고 환연교주 토루가를 비롯, 장로들 역시 모든 수단을 다 동원하여 현백을 살려놓았던 것이다.

그렇게 현백은 살아났다. 완전히 내력이 고갈된 채로 말이다. 그리고 일어난 그는 며칠도 있지 않은 채 강호를 떠났다. 그가 강호에서 큰 역할을 할 줄 알았던 사람들은 모두 놀랄 뿐이었다.

주비와 함께 그는 세외로 갔다. 특히 남만 부근으로 가서 남만의 지원을 받으며 근방 부족을 통합하고 있었다. 새로운 세상을 세우려 하는 것이다.

하기사 남만왕족의 지원과 거기에 환연교의 지원, 그리고 이젠 마송이란 자가 월성이 된 흑월의 암묵적인 지원을 받는데 안 되면 더 이상한 노릇이었다. 참, 게다가 낭인왕 옥화진도 새로이 합세했다. 주비가 새로운 세상을 약속했기에 그가 합세한 것인데 참으로 대단한 지원이었던 것이다.

지충표와 오유는 바로 거기에 있었다. 이들 빼고 나머지는 바빠서 못 왔던 것이다.
"한데 아직도 이 나라의 왕위는 불투명한가? 황태자가 스스로 태자 자리를 내놓은 후로 아직도 공석인가?"
"뭐… 그래야 정상이죠. 이 미친놈들이 강호를 가지고 논 것을 생각하면 아직도 화가 나요, 전……."
이도는 씩씩거리며 입을 열었다. 황태자와 오왕야 이 두 사람은 지금 종적을 알 수가 없었다.
삼 년 전 차마 그들을 죽일 수는 없었다. 더구나 어디선가 황군들이 떼거지로 몰려왔는데 선두에는 그 초호란 자가 서 있었다. 도저히 열나는 대로 싸울 상황이 아니었던 것이다.
그러나 그 이후로 이들의 소식 역시 들을 수가 없었다. 창룡에 의하면 어느 정도 벌을 받는 중이라 했는데 그것이 어떤 것인지는 솔직히 알고 싶지도 않았다. 두 번 다시 상종하기 싫은 놈들이었던 것이다.
"후… 그래도 현 대형은 한번 보고 싶었는데……."
"언제든 오라구. 누구든 환영이야."
이도의 목소리에 지층표가 입을 열었다. 그러자 이도는 씨익 웃으며 자리에서 일어났다.
저무는 저녁노을 아래 벚꽃들이 휘날리고 있었다. 마치 눈이라도 내리는 듯한 그 환상적인 풍경을 보며 그는 다시금 현백의 얼굴을 생각했다. 생각해 보면 환상처럼 나타났다가 환상처럼 사라진 사람이었다.
"참, 장연호 장문님, 다음에 화산 사람들 만나면 우리 이야기해요. 죽지도 않은 사람 기리지 좀 말자구요. 그냥 대회 열면 되는 거지, 거기에 웬 화산진도 현백 대협?"

"하하하, 일리가 있구나. 다음에 만나면 이야기해 보자꾸나. 차기 장문감인 십화일섬 장호익은 충분히 말이 통하는 상대이니……."

이도의 말에 장연호는 웃었다. 그의 말대로 웃기는 감이 있었다. 죽지도 않은 사람을 기린다라…….

아니, 그만큼 보고 싶은 사람이었다. 현백. 물론 언젠가는 꼭 다시 볼 사람이고 말이다.

장연호는 잔을 들었다. 그 잔의 끝에 현백이 있다고 생각하며 그는 잔을 비웠다. 저 하늘 아래 어디에선가 현백에게 그런 결심이 전해지길 바라며…….

착각이었을까? 붉은 노을 아래 현백의 얼굴이 보이고 있었다. 싱그럽게 웃는 그의 모습이 말이다.

大尾

이후 퓨전 무협 소설

FANTASTIC ORIENTAL HEROES

"되새기지 마."
붉은 장막 속에서 날 바라보는 여동생.
"잊지도 마."

그녀가 떨리는 눈동자로 내게 말한다.
"이제, 이제부턴 내가 널······, 지켜줄게."

적몽(赤夢). 눈앞의 세상이 온통 붉은 장막으로 뒤덮인 꿈.
핑—!
그 순간 내 머릿속은 하얗게 발해지고 가슴에서 피어오르는 이상 열기는
또 다른 나를 열화의 불꽃 속으로 인도한다.

 유행이 아닌 자유추구 -
WWW.chungeoram.com

Book Publishing CHUNGEORAM

초등학생이 반드시 읽어야 할 좋은 책 49권

각 학년별로 초등학생이 반드시 읽어야할 좋은 책을 선정하여 통합논술의 기본이 되는 '올바른 독서법'을 일깨워 줍니다.

교과서와 함께하는
초등학교 통합논술

초등1학년 / 값 12,000원 / 초등2학년 / 값 9,500원 / 초등3학년 / 값 11,000원 / 초등4학년 / 값 9,500원 / 초등5학년 / 값 9,500원 / 초등6학년 / 값 11,000원

♣ **혼자 할 수 있어요.**
엄마가 책 읽는 방법을 가르쳐 주어도 좋아요.
독서지도하는 선생님이 가르쳐 주어도 좋답니다.
"초등 교과서와 함께하는 **통합논술 시리즈**"는
아이 스스로 독서할 수 있도록 꾸며진 책이에요.
엄마와 선생님은 요령만 가르쳐 주시면 된답니다.

♣ **교과서의 중요한 내용이 총정리되어 있어요.**
각 학년별로 중요한 교과 내용이 함께 수록되어 있어요.
초등학생은 교과서 내용을 충실하게 공부해야합니다.
아울러 그와 병행한 독서가 대단히 중요하지요.
"초등 교과서와 함께하는 **통합논술 시리즈**"는
두 가지 방법 모두 알려준답니다.

♣ **이 책은 훌륭하신 선생님들이 함께 쓰신 책이랍니다.**
동화작가 선생님들이 쓰셨어요. 소설가 선생님도 쓰셨답니다.
국어 논술독서지도 선생님들도 함께 쓰셨지요.
"초등 교과서와 함께하는 **통합논술 시리즈**"는
엄마의 마음으로 모든 선생님들이 함께 꾸민 책이랍니다.

입소문을 통해 아는 분은 다 알고 계십니다!
올 한해 공인중개사 최고의 화제작!

1~2권 합본 | 이용훈 지음
3~4권 합본 | 이용훈 지음
5~6권 합본 | 이용훈 지음
용어해설 | 이용훈 지음

수험생 기본 필독서
만화 공인중개사

제목 : 만화공인중개사 쓰신 분에게 감사드립니다.

학원을 두 달 다녔어요. 근데 과연 그 숫자 외우기 그런 게 몇 문제나 나올까 생각을 했어요.
아니라는 생각이 드네요. 학원강의를 뒤로하고 서점을 갔어요. 내 머리에 가장 이해될 수 있는
책이 없나 하구요. 거기서 만화를 발견했어요. 무조건 세 번 봤어요. 3개월 걸렸어요. 문제집을 보라고
했는데 그건 시행을 못했어요. 근데 합격을 했네요.
어떻게 감사의 말을 해야 될지……
도서관에서 만화책 들고 다니니까 사람들이 비웃더라구요. 만화책으로 공인중개사를 공부한다고
미친 사람처럼 보더라구요. 근데 그거 다 감수하고 했던 내가 자랑스럽습니다.
어떻게 감사의 말을 해야 할지… 정말 감사합니다.
부디 행복하세요. 제 나이 41살에 좋은 스승을 만난 것 같습니다.
엎드려 감사드립니다.

－본사 홈페이지에 독자분이 올린 메일 中에서 발췌－

BOOK Publishing CHUNGEORAM

이명박
기도하는 리더십
이명박의 삶과 신앙 이야기

젊은이들에게 성공 신화의 주역으로 주목받고 있는

이명박!
과연 그 이유를 어디서 찾을 것인가.
그것은 기도하는 삶이었다!

이명박 기도하는 리더십 | 이채윤 지음 280쪽 | 9,900원

기도하는 삶이
지금의 이명박을 만들었다!

leadership

『이명박 기도하는 리더십』은 이명박의 탄생과 신앙, 그리고 그간의 업적을 한눈에 볼 수 있는 책이다. 한편으로는 신앙 간증서라고 말할 수도 있겠지만, 이명박의 삶은 신앙과 떨어뜨려 놓고는 생각할 수 없는 관계에 있다.
이 책, 『이명박 기도하는 리더십』은 대한민국 성장의 역사, 그 주역이었던 이의 삶을 통하여 이 시대의 젊은이들에게 부족한 정신들을 일깨워 줄 수 있을 것이며, 앞으로 더욱 큰 신화를 만들고 추진해 갈 이명박의 비전을 알고자 하는 이들에게 적합한 서적일 것이다.

BOOK Publishing CHUNGEORAM